立維自律養生筆記輯

◎陳立維

再顛的道路 再難的工程 再遠的目標

合到了自己的價值

一天完成一點 一週完成一部分 一個月完成一階段

總有一天會完工 會到達 會走完

一旦有生之年不克完成 一旦艱困程度超過預期

要有人接手 要有人接棒 要有人傳承

對的事要合到對的人 對的人要合到對的時機

一切都對了 包括人、事、物和時間

即便只是打下了基礎 蓋好了地基

就是圓滿人生

我們都需要被鼓勵，被激勵，被勉勵。

一個人力有未逮的部分，讓一群人來完成。

人生最重大的目標，是那個影響層級無遠弗屆的目標。

沒有達標的時刻表，卻一直在完成目標。

集結一群願景一致的人，等待時間的鋪陳。

陳立維生命紀錄的某一刻

CONTENTS 目錄

Part 3 胰島素瘟疫

Part 4 三餐迷宮

Part 5 | 身體大自然

Part 6 | 健康是修行

Part 7 ｜ 重症風暴

Part 8 | 自律養生

Part 9 | 傲慢與執著

Part 10 | 恐懼與脆弱

<作者的真心話>

暫停是一門生活藝術

每次寫完一本書都會有至少一年的停歇，沒有停止創作，沒有停止記錄靈感，不去動下一本書的任何念頭。暫停，是必要的喘息，是為下一階段的爬升而放鬆，每天也都會有必須暫停的那一刻，眼前的景觀模糊了，腦袋的思考錯亂了，這是身體狀況很好的正常提醒，也是年紀不小的必然覺悟。

這一次暫停出書的時間更長了，沒有刻意，迎合生命安排的所有情節，這些年的考驗不少，年輕時對於逆境沒有如此正面的體會，開心擁抱成熟的靈魂，生命不過就是一關又一關的考驗，不時要提醒自己：進步的感覺真好。

每天都坐在蒲團上禪定，這是讓自己全然放鬆的暫停，做好準備，隔離所有可能的干擾，讓自己和人間事隔離一個小時。我喜歡這種紀律，和身體對話有十多年的體驗，學習禪定之前，我已經在八年前的書中為健康三大樑柱標出「酵益、紀律、持續力」的總結，如今再度為「5/2 間歇性斷食」歸納出「自律養生」的標籤，而「暫停」就是執行自律養生的紀律架構。

每週有一天至兩天，夫妻兩人在傍晚出去走路散心，善用居家附近天造地設的自然環境，散步談心是我們兩人最佳的溝通方式。夏天就把衣服走到濕透，冬天就把衣服從長袖走到變成短袖，如果單獨一個人，就是激盪靈感的機會。另外還有一種必須切割出時間進行的暫停，稱之為洗澡，不是進入淋浴間的戰鬥澡，是準備好熱水和精油，開啟 Spa 機的身心淨化澡。從準備過程到清理浴缸的善後，事必躬親必須是每個人對養生必要的覺知，Spa 澡是忙碌的現代人很貼心的暫停饗宴。

每天最重要的暫停時間就是把身體歸還給宇宙的八小時，這是完全不花錢的養生方式，貼身伴侶就是枕頭、床和棉被。熟練睡眠機制讓我對法則更加敬畏，無形的法則和定律隨時伴隨著你我，肝臟在加班，腦袋記憶庫在重整，淋巴系統和膠淋巴系統在為清運廢物而忙碌。

不睡覺是一種面相，不知道要適度放鬆是另外一種，在生活和財務壓力中，不少責任感很重的人掉入甲狀腺風暴中。緊繃是他們的生活，忙碌是他們的工作，無法放鬆是他們的態度，這是講述間歇性斷食所強烈領悟的頻率觀，往上後就往下，攀高後就走低，這就是平衡，也是法則，是內分泌系統設定好的節奏。

暫停有多重要，在我每星期承諾身體兩天不打擾的規律練習後，突然感受到一種奇特的穩定，飢餓與飽足不再交錯在身體的傳導中，取而代之的是自律和自信，是效率和效能，身體當然繼續呈現皮膚的透亮和肌肉的線條。即便已屆退休年紀，幾乎沒有人把我當成老人看待，身體所有功能表現幾乎就是年輕人的水平。

把焦點移到長期所關注的結緣，我知道有一股力量可以穿透連結出來的緣分，重生是一種解讀，復甦是一種觀點，我個人所承載的很單純，就是希望，絕對可以讓自己更好的希望。你必須學習暫停，每天都練習暫停，每星期也持續暫停，把這樣的頻率延續下去，有一天由你說出「原來這才是養生」，接著你心中的信念將督促你提醒身旁的人「健康真的不難」。

暫停，是一門生活藝術。

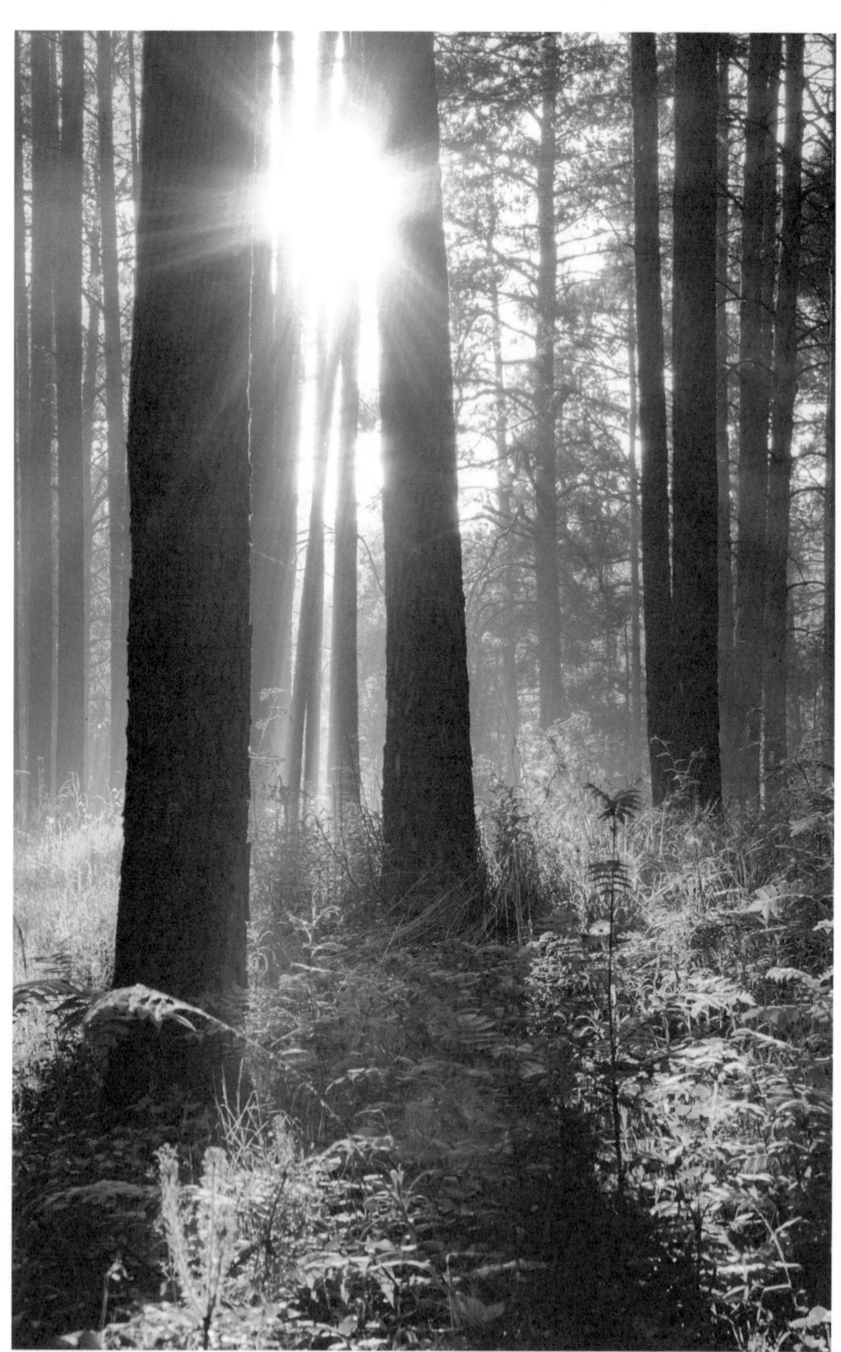

<出版緣起>

不進則退

2008 到 2013 連續五年每天一千字的部落格時代，在生命中最大的意義是發掘出刻意練習的美感，記錄很多生命體會是珍貴的成長。

2014 到 2016 每天為兩百人左右的「璞真零疾病社群」撰寫八百字的「健康提示」，也記錄了不少值得回味的字句。

這一次緣起於 2018，可以是我人生最不想回顧的一年，卻也是用堅定的自信重新出發的一年。

正規出書計畫因此延宕，就在關注每一個緣分的過程，同時要求自己記錄每一個靈感，用真心體悟真理，用真誠說出真話，《當真》終於集結成書。

內人曾經希望我不要那麼辛苦，很多朋友都奉勸少寫一點，不少學生問我這不會太累嗎，我的解答都是開心快樂的事哪來辛苦。

員工和志工不同，職業和志業不同，價格和價值不同，被規定要做的事情不容易結合喜樂，做應該做的事情很容易抓住喜樂點。

課繼續開，緣繼續結，一個人聽懂就會有一百個人聽懂，一個人感動就會有一千人感動，一個人遠離病痛就會有一萬人遠離病痛。

這一路上結出很多善良的種子，很想一一唱名，礙於篇幅只好捨棄，相信你們收到我對你們的感恩，相信你們也知道我們的情分早已形同家人。

路還很長，得繼續付出，得繼續爬階，得繼續進修，人生只有進步一條路，不進則退。

Part 1

食物的生命

01

血糖迷陣

拿吃水果和吃雞腿飯對比一下，可以有很多種角度可供分析，可是只從健康的大圖像來區分，讓身體做選擇，前者會是身體的決定。兩者營養素沒有對比的條件，好比不同種族的人，好比不同層級的汽車，可是低等的不一定比高等的差，我有的營養素你沒有。從養生的角度切入，很多人看到血糖效應，看到食物製造高升糖的實力，應該說糖沒那麼糟，問題在我們吃太多，問題在我們的食物中存在太多添加的甜分。

血糖是很大的迷陣，遮蔽大多數人的養生視窗，導致很多人不知健康為何物。血糖攀高之後無法降下來才是問題，處理平衡是身體的責任，平衡血糖是胰島素的責任，這部分的理解角度是接受飯後的高血糖效應，同時信任身體把異常搞定的能力。可是傳統的說法總是把焦點擺在吃什麼食物，不清楚真正問題在花多少時間和多少次數吃，結果高升糖的弧線和頻率超出身體的容忍尺度。這種頻率和高血糖最終引起全身細胞對於胰島素的隔絕，阻抗之後就是高胰島素的常態性存在，這就是把葡萄糖轉換成脂肪的關鍵角色，也是引發所有代謝重症的推手。

如果吃水果會導致這樣的後果，那真是人類的大災難，問題是不會，所以我們去關注水果的甜分是很大的認知錯置，因為這種說法嚴重貶抑身體的能耐，把身體調整血糖的能力完全否定。再把水果和雞腿飯拿出來對照，前者是生命，後者不是，前者有酵素，後者沒有，前者在身體內獨立發酵，後者仰賴身體的能力進行發酵。如果我們永遠學不會從能量消耗和生命耗損的角度來分析利弊得失，遠離病痛將是天方夜談，只有想法，沒有辦法。

兩種食物在經歷消化階段之後，後面交給身體的負擔才是養生問題真正的考驗，水果基本上沒有太多干擾後端代謝的問題，我們所面臨的健康殺手其實都來自於加工、精緻、烹煮、料理，不是食物好不好吃的問題，是身體承受承擔的問題。生食熟食為何是養生必修的一堂課，這是耗損生命的關鍵，也是影響胰島素偏高的關鍵，當然也是導致脂肪過度囤積的關鍵，最終我們都得眺看到生命最遠的落定，就是會不會生重病的關鍵。

很簡單的問題被我們複雜化了，如果只看到甜分，只看到血糖，那真是窄化了養生的視野。我們在學堂中強調時間的角色，時間是延續的，習慣是重複的，高升糖和低血糖是重複出現的，因為早中晚餐是不停的供應的，結果胰島素才是持續攀高的，胰臟才是勞累沒有休息的。再次重申糖尿病的超級誤會，食物的糖分不是罪魁禍首，吃的頻率太高才是問題所在，身體沒有時間運作平衡才是問題所在，身體沒有力道經營廢物的清運才是問題所在。

血糖讓我們誤解健康很久了，糖分導致我們不健康也好久了，可是這兩者的連結是時間和習慣，是我們太相信偏頗的專業，是我們太頑固守舊，是我們不再進步了。（原養生實踐筆記之 332）

生食熟食為何是養生必修的一堂課，這是耗損生命的關鍵，也是影響胰島素偏高的關鍵，當然也是導致脂肪過度囤積的關鍵，最終我們都得眺看到生命最遠的落定，就是會不會生重病的關鍵。

02

吃與不吃的平衡

講授食物酵素胃已然十多年，相信學員的體會不一，解釋成身體裡面設計了一個提供食物發酵的空間，發酵是食物的行為，生物體只負責提供場域。這個概念可以擴大成大自然的圖像，生物體的所有天然酵素相互支援，目的在延續生命和繁衍子孫。天然酵素就是生食，生食提供食物酵素，看到大自然美麗的共生圖像，看到造物者為所有生命所設計的共好境界。

地球上還存在這樣的共生圖像嗎？除了標榜熱帶雨林的亞馬遜叢林外，幾乎只要是森林區就是完美的共生環境。可是一根火柴可以快速摧毀這個美麗的大自然，所有生命酵素都會在火焰中消失殆盡，相信人類在大舉進入熟食文化之際，並沒有考量到生命酵素不再存在的危害。這又是一則理所當然的劇本，對於熟練熟食世界的你我，不曾意識到這個發展趨勢隱藏了諸多的風險，最終介入大多數生命終結的劇情。

所以，我們早已脫離大自然的共生系統，形成自成一格的生態，是各自獨立的，是彼此隔離的，意思是必須各自負責的。因為我們吃熟食，因為我們吃了不存在任何生命酵素的食物，我們脅迫內臟得為人類獨創的飲食文化而改變，我們也強化了胰臟和肝臟投入消化工程的負荷。如果處理熟食不是身體的原始工作，至少不是目前的規格，那我們該怎麼做才能降低因為食用無酵素食物所帶來的負擔和風險？

日與夜的時間是否均等，如果這代表活動和休息之間的平

衡，那吃與不吃之間也必須存在既定的平衡，重點是生食有其平衡基礎，熟食也必須存在平衡基礎。從人類的病況客觀分析評估，我們在吃與不吃之間失去了平衡，下視丘或許早已放棄監控吃的平衡，因為失衡狀況每況愈下，因為人類多半不知道自己跨越了健康的紅線。到底吃與不吃之間的平衡點要如何拿捏，不願意進入改變歷程就不會知道答案，不敢把每天的餐數降低就不可能掌握到屬於自己的平衡點。

嚴格說，吃與不吃的基準點隨時都在變動，因為廢棄物囤積也干擾基準點的擺動，我們都得先坦承自己身上變數無窮多的事實。可是拉回平衡是必要的努力，既然囤積多是事實，既然吃多了是事實，既然因此而失去平衡也是事實，那麼開始行動就很必要，改變的工程就絕對需要。如果你對於不吃不曾有體會，不妨先觀察一下自己身上的囤積，同時檢視一下自己臉上皮膚的光澤，這些觀察都提供一個方向，該是做決定的時候了。

過來人如我，深入斷食世界不是自己的睿智，而是命運的安排，或者就是因為我的故事才有你今天的見識。從結果論往前回溯，我的身體清楚回應這十多年以來的過程，身體的所有改變都是一步一進階的轉化，直到肚子上完全看不到肥肉，直到我在書上寫出身體可以自行雕塑線條的心得。既然我們脫離不了熟食，那麼少吃絕對必要，練習和空腹相處也很重要，這些經驗都是為平衡而努力，我們失衡太久了，不能視而不見。

能量食物和熱量食物需要維持平衡，這是堅持要食用熟食的前提，這就是所謂的吃與不吃的平衡。所以所謂不吃其實也寬鬆，接受能量食物，接受不打擾胰臟的生命酵素食物，執行起來完全不困難，兼顧到身體的立場，兼顧到身體生態的平衡，兼顧到不生病的大圖像。吃與不吃的平衡，就是吃熟食和不吃熟食的平衡，這件事是否困難，你必須有解答。（原養生實踐筆記之 160）

既然囤積多是事實，既然吃多了是事實，既然因此而失去平衡也是事實，那麼開始行動就很必要，改變的工程就絕對需要。

03

物以稀為貴

聽到「少即是多」，很多人在第一時間不容易理解其道理，可是在深入身體的世界或生命的意境後豁然領悟。聽過「吃多吃少，吃少吃多」，談的就是生命的消長，吃得越多，生命越短，結果就是總量反而吃得更少。反過來便是養生的真正意涵是越不去打擾身體，生命越有時間可以接受食物的禮讚。領悟不同於體悟，食物和身體的關係提供理想的頓悟途徑，字面上懂，詞意也完全理解，真正融會貫通則是在斷食的深度練習之後，深知每天都透過吃來經營生命的延長或縮短。

身體沒有太過複雜的要求，回歸自然是大方向，順應晝夜節律是大原則，精簡食物是重大學分。老天爺在人體內安置了「物以稀為貴」的程式，提醒我們食物取得不易，要求我們要珍惜食物，所以身體具備組裝營養的無窮潛力，身體也具備儲存食物的無盡空間，可是在美醜的標準尺度中，身體的原始程式同時也讓我們覺知到多（過量）的禍害。偏偏導致我們過量飲食的源頭又是食物，應該說是我們料理過的食物，真相是食物無罪，是人類的聰明智慧超越了規範，聰明反被聰明誤。

回到我們和食物親密接觸的片刻，生食入肚之後，我們懂得節制，熟食進駐後，我們欲罷不能，問題從哪發生質變的？記得我們把責任推給細菌的所有劇本吧？應該也記得把責任推給生食的汙染吧？所以把食物煮熟就變得理所當然，因此吃熟食就變得天經地義，曾幾何時，生食的價值被專家學者的專業論述貶得一文不值了？曾幾何時，我們的食量變得如此巨大了？

食物不缺，食物好吃，吃是一種享受，期待吃是無窮的美好，這些描述都由熟食所把持，我們愛吃，我們打從心裡拒絕少吃的提醒。算算看，每天清醒的十多個小時中，我們花多少時間在吃這件事上面，有幾項被綁架的事實座落在生活常規中，無法破解的吃三餐是一項，早餐很重要是比重不輕的一項，吃飽的需求是一項。結果是我們不再珍惜食物，每天有好多機會可以吃，哪有珍惜的感動？哪來期待的美好？

從開始勾勒每天一餐到進入執行，從想像到真實體驗，由於把唯一的一餐安置在傍晚，「期待」便一直提供日間美好的情緒來源，面對食物那一刻也充滿了喜悅。這裡所描述的情境就呼應了人體神經迴路的一項創舉，學理上稱之為「多巴胺驅動」，投射在我們對特定事物的高度期待，在造物的原始設定中，期待的多巴胺驅動遠遠超越了享樂。這種經驗就發生在生活中的每一種慾念，還沒發生時的美好大大超越發生之後，對比面對食物那一刻的飢餓感和把食物掃光後的飽足感。

把期待和珍惜擺在一起，再把稀少和限量安置在一塊，繼續思考會自動發酵的食物和已經沒有發酵實力的食物，接著思考輕盈的身驅和過量脂肪囤積的身體，如果沒有想法，就想想睡一晚好覺之後和一夜難眠之後的差異。珍惜身體，就會順從身體的意思，身體會提醒該睡覺了，身體也會告知睡眠不足，可是我們何時珍惜過必須就寢的設定了？我們何時履行過對身體的允諾了？（原養生實踐筆記之 208）

養生的真正意涵是越不去打擾身體，生命越有時間可以接受食物的禮讚。

04

食物酵素

一顆蘋果從樹上掉下來，接觸到地面，沒有任何生物撿拾來食用，結果會腐爛，成為土壤的養分。兩個字形容這件事，我們稱之為發酵，發酵從食物本身的酵素開始啟動，接著細菌和真菌加入發酵的行列，最終回歸生命，回歸大自然，回歸生命元素的輪迴。一隻動物曝屍荒野，一樣經歷從細胞酵素的自我解構到微生物介入的發酵，腐爛的腐爛，回收的回收，塵歸塵，土歸土。生命除了心臟跳動之外，還存在不一樣的面貌，植物有生命，動物有生命，生命的本質是酵素，生命的呈現是流動，發酵是生命的運作。

發酵進行著，發酵存在於生命體內，發酵驅動生命的運作，發酵也促進生命的延續。如果發酵和生命之間存在不可分割的關係，那麼發酵和養生之間應該也是唇齒之關係，不管我們懂不懂這些道理，不論我們認不認同發酵的意義，身體內持續運作發酵是事實，發酵維持我們的生命也是事實。發酵存在兩大方向，源自於我們的食物選項，提供給身體生命是一種，食材必須是天然的食物，必須是沒有烹調過的食物；腐敗性質的發酵是一種，食材是不存在任何食物酵素的熟食，在身體經過必要的材料汲取後，身體必須把這些剩餘的食物丟棄，否則會留滯在體內威脅到身體的正常運作。

發酵是生命，發酵可以提供生命，也可以縮減生命，前進或後退，提升或落後，延續生命或折損生命，都在面對食物的

一念之間。我們被食物綁架，說出來殘酷，也許不容易接受，這件事情的本質不在對錯，是頻率和量，是無知和被動，是放棄身體的天賦去迎合人性的私慾。發酵在發生，發酵在進行，發酵無時無刻不在身體裡面運作著，唯獨發酵的路徑可能對健康不利，我們留給身體的發酵材料可能耗損了生命，我們留在身體內的發酵產物創造出不利健康的毒素。

發酵也創造了獨特的味道，可以是聞起來舒服的味道，也可以是極度難聞的味道，舉例來說，從糞便的味道就可清楚檢視食物的材質，同時反應當事人飲食習慣的優劣。現代人的致命傷就在食用大量缺乏酵素的食物，這些食物在腸道培養出大量的腐敗菌，同時創造可觀的囤積效應，最終就是大量的宿便堆積以及難聞的體味。既然吃熟食，既然沒有一天省略熟食，既然這麼熱衷吃熟食，我們就直接承接食物的酸和臭，就得承受這些食物在腸道發酵後所遺留的味道，也得接受生命在處理這些食物過程中逐漸耗損的事實。

葡萄變成酒的過程是發酵，牛奶變成酸奶或優酪乳的過程是發酵，高麗菜變成泡菜的過程是發酵，小麥製作成啤酒的過程是發酵，這些食物的生命經由發酵被保存起來，成為食用者的生命素材。我們也許專注在酒精，也許專注在牛奶，這樣的食物或飲品可能提供了好菌，可能提供給身體生命的元素，不論是菌或是酵素分子，身體需要的都是這些生命。生命可以延續生命，生命食物進入身體之後，細菌繼續投入發酵，酵素分子則交給細胞依細胞需求轉換成其他生命元素。

食用生命食物可以滋補生命，食用天然酵素食物可以直接轉換成為我們的生命，發酵是這些食物的本分，在工廠或在人體內都盡責做份內的事。從細胞的基礎看到生命的基本態度，活著就創造生命，植物如此，動物的細胞如此，人體的細胞也依著生命的設定進行生命的創造和延續。結論是面對食物選項的好惡和習慣，身體可以處理熟食，因為發酵是生命的天職，問題是發酵的終產物如果不代表生命，就必須移除在身體之外，發酵的終產物是生命也必須繼續被身體活用，多數人的生命被發酵之後的課題延誤了。

我們活著，我們想要好好活著，我們需要有好好活著的態度，這個態度則連結到食物的本質，也連結到細菌的本分，因為食物認真活著，因為食物的生命可以延續生命，細菌也肩負著延續生命的職志。可是如果破壞食物的生命是我們的態度，如果毀滅細菌是我們的念頭，請問我們如何能好好活著？（原養生實踐筆記之 209）

如果發酵和生命之間存在不可分割的關係，那麼發酵和養生之間應該也是唇齒之關係，不管我們懂不懂這些道理，不論我們認不認同發酵的意義，身體內持續運作發酵是事實，發酵維持我們的生命也是事實。

05

讓生命滋養生命

經常有機會分享自己的小黃瓜故事，從不吃小黃瓜到愛吃小黃瓜的生命旅程，說出來稀鬆平常，記憶中卻是非常奇特的轉換。口慾改變似乎也是家常便飯，烹調方式改變是正常認知，可是我的小黃瓜情結沒有這種劇本，食物的改變不大，是我的腸道生態完全的汰換，是我肚子裡面的微生物換了一大群熱愛天然食物的尖兵。

如果你不曾經歷對於腸道生態的深度探索，對於體內細菌所主導的生命層級也不感興趣，所謂口感和腸道細菌的關係就是無稽之談。這是佔據八成社會認知的被動養生版圖，健康就是多運動和補充營養素，必要的時候委託醫生處理身上的異常表現，好比「少吃多運動」所牽動的養生觀。誤以為大腦是一切知識和常識的思辨與主導者，決定要做什麼或吃什麼，選擇去給醫生診斷或是自己靜養，健康必須委由大腦來經營。

十多年前我在酵益系列的第一本書《益生菌觀點》置入「菌叢替換」的名稱，乃是來自很多國外相關著作的啟發，當時的我沒有斷食的觀念和經驗，只清楚掌握到腸道菌相必須汰換的道理。菌相就是我個人最早體悟到的養生正道，而且這件事不是一蹴可及，必須一步一腳印的遠征，菌除了補充之外，還得經過日常生活的餵食，所以飲食習慣才是養生的關鍵。

「人如其食，更重要的是，你的細菌吃什麼，你就會變成什麼樣。每當你要吃東西之前，先為你的細菌想想，它們今天會希望你吃什麼呢？」這是摘錄自《我們只有 10%是人類》的一段話，嚴格說這就是最精準的養生體悟。經歷過密集執行斷食的十年，這些年在淨化身體的過程不曾減少針對腸道好菌的補充，可是真正體悟出細菌生態和胃口的關係是在減少每日餐數到剩下一餐之後。

因此能體悟到每一口和每一餐，能體悟到這一口吃的是生命而不是非生命食物的差異性，能體悟到飲食習慣透過時間所能累積出的健康消長。滋潤我這條養生路的正是經常分享身為台灣人的福報，有台灣人的腸道好菌，有台灣全作物所發酵的生命資源，當然最重要的是願意保持腸道乾淨的養生態度。「讓生命滋養生命」已經是課堂上不可或缺的主題，在持續的進階體悟中，「生命」在養生藍圖中出現更全方位的捕捉。

生命是群體概念，是細胞的群體，是組織系統的整合。生命是為利益他人而存在，生命因同理而共榮，生命因互助而綻放。生命即使單獨存在，可是無法單獨運作，生命即使必須獨力經營，卻需要其他生命給予生命，這就是大自然的圖像，這就是養生的大方向，這就是養生必須從生命觀點出發的道理。終於體會到小黃瓜的生命力，終於抓住食物所展現的生命力，感謝發酵，也感謝微生物世界的全力護航，當然還得感謝寶島這塊土地所蘊藏的生命力。

永遠感恩，永遠謙卑，永遠同理，健康的全貌少不了對食物感恩，少不了對身體謙卑，少不了對他人同理。（原養生實踐筆記之 407）

健康的全貌少不了對食物感恩，少不了對身體謙卑，少不了對他人同理。

06

全植物發酵液

「酵素」在我個人所投入的領域中不是新名詞，即使在我深入嘉義的酵素重鎮去拜訪前輩時，腦袋裡對於酵素的全貌依然陌生。今天在任何場合，不論是產品展示會的現場，或是講座中提及酵素，相信接收到訊息的人所反射出來的感受都很相似，充其量就是一種對身體有助益的營養補給品。當年在完成《彩虹處方》之後就開啟為酵素驗明正身的旅途，我甚至在《零疾病、真健康》中撰寫一篇標題為「酵素不是一種產品」的文章，重複強調這是一種提供生命的概念，不是一種商品。

曾經在課堂中提出各種案例說明消長的概念，譬如省下一筆原本已經要花掉的預算，結果出現兩倍的效益；棒球比賽中守住原本注定要失分的球，就球隊的立場是賺到兩倍的分數，因為失去的就得先扳回，再追加分數才算贏球；請到被動消極的員工和主動積極的員工終將是兩倍以上的工作績效差。為何一定要說明生食和熟食在身體內的差異，這是健康很重要的基礎概念，是養生方向中消長的關鍵應用，酵素，比起我們每天吃進去的熟食，那真是極大的反差。

酵素是生命，全植物發酵液是台灣上百種天然作物的生命精華，它有兩種滋補身體的路線，一種是營養素，另一種是生命力。多數民眾無法理解的在後者，關於酵素所提供的生命力，不需要去思考輔酶的角色，也不需要去理解它提供給生化反應的即戰力，想像身體收到一種還原身體意識的力量，想像身體得到清除廢物毒素的強力後援。我們並不清楚作物長期和微生物相處所達成的境界，也很難想像這些物質竟然是提供生命延續的重要資源，更無法理解這些生命力在體內所能創造的境界。

牛頓的第一運動定律很明白的說明動和靜之間的關鍵，所謂的靜者恆靜和動者恆動，除非受到外力作用，這是我個人領悟酵素的力道後所聯想到的執行方案，就是持續把這些生命交給身體，把酵素力交給身體。一天食用多次熟食的結果，身體是靜態的，血液是汙濁的，代謝是忙碌的，整體生態是慵懶混亂的。對於身體的能量分配有深度體悟，來自於十年以上的反覆練習，也就是《彩虹處方》的重要副標「能量取代熱量」，以前容許自己可以有做不到的天數，如今嚴格要求自己全然的配合身體的能量運作。

授課經驗告訴我多數人對於體內世界的陌生，只要一點點發臭的食物放在桌上，我們會在第一時間將之丟棄，而這些已經發臭的食物早已經大量堆放在身體內，只要存在一天，就比前一天還要臭，可是我們卻當這件事不存在。我看到酵素提升身體能量的實力，這部分就不是單純清除廢物一個面相，這是把焦點移到斷食的機會，觀點再度回到遠離熟食一段時間，同時提供酵素力給身體後的發展。

從一天到一星期，從一個月到一年，從一年到十年，身體能做的，哪是我們用腦袋可以想得到的？我所經歷的不只是凍齡，是逆轉老化的態度養成。（原養生實踐筆記之 300）

全植物發酵液是台灣上百種天然作物的生命精華，它有兩種滋補身體的路線，一種是營養素，另一種是生命力。

07

生食與汙染

聽到生食，想到汙染，必須很不客氣的指正，這種觀念的迷失已經嚴重到無法收拾的局面，讓我想起羊群在懸崖邊因為一陣強風而發生的慘狀，因為領頭羊被風吹到山谷底下摔死，接著牧羊人親眼目睹羊群跟隨往下跳。我們真只剩下羊群們的判斷力了嗎？預言缺乏身體意識的結果，就是等待身體罷工，現在一般人的做法是身體還沒有罷工就先勒令他罷工，專家都告訴我們身體無能，可以任意使喚。

你看過拾荒老人在路旁的垃圾桶裡面尋找食物嗎？你的認知是他已經餓到不在乎垃圾裡面的汙染嗎？或許這是拾荒者的處境，問題是他有因此而生病嗎？這個觀點不是鼓勵大眾去撿拾垃圾裡面的食物，是重新建立細菌觀和汙染觀，認識身體強大的辨識能力和清除能力。真相是，我們每天都被微生物侵犯，無時無刻不被細菌病毒汙染，只要免疫力維持在正常狀態，身體都很努力在整理和清運，重點則是如何讓免疫力維繫在最佳狀態。

為何身體被細菌侵犯了？為何細菌在你身體內突然就擴張勢力起來了？為何在流感大流行的時候就一定被病毒攻擊得逞？免疫力真正潰堤的因素是得不到能量的後援，也就是酵素的缺乏，因為酵素都被用來處理食物了。就在飽餐一頓之後，那種大快朵頤的幸福感尚未退去之時，正是免疫系統最孤立無援之際，因為處理食物是當務之急，處理病毒成為次要的選項。

養生有一門學分必修，是看待身體的角度，身體是他，你是你，你和他必須對話，你必須尊重他的能力，同時尊重他的存在，也就是尊重他的優先順序，尊重他的生存邏輯。很遺憾的，我們被教育要吃三餐，而且要吃飽，要吃得夠營養，當食物越來越精緻複雜，當烹飪技術越來越進步多樣化，當調味方式和材料也越來越全面，身體處理食物的同時，要處理的物質就相對複雜，而且沉重。

我們製造食物，我們發明精緻，我們讓食物控制了身體，然後我們認定身體無能，否定身體所具備的所有天賦。很多專家很懂食物，很多專家很懂營養，很多專家也教很多種養生方法，可是當這些專家從來不曾有讓身體休息的經驗，在他們的經驗中，身體不過就是我們主觀意識的附屬品。關鍵在斷食，關鍵是駕馭飢餓感，關鍵是改變的勇氣，你看過有小腹的醫生嗎？你在健康節目看過身材肥胖的專家嗎？如果再聽到專家名嘴提出遠離生食的呼籲，我們應該用什麼觀點評估他（她）的專業？（原養生實踐筆記之 283）

很多專家很懂食物，很多專家很懂營養，很多專家也教很多種養生方法，可是當這些專家從來不曾有讓身體休息的經驗，在他們的經驗中，身體不過就是我們主觀意識的附屬品。

08

髒養

開闢益生菌專題講座，在課程中提出「分娩環境衛生考量」的議題討論。依照正常的認知研判，醫療科技的無菌無汙染環境是最佳分娩環境，事實並不是如此，研究人員已經從亞馬遜原住民的嬰幼兒排泄物分離出多樣性的豐富菌相，對比從醫院正常順產接生的嬰幼兒腸道菌相，文明世界的細菌觀面臨嚴苛的考驗。議題的探討回到生命的初始，深入細菌的原貌和粒線體之間的演化關係，然後看到我們今天對於細菌的恐懼和排斥，觀念偏差的源頭來自於我們對於感染的誤解。

感染，關鍵在免疫系統暫時性的低迷，或者說潰堤，細菌會整軍出擊必然是確認有機可乘，是時間和空間都對細菌有利的狀況。一般民間概念針對免疫力的維護有相當程度的迷失，免疫力高低源自於平日的保養，相關因素除了飲食外，就是腸道菌相，而飲食和腸道菌相又是相互牽動的兩大健康支柱。今日的衛教普遍要求講究衛生環境，這無關對錯，而是看場域的需求，菌相越是多樣化對嬰幼兒的免疫系統發育就越有利，這個事實距離我們的認知很遙遠。

當我們把分娩這檔事全然委託醫療院所來執行，環境中的致病菌汙染變成了重大的考量，想想母親產道中的多樣性菌叢想方設法要進入嬰兒的身體，這是生物之間的默契，是母親身體和大自然之間的天然謀合，如今卻是在最講究無菌的環境下遠離大自然的原創。繼續再從剖腹產和配方奶粉的雙向科技文

明的迎接中，人類不斷的催生下一代的過敏和自體免疫疾病，接著我們看到類固醇和抗過敏藥物的置入。

最先進的剖腹產善後處置是從母體產道取下黏膜，塗抹在新生兒的嘴巴，確保新生兒可以完整接收到母體最原始的愛心。針對孩子從零歲到學齡前階段的免疫系統發育需求，結論也已經明確，就是所謂的「髒養」，老一輩所謂的「骯髒吃骯髒大」果真不是胡言亂語。回到此刻已經是成年人的你我，保養免疫系統的關鍵就是飲食和菌相的經營，多吃生食和能量食物是重大原則，多讓身體有機會休息是重要的養生方向，多讓免疫系統有充沛的酵素能量後援是避免遭受感染的基礎。

當細菌和免疫力之間的藍圖都明朗了，回頭看到民間對於生食的觀感，聽到多數人對於生食汙染的恐慌，強烈感受到民間身體意識學分的缺乏，大家都往外尋求健康解方，完全不知道也不理會身體的卓越天賦。我們總是強調，當你害怕食物被汙染的同時，你正從外食的環境中捕捉到無可避免的細菌汙染，你也正從空氣中獲得無數的病毒供應，重點還是你沒事，沒有被感染，也不會生病，因為你的免疫系統正非常稱職的執行任務。（原養生實踐筆記之 278）

以新生兒的成長需求分析研判，菌相越是多樣化對嬰幼兒的免疫系統發育就越有利，這個事實距離我們的認知絕對性的遙遠。

09

與時俱進

《生食吃出生命力》是我非常喜歡的一本書，作者柏坦寇女士在書中有很多精采的章節，這本書對我來說是啟發多於示範。相信你和我一樣，從來不會有決定永久吃生食的打算，缺乏勇氣嗎？或許，其實比較接近事實的描述應該是有沒有必要，事實上也真的沒有必要。確實曾經閃過吃生食的念頭，很快就被理智所糾正，吃生食在現實環境有其困難度，孤獨感不小，最大的顧慮是情緒因素，主觀認為這不會是快樂的習慣。

強調主觀，因為真的不夠客觀，沒有做就不應該有所評論，沒有嘗試過也就不該過度想像其結果。可是我深信全生食是成功的養生態度，完全超越間歇性斷食所帶來的健康層級，你只要想像完全沒有工作壓力的胰臟和肝臟，也可直接聯想到順暢的腸道，當然充滿食物酵素的身體所能做的事將超越我們所能想像，腸道菌相也因為生食的滋潤更形豐沛多樣化。

我打算從深度間歇性斷食執行成果來呼應全生食的狀況，立足點即使是有少量熟食當背景的 20/4 兼 5/2，距離全生食並沒有太遙遠，成效也不會差距太大。兩者共同都達成交付主控權給身體的任務，這是養生習慣的最高境界，全生食還原身體和大自然共生的條件，間歇性斷食則局部還原，預留給身體經營熟食的能力和機會。

熟食是製造垃圾的飲食方式，多了繁複的消化過程，多了消化液的置入，多出高濃度胰島素的製造需求，也多出處理垃圾的物流和資源浪費。其實因素並非只有消化這麼單純，酵素資源的分配和能量平衡的更動才是影響廢物清運的因素，複習一下「身體處理食物就不處理廢物」的能量消長就會明瞭。採用間歇性斷食則是在保留熟食的前提下，留給身體最大的動能去把該排出的廢物排乾淨。

很多人或許納悶，為何堅持要採用八十分的方式？應該這樣說，就時代的演變，對身體一百分的方式可不再是一百分的積效，八十分的運用卻有機會達成一百分的成果。這種觀點的基礎是社交，是現代人的生活方式，是我們透過熟食得到喜樂和慰藉的經驗值，我們無法否認從熟食所激盪出的生命動能，當然也不能排除熟食和社交結合之後的附加價值。

生食是大圖像，能量是大方向，間歇則是與時俱進後的努力方向。從斷食到認識生食，從補菌到體會養菌的道理，從方法體會到生活習慣，再從半日斷食進階到間歇性斷食。過程有摸索也有碰撞，有努力也有成長，最有趣的是那永遠不會停歇的進階，因為有講台，因為有讀者，因為有學生，每每在進修的過程中頓悟出身體的脈絡邏輯。能做的就是分享傳授，就是提供動機，就是陪同進步，就是感恩生命所賜予的所有緣分。

希望所有好朋友超越那一條線的觀察和研判，從症候到醫院是一條線，從飢餓感到飽足感是一條線，從收到資訊到分享資訊內容是一條線。請勿再透由線性思維看待生食的汙染，請勿從恐懼的線性經驗拒絕天然食物酵素的恩賜，也請勿習慣性的把養生當成知識性的線性學習。（原養生實踐筆記之 145）

生食是大圖像，能量是大方向，間歇則是與時俱進後的努力方向。

10

酵素是生命

無法推估首度學習到「酵素」是什麼時候，比較有可能是就讀醫學院時期，那時候所學到的概念是身體的蛋白質結構，是生化反應的輔酶。事實上是讀死書，對於酵素根本就完全沒概念，也不曾從食物的角度分析酵素的存在，最汗顏的是對酵素這個名詞有概念是當它成為一種商品名稱的時候。

正式有動機去認識酵素是在接觸斷食之後，突然成為研究酵素的人，和身體互動是很重要的關鍵，我在酵素的版圖中看到生命的力量。我開始在課堂中解析身體是如何在消化過程中損失酵素，以及我們應該如何善用食物本身的酵素生命，回想起一個突然被食物生命力喚醒的中年人，內心的感動只有當初一起共事的同伴有機會察覺。

文章一篇又一篇的記錄下來，著作也一本又一本的產出，過程中陪伴我的是當初引導我認識斷食的酵素，我用珍惜生命的態度使用，也用自己一貫的紀律執行斷食。實話是我不曾把酵素的成本當作花費，畢竟自己早已體會到讓生命滋養生命的道理，除了清楚知道身體會擁抱它，更知道之後身體的淨化和年輕化都和它有關。

總結酵素斷食的第一個十年，可能脫胎換骨還不足以形容我的改變，不會忘記酵素和益生菌在我身上所營造的重生感，可是我知道最關鍵的不是產品，是我的堅持和信念，還有我的自律。搜尋養生祕境或許是天職，可是從來不曾有這麼明確又篤定的感覺，似乎自己對上天所發出的願就在眼前鋪了一條明路，我告訴自己就一直精進上去，進修和實踐併進。

學員是怎麼定義我這個授課老師，真的已經不是太介意，我用心教課，希望學員用酵素體驗讓身體休息的過程，可是不鼓勵沒有明確動機花錢消費。我並沒有把握每一位親自輔導的個案都很精準在最適切的機緣起步，可是我不會鼓勵學員買一瓶試試看，當然也不接受不上課的學員購買產品。酵素是輔佐斷食動機的強大動力，它是生命，不是一般的補給品，看懂其作物成分和發酵流程，生命將賦予更多生命。

當購買酵素的動機出現，懇請思考花錢的念頭，是花錢還是省錢，或者說是花錢還是賺錢，所謂的賺錢是省下來的治病費用以及未來所延展的無價資產。外面銷售酵素的場所和品牌這麼多，購買的時候請務必清楚為何要用，是用在什麼用途，是當營養補充，還是當延續生命。進一步問自己為何對酵素感興趣，在我個人和酵素相處的歲月中，酵素支撐的是我的態度，是我對身體的承諾，是計畫努力傳承自律養生的願景。

我所支持的酵素是台灣的全作物發酵液，是長時期驅動我在養生推廣路上不斷精進的強大生命力，這裡所陳述的不是商業，懇請體察。（原養生實踐筆記之 421）

酵素是輔佐斷食動機的強大動力，它是生命，不是一般的補給品，看懂其作物成分和發酵流程，生命將賦予更多生命。

Part 2

胰臟輓歌

01

糖墜

企業持續虧損，經營方遲早會設立停損點，可能有些部門將被裁撤，可能有些員工將被資遣，可能考慮增加新的產品線，或者也有可能直接把公司結束掉。虧損不單是商業思維，也適用於人體的生命運作，有一種很普遍的虧損模式叫做飢餓，因為餓所以得吃，因為餓所以必須補進更多支撐飽足的食物，這就是一種影響健康的虧損模式。飢餓的時候並不容易去想到飢餓的緣起，好比資金缺口必須先行填補，先解決即時的和緊急的狀況，停損設定再從長計議。

「糖墜（Sugar Crash）」並不是什麼專有名詞，只是學者對於血糖生理的一種描述，就是高升糖之後必然會發生的低血糖，牽涉到的主要激素就是胰島素，呈現出來的表象就是飢餓。在企業內部所發生的就是螺絲鬆動的內部環境，員工都很熟悉被賦予的職掌，每個人都只做被交代的事情，等下班和等休假成為上班的最大動力。飢餓是工作動機，因為缺錢所以必須上班，因為必須上班所以必須找工作，也因為飢餓是正常的生理，上班是正常的舉止，這些都只是眼界所及的表象，看不到真正核心的問題。

吃是為了活命嗎？瞭解身體的人都持相反的見解，不吃才是為了活命，代表我們對於吃存在錯誤的認定，我們把吃擺在太重要的位置，太重視吃的結果，身體已經產生反制。當吃被設定在不對的時間，同時置入不對的食物，後果就是很快的飢餓和很強烈的飢餓，接著螺絲就持續鬆脫，因為被動，因為餓而想吃，因為很餓而必須繼續補充精緻澱粉。「糖墜」一天分好幾次在身體內發生，胰臟既忙碌又勞累，這就是現代人的生病公式，也是終結生命的不變程序。

該是設立停損點的時候了，該是停掉糖墜輪迴的時候了，該是讓胰臟好好休養生息的時候了，如果你真心渴望健康的降臨，就應該聽到我們不變的呼籲：該是回歸身體意識的時候了，白話一點說，就是該是把健康的決定權還給身體的時候了。對於不願意相信的人，身體意識之解說都是無稽之談，身體早已被我們訓練成上班打卡的員工，要他做什麼事情就做什麼事情，反正也沒有多餘的能力和時間可以做其他的事情，反正也只能交差，反正先求存活。

擺在最前方的一定是意願，告訴自己願意改變，告訴自己要有接受改變的勇氣，由於最多人的困境都在飢餓感，因此必須告訴自己要有駕馭飢餓感的決心。停損點在確立動機意願的這一刻就設定好，有一種好現象，幾乎從間歇性斷食課程走出去的學員都出現改變的動能，而且幾乎有意願的都在隔天開始執行。我總是奉勸不急，做好計畫，準備好液體酵素和必要的好菌，期許同時進行重建腸道菌相的計畫，畢竟腸道健康是主軸，身體意識的主要領空也在腸道。

飢餓創造身體持續虧損，看到太多事業有成卻身體貧窮的案例，這是最得不償失的價值順序。（原養生實踐筆記之 274）

「糖墜」一天分好幾次在身體內發生，胰臟既忙碌又勞累，這就是現代人的生病公式，也是終結生命的不變程序。

02

熟食＋精緻澱粉＋三餐＝？

在課堂上談熟食十多年，心得一致，民間對於飲食的執著持續在淪落中，把食物煮熟是正常的，是安全的，是乾淨的，是沒有風險的。就身體的運作邏輯深入食物的消化分解，牽動的是整體能量的水平，繼續牽動內分泌的整體平衡，同時又牽動身體燃料的運用，連結到身體對於脂肪的處置，其間還有一道程序引出更大的問題，就是因應熟食而釋放胰島素所遭致的細胞性抵制。

細胞為何要抵制胰島素，關鍵在葡萄糖的濃度和頻率，這種現象強烈回應現今的主食文化，每日三餐的一般人都以米飯麵食為主要滿足飽腹的食物。簡單複習，就是熟食加上精緻澱粉再加上三餐的頻率，這三者為現代人出現各種不好醫治的慢性病墊基，在疾病敲門之前，我們樂此不疲，在疾病確定之後，我們依然如此這般的吃。面對每一位初次接收到熟食議題的人，經常看到對方強烈的疑惑，這時候一定得搬出熟練生食者對於熟食人的觀感，就是上癮。

針對熟食議題和身體的負擔，請容許我再一次提出胰臟癌的文明現象，這不是意外，是一定會發生的文明崩壞，因為我們創造出折損胰臟生命的飲食方式。一個內臟被設定好兩種功能，就以內分泌和外分泌區分之，前者經營血糖的平衡，和肝臟相互合作，期許血液中的葡萄糖維持在穩定的平衡。後者製造消化酵素，把消化液輸送到小腸，消化液內的消化酵素對應這一刻進入腸道內的食物，意思是不同的食物有不同的消化酵素。

一個內臟做兩份工作，這兩件工事有工程的格局，大規模的耗損體力，高規格的耗損材料，曾經有學者透過物流來說明身體的勞碌，因為必須輸送大量材料去胰臟，這些材料來自於其他器官組織。分析至此，我們可以看出問題所在不是熟食，因為胰臟本身早已練就對付熟食的功夫，真正問題在我們民間以訛傳訛的觀念，真正問題是我們貪吃，真正問題是我們被美食綁架，真正問題是我們沉溺在每天三餐的頻率中，自我感覺良好。

繼續從人性面去剖析胰臟的耗損，場景就在吃到飽餐廳，現象就在每一位節省食物的人身上，我們好好檢視自己家裡的電冰箱，當看到很多打包食物，當隔夜熟食滿載，我們應該要深思的是家人身體的負擔，同時也好好研判冰箱裡面的細菌生態。身體的負擔要緊還是食物的汙染要緊，我們被教育要關注後者，結果是遺忘掉自己身體的天賦，不僅不信任自己的身體，還練就用蠻力折磨自己的身體。

看到糖尿病的罹患率，看到胰臟癌鋪天蓋地的引爆，我們每天的作息真不該修正？（原養生實踐筆記之 341）

身體的負擔要緊還是食物的汙染要緊，我們被教育要關注後者，結果是遺忘掉自己身體的天賦，不僅不信任自己的身體，還練就用蠻力折磨自己的身體。

03

大腦和胰臟的對話（第一回合）

大腦：「你好嗎？」
胰臟：「你是真不知道，還是假不知道？我不好，很不好！」

大腦：「我是真不清楚，很想聽聽你的心情，為何不好呢？」
胰臟：「你可知我這裡兩個生產線幾乎全年無休，甚至是無時無刻都在運作？」

大腦：「生產線？你指的是胰島素和胰高血糖素的生產線，難道還有其他的工廠？」
胰臟：「有一種儲備的機制被過度濫用，你真不知道？」

大腦：「我迷糊了，說來聽聽。」
胰臟：「你可知你想吃東西的時候和吃飽的時候都和我無關，可是過程中我累癱了！」

大腦：「我一直以為是胰高血糖素給我飢餓訊息，而胰島素則反向提供吃飽的訊息呢。」
胰臟：「原來你都一直狀況外，是你一直輸送葡萄糖食物進來，我不得已才必須努力調解血液中的糖分，我可不可以提個簡單要求，你一天之內可以不要一直吃嗎？」

大腦：「可是我該怎麼因應你送過來的飢餓訊息呢？」

胰臟：「我之所以這樣做，其實是因應你一直吃，所以你應該學習不理會我的被動傳輸，我知道皮下脂肪團和其他空間的脂肪團都有很多可應急的食物。」

大腦：「你的意思是如果我這樣做，你就不致於那麼勞累嗎？」
胰臟：「說到重點了，你再繼續這樣操我，我可是會提早罷工的。」

大腦：「罷工？有這麼嚴重嗎？」
胰臟：「我的細胞都呈現過度分裂，兩大生產線都很少休息，尤其你都好吃過度加工的動物性食物，那很難分解得徹底，要不是有細菌在後面善後，我早就做不下去了。」

大腦：「我真不知道你那麼辛苦，以為有那些細菌把關就夠了。」
胰臟：「你不知道的還多的呢！我外圍的脂肪曾經告訴我他們有聯合我變成高度分裂組織的能力，由他們負責血管增生，我只要把營養輸送搞好就行了。」

大腦：「你不要嚇我了，那是會讓身其他部分都接連停擺的，原來你所說的罷工是這麼一回事。」

胰臟：「我也不希望變成那個樣子，只是知道這可以預防，不要一直不停的吃那些東西就可以慢慢修復的。」

大腦：「我確實喜歡吃那些東西，真的不知道吃這樣的東西對你製造這麼大的困擾。」

胰臟：「這是千真萬確的困擾，真的奉勸你站在我的立場深思，環境的整體健康需要我們有共同的默契。」

大腦：「我總是抵擋不住慾望的催促和美食的誘惑，你得時時刻刻叮嚀我，不然有時候真會完全失去理性。」

胰臟:「我可以提醒你，只是希望不要等到讓其他單位來提醒你，因為那時候代表我已經完全停工，可能連同肝臟也會接著全面停工。」

大腦：「你真的不要恐嚇我，我還打算好好品味人生，也想多多體驗各國美食呢！」

胰臟：「…………………………」（原養生實踐筆記之 370）

大腦：「你好嗎？」
胰臟：「你是真不知道，還是假不知道？我不好，很不好！」

04

大腦和胰臟的對話（第二回合）

記錄另一段大腦和胰臟的對話：

大腦：「你還好嗎？我最近食慾變得很差，和你有關嗎？」

胰臟：「我已經沒什麼興致和你說話了，其實我已經難過很久了。」

大腦：「請和我說話，拜託，告訴我你怎麼了。」

胰臟：「你或許看不到，可是我老早就提醒過你不能繼續這樣吃了，可是你不聽。」

大腦：「我有聽啊，我已經吃很少了，每次都會提醒自己不要吃那麼多。」

胰臟：「我的話你都不認真聽，我講的是次數，不是食量，我可以克服食量，可是你必須給我時間休息。」

大腦：「我以為睡覺時間就得到充分休息了，十個小時休息不夠嗎？」

胰臟：「原始設計是夠的，可是血糖偏高，我經常夜半時分也得做事，離譜的是你一早就吃那麼精緻，兩個生產線從早上就開始上線。」

大腦：「睡覺時間都沒吃，早晨都會特別餓，我們都被告知早上必須吃得豐盛的。」

胰臟：「就是因為你缺乏主見，警覺性也不夠，才導致我提早老化的。」

大腦：「我確實不是很懂，我看大家都這樣吃，誰曉得你這麼不堪用？」

胰臟：「你現在反怪起我來了，我已經沒有力氣跟你算帳，反正說什麼都沒用了。」

大腦：「我改，我改，我願意改，告訴我該怎麼做才好！」

胰臟：「我不是沒講過，可是你都不當一回事，你知道你用我的性命賭你的喜好嗎？」

大腦：「我跟你道歉，你原諒我，我以後真的不敢了，告訴我可以怎麼做讓你開心一點？」

胰臟：「我是真的沒有辦法過度工作了，你得讓我休息，不要再吃了。」

大腦：「不吃？都不吃怎麼行？那我不是很快就沒命了？」

胰臟：「我說你白目就是白目，早該做的事到現在還這麼多問題，你多吃一些不需要我支援的食物就對了。」

大腦：「意思是那些超級美味的食物都不能再碰了？」

胰臟：「說實話，你就是那種食古不化的思想，毫無危機意識，也完全沒有遠見，我已經接近完全停擺，你就是想吃也沒得吃了。」

大腦：「好啦！告訴我你的實際情況，我願意配合你的要求。」

胰臟：「我其實從外圍覆蓋一大片脂肪，我就感覺到很大的壓力，如今形成不是很正常的組織，我知道那不是正常的東西。」

大腦：「那我去問醫生，看可以怎麼救你？」

胰臟：「救我？不要傻了，救我怎麼會是醫生的事？那分明就是你的事！」

大腦：「算我無知，我真的不知道該怎麼營救你？」

胰臟：「……………………………」

大腦：「你說話呀！告訴我該怎麼做呀？！」

胰臟：「……………………………」

大腦：「你說話呀！跟我說話呀！」

胰臟：「……………………………」

大腦：「……………………………」

胰臟：「……………………………」

大腦：「……………………………」

（原養生實踐筆記之 371）

大腦：「你說話呀！跟我說話呀！」
胰臟：「……………………………」

05

被食物綁架的幸福

吃與不吃需要平衡，第一次聽到這句話，不理解必然，因為在生活經驗中，幾乎只有吃，沒有所謂不吃。可是在生活實境中，每天都很努力的撥出一段時間不吃，那是夜晚的睡眠階段，是我們聽候身體指示的階段性斷食。不吃的英文是 fast，我們稱斷食，吃是 eat，那是通俗用法，正規的用詞是 feast，也就是餵食，我們身體要求在 fast 和 feast 之間取得一致性的平衡。

把 fast 鎖定在每日的固定時段，把這件事終止的時候就是 breakfast，通常在早晨，我們做了餵食的動作，停止了斷食的階段。所以按照 breakfast 這個字的原始意涵，如果你中午做這件事，breakfast 就是你的午餐，一旦你晚上才進行終止例行性的不吃階段，那麼 breakfast 就是你的晚餐。我們長期對於這個英文字的解讀，是來自於每日三餐的需求，才在翻譯上直接冠上早餐，而且綁定了時間，拖到中午才進行，就變成 brunch。

下視丘被賦予掌管吃與不吃的平衡，同時肩負體重的設定，隨時監控調整機動性的平衡。下視丘屬於內分泌系統的一環，它也得接受其他內分泌系統的牽制和影響，可能在一環又一環的接連失序中，原始的平衡力會逐漸消弭，意思是制衡平衡管理的能耐降到最低。從非自然的第一口熟食入口，身體就開始調整平衡，重新設定體重值，就在我們追加熟食量的生活習慣中，吃與不吃的平衡持續在變動，我們的生命也因此逐漸縮短。

所謂生命縮短不是人類的平均壽命縮短，是我們的壽命在熟食量的增加中逐漸在耗損，壓力因素也參與了這場生命加減的競逐，夜生活也置入的牽動因子，平衡永遠是自然的課題，只要有人類足跡的地方。文明提供了諸多的便利，在生活中，在健康的範疇中，便利都屬於正面的解讀，在便利之餘，我們給予掌聲，我們表達感恩，可是我們失去了承擔，我們遠離了自己的責任。因為該自己做的事，有別人幫你打理，該自己獨立承擔的事，久而久之，我們不用做，也不會做。

這就是健康的經營權，屬於自我管理的一環，可是我們早已把這份職責的視窗擺在別的地方，只要有補給品和藥物，就是健康。請留意這裡所謂的視窗，聚焦在哪裡，哪裡就變成主流，就是你花費的重心，也是你最關注的重點。視窗不轉移就不可能清楚看到長期的缺失，把視窗轉向對準自己的身體，對準逐漸在放棄天職的下視丘，對準已經失衡多時的內分泌，對準被熟食掌控的大腦，赫然發現還有一個學分被當，叫做自律。

面對老師、父母親或長官，可以蒙混過關，可以交差了事，可以只求及格。面對天道和自然法則，修練承擔的紀律學分沒有混水摸魚的機會，遲早都得面對自己所鋪的道路盡頭。身體承受什麼，承擔了什麼，提醒了什麼，我們都知道，因為痛過，因為不安過，因為表現在身上，因為呈現在臉上。

過了，就好了；不痛了，就安了，如果它重複來，如果它還會來，就代表習慣沒改，行為沒變，身體知道，也不斷提醒，我們沉溺在被食物綁架的幸福。（原養生實踐筆記之 176）

面對天道，面對自然法則，修練承擔的紀律學分沒有混水摸魚的機會，遲早都得面對自己所鋪的道路盡頭，幸福值得期待，如果是痛苦，就得承擔。

06

被食物控制

學者研究人類的胰臟體積，發現逐代在增大，這是器官過度工作的表徵，另外一個角度，也是人體對於熟食的適應。因為適應，所以我們可以吃熟食，不致於因為吃熟食就不舒服，胰臟和肝臟承接了分解食物的重任，身體適度調整了蛋白質建材的分配，犧牲了一部分暫時不會危害生命的程序。這就是身體的權衡，是不得已而求全的因應，免疫系統的後援也被適度調遣，輸送毒素的專車也被勒令暫停出勤。

幾百年了，熟食是人類生活的一部分，人體內日間與夜間的代謝動能逐漸在調整。吃與不吃之間還是維繫著穩定的平衡，可是變動和干擾因素確實存在，食物過度加工是一，食量持續加大是一，吃的頻率持續加快是一，不間斷的吃是一，過度仰賴澱粉類主食是一，含糖食物和飲料充斥在生活中是一，食品大量取代原始食物是一。該省思的是我們，這些因素從四面八方進入了我們的生活起居，對於生命，我們逐漸失去了主控權。

人類科學發展中，曾經花很大的力量試圖殲滅細菌，也同時花很大的能量去創造維持生命的食物。人類一度以為控制了細菌，結果證實細菌才是控制方，是細菌掌控了人類，有趣的結果一樣發生在食物上。人類種植作物，生產食物，料理食物，最後人類享用食物，事實是食物擁有人類，食物控制了人類，我們享用美食的時候，是美食擁有我們，不是我們擁有美食。

飢餓感是食物的作品，飽足感理所當然是食物的傑作，身體內多出很多不由自主的傳導，內分泌系統執行非自願的任務，脂肪系統也加入因應食物而產生的激素釋放。吃與不吃之間從此難以平衡，身體有清理不完的垃圾，這是吃與不吃之間失去平衡必然的結果，就從被食物控制之後，餐桌上少不了澱粉類食物，人體內留下高升糖的足跡。追蹤歷史軌跡，熟食的比重難辭其咎，人類身體內幾乎都是高胰島素的痕跡，胰島素操控脂肪的轉換和儲存，擴大的真相是胰島素已經操控了人類的行為和體型，最不樂見的是遠離了健康。

人可以思考，也有意志力，這些心智能力應該就是人類之所以異於其他動物，可是光是吃的行為力就失去了自主能力，意思是內分泌系統已經不再是內分泌系統，我們的思考已經不是正常的思考。如果身體真不需要那麼多食物，如果人體並不適應這麼大量的熟食，我們吃的行為所帶來的後果會是如何？

熟食對於胰島素的釋放產生影響，葡萄糖則放大了胰島素的效應，我們長期被教育留意後者，忽略了前者，就好比被教育關注營養素，卻忽略了熟食所製造的消化負擔。確認吃與不吃早已失衡，我們必須進行減少吃熟食次數和食量，把打擾身體的機率降到最低，好讓內分泌回歸內分泌，免疫回歸免疫，食物回歸食物，消化回歸消化，最後就是身體回歸身體。

身體可以處理熟食，必須是微量的熟食，是理性控制範圍內的熟食，不能是反過來要吞噬身體意識的熟食，也不應是鋪天蓋地掌控思考和情緒的熟食。（原養生實踐筆記之 177）

讓內分泌回歸內分泌，免疫回歸免疫，食物回歸食物，消化回歸消化，最後就是身體回歸身體。

07

從胰臟看熟食

經常在斷食過程文思泉湧，不僅是針對斷食的體悟，閱讀、思辨和創作的靈感和能力都大增。偏偏這是在民眾的觀點中極度排斥甚至可以形容成不美好的事情，其實這是非常典型的人性課題，從很多學員經歷身體淨化過程的不舒服深刻體會到平衡的真理：美好真是需要不美好來平衡之。底下這段斷食語錄於是產生：「對於美食的美好，需要一種不美好來平衡，對於美食所帶來關於健康的不美好，需要一種美好來平衡，共同的答案就是斷食。」

人是我們這一生的修行課題，我的工作強化了對於人和人性的認識和探索，我相信二十年後面對首度結緣的學生，主觀還是最大的障礙，習性還是最大的敵人，頻率還是共振的橋樑。提到短暫遠離食物的不美好，問題就必須回到最極大化的美好，這是很少被放置在養生議題桌上的「熟食」。在課堂中談熟食十多年，發覺願意誠實面對熟食議題的人很少，包括營養師和醫師，或許因為熟食的美好形象早已被極大化，因為熟食的真相早已被慰藉凌駕，進而封鎖任何被貶抑或責難的空間。

熟悉熟食的美感經驗，也熟練斷食的美感呈現，這兩種價值放在我身上所結合出來的是責任。歷經三年的每日一餐（OMAD, One Meal A Day），加上近一年的 5/2 限時飲食，對於熟食的感受持續在更新，絕對從身體的立場，更能感受到身體處理熟食的辛勞。必須聲明，我沒有厭食，而且極度健康，面對美食依然喜悅，好吃的食物下嚥依然享受，差別在身體的訊息接收很精準，踩剎車的決定很果決。

學員問我怎麼吃，也好奇我吃什麼，應該回答什麼都吃，吃的量不是意識決定，是身體決定。從三年前決定不碰麵食，只是一個念頭，很多過去所熱衷的食物就從此遠離，尤其是麵包。透過時間演進，麵包對我居然完全不具吸引力，知道這是腸道菌相改變後的回應，當然也反應身體對於熟食的評價。最近在和家人朋友相處的過程中，深刻感受到相處的氣氛勝過美食的體驗，原來吃只是陪襯，原來美食只是見面的媒介。

必須深化熟食的探討，站在第一線推廣養生，如果迴避了這個關鍵議題，所有的努力都將付之一炬。話題必須進入胰臟的版圖，從胰臟的角度申論熟食，現代人臉上的斑塊是一種呈現，現代人身上的肥油是另一種呈現，現代人對於生病的不確定性則是另外一種看見。從胰島素的失控看到文明病的猖獗，從胰臟癌的發生率看到食物精緻化的傷害，必須再強調從熟食打擾胰臟的次數看到人類視而不見的特性，最後再從醫院的盛況看懂人類喜歡豪賭的特性。

堅持每天都吃三餐熟食，就是堅持不問自己身體的感受，再次懇請自問：「不愛自己的人如何愛別人？」（原養生實踐筆記之 359）

從胰島素的失控看到文明病的猖獗，從胰臟癌的發生率看到食物精緻化的傷害，必須再強調從熟食打擾胰臟的次數看到人類視而不見的特性，最後再從醫院的盛況看懂人類喜歡豪賭的特性。

08

生酮指數最佳化

營養素，是接受健康資訊最常聽到的內容，我們張開口吃，認知中是一件必要的事，我們需要透過吃補給營養素。最常被問到需要不需要補充維生素礦物質，這是被定調成微觀營養素的必需營養素，因為身體不能合成，必須仰賴食物的補給。這些資訊從課本學到市場，發現財力雄厚者大量補給各式營養素，結果身體沒有比較健康，因為缺乏菌相概念，也卻乏荷爾蒙的概念，最大的敗筆是把身體當成被動配合的單位。

複習一下巨觀營養素，指的是碳水化合物、蛋白質和脂肪。我們每天大規格的把這些營樣成分送到身體裡面，必須要知道身體是喜悅接受，還是痛苦承受，最重要的是這樣的飲食習慣最終是帶來健康的結果，還是病痛的表現。我個人的學習心得和實證體悟，有兩大區塊至關重要，也是民眾長久沒有學到的部分，首先是腸道微生物群的養護，其次是胰島素的角色。

把胰島素重點整理歸納，它是荷爾蒙激素的一環，是肩負內分泌平衡的要角，是營養素輸送與儲存的訊息總司令。注意到營養素的字樣，不再只是血糖，不再只是碳水化合物分解成葡萄糖之後的去向，還包括蛋白質解離成胺基酸之後的去向。這部分的胰島素角色和肝臟密切相關，是它負責告知肝臟營養素即將輸送過去的訊息，也是它傳遞給肝臟將葡萄糖轉換成肝醣或三酸甘油脂的指令。

當食物經由腸道的酵素和細菌大規格處理分解後，脂肪酸由來自肝臟的膽汁進行第一階段的工程，葡萄糖和胺基酸的分配則進入肝臟工廠進行，關鍵指令來自胰島素，當食物中含有大量澱粉和蛋白質（必然是熟食）就會指引胰臟釋放胰島素。必須知道只要胰島素高劑量存在，葡萄糖轉換成脂肪的工程就不會停歇，所以關鍵內容不是食物中的脂肪，是吃到澱粉和蛋白質的混搭，而這就是我們最常吃的組合。

生酮飲食之所以崛起，除了身體需要這些好油外，對健康最大的益處落在對於胰島素沒有作用，是最不打擾胰臟的飲食方式。課堂中總是被問到，如果生酮這麼好，為何我們不直接採納並且加入推廣的行列？關鍵不是生酮有缺失，是其價值沒有超越間歇性斷食和全斷食，在「不吃的時間線」說明中可以體會到關鍵點，在「暫停鍵」的闡述中也揭露了真相。斷食不再是一種養生方式，而是一種生活態度，因為暫停的運用必須在生活中，不吃的演練必須在習慣中。

我們需要一種不驚動胰臟的生活習慣，也需要一種不為肝臟製造高度警戒的生活態度，把不吃的演練落實在每星期的作息中，這是歸還身體健康主導權最務實的方向。只要把打擾胰臟肝臟的機率降到最低，只要身體擁有主導權，胰島素就回歸平衡，內分泌也就趨向恆定，身體永遠都在清除廢物的動能中。回到餐桌上，回到面對食物的小確幸，能夠生酮就生酮，做不到生酮化也可自在，間歇性斷食才是最佳的生酮，把斷食落實在生活中才是生酮指數的最佳化。（原養生實踐筆記之 157）

斷食不再是一種養生方式，而是一種生活態度，因為暫停的運用必須在生活中，不吃的演練必須在習慣中。

Part 3

胰島素瘟疫

01

高胰島素

胰島素過高確定是現代人所有文明症候的根源，我們通稱之為胰島素血症。

可以確定尚未發展成重症的人也有胰島素過高的問題，只是自己沒有感覺。

其實感覺都在，只是不清楚這些感官和胰島素有關。

常態性飢餓是一種呈現，睡眠障礙是一種呈現，婦科疼痛是一種呈現。

呈現不是要點，疼痛不是焦點，高胰島素怎麼發生才是重點。

高胰島素和高脂肪囤積相關，因為胰島素給身體將葡萄糖轉成脂肪的指令。

高胰島素加上高血糖，接著便是高體脂肪，這是時間的問題。

當內臟空間已經佈滿脂肪，血管壁囤積脂肪也是時間的問題。

以上的描述很容易連結到肥胖，真相是高胰島素和肥胖沒有絕對的相關。

從心肌梗塞的個案深度分析，得到民眾深度誤解脂肪的結論。

高胰島素來自於胰島素阻抗，胰島素阻抗是習慣和時間聯合起來的作品。

早餐很重要開啟了胰島素阻抗的普及，早餐的幸福感驅動胰島素阻抗無所遁形。

問題不在早餐，在晨間的黎明效應，在餐後的高升糖和低血糖效應。

吃早餐不是罪惡，接下來無可避免的中餐和晚餐才是罪惡的淵藪。

其實食物無罪，將食物精緻化的是人，被食物綁架的也是人。

把問題整合成三個字，好熟悉的吃三餐，好正常的飲食習慣。

時間往前推個半世紀，吃三餐沒大問題，食物不精緻，料理也不複雜。

搜尋胰臟癌的足跡，半世紀之前沒有，這一刻到處都是胰臟癌。

所以問題不是吃三餐這件事，是三餐的內容，是胰臟肝臟被折磨的程度。

別忘了內臟脂肪覆蓋在胰臟表層，不能忽略脂肪和腫瘤之間的關聯。

研究人員在腫瘤發現廣泛的胰島素受體，將癌症腫瘤毫無疑惑的連到胰島素。

如果還記得高胰島素和脂肪囤積的關係，儲存脂肪的物流動線就成了關鍵因素。

何處來的這麼多葡萄糖可以傳成脂肪，終究還是回到每天都得吃三餐的習慣。

精緻澱粉的弊端終於還是得浮上檯面，故事當然要回到被誤解半世紀的膽固醇。

如果不把脂肪看成壞東西，澱粉類食物不致於被如此的重視和喜愛。

由於維持不變的脂肪物流，身體只能燃燒葡萄糖變成約定成俗的生態。

吃三餐精緻澱粉的人有多少，高胰島素血症的人就有多少。

只是吃三餐，只是情緒鬱悶，只是被害情結，脂肪組織竟然也質變。

只是肚子餓，只是壓力不小，只是無從紓解，文明重症接踵而至。

先破解飢餓根源，接著打破三餐的制約，指望胰島素回歸穩定。

摘錄《我不吃早餐（原書名：早餐是危險的一餐）》裡面的一段話：

「胰島素是一種必要荷爾蒙，少了胰島素人類無法存活，但是胰島素過多也會致命。不幸的是，早餐正是胰島素過多的元凶。」（原養生實踐筆記之 403）

高胰島素來自於胰島素阻抗，胰島素阻抗是習慣和時間聯合起來的作品。
早餐很重要開啟了胰島素阻抗的發展，早餐的幸福感趨動胰島素阻抗的無所遁形。

02

十三年

有一個統計資料，整理出胰島素阻抗平均發生在第二型糖尿病發作的十三年前，這是非常值得深入探討的議題，對於養生保健可望整理出鞭策改變的動機。胰島素阻抗發生在每日三餐熟食的人身上，輕重程度不一，早餐吃得愈精緻的人有更加嚴重的傾向。論述學理基礎載明於《我不吃早餐》一書，我個人曾經大推這本書，可是在閱讀《糖尿病救星》之後，發現加拿大這位華人醫師的邏輯推論遠遠超越英國牛津大學的生化教授。

這個統計數字足以推翻所有主觀認定糖尿病是遺傳疾病的觀點，重複說明養生的責任觀，所有疾病的表現都來自於環境，吃是環境，情緒是環境，推卸責任也是一種環境的表現，把病症推給遺傳就是不負責任的表象。這十三年中，最終引發糖尿病的人都在吃的習性中導致阻抗逐漸失控，生活習慣中有吃三餐的絕對必要性，食物的選擇中有精緻澱粉類的不可取代性。

是我們把自己丟在這個漩渦中，是我們自己沒有健康意識，這一切都在荷爾蒙的失衡中逐步被放大，加上腸道生態幾乎毫無好菌繁殖的空間。在這十三年之中，有太多機會可以逆轉情勢，有很大的空間可以把內分泌調回到正常狀態，想想我們都在做什麼，我們忙著社交和應酬，我們忙著打擾身體，我們忙著經營高胰島素血症，我們忙著把內臟周圍堆滿了脂肪。

很重要的關鍵，是這十三年測不出血糖的異樣，因為高胰島素弭平了高血糖，血糖值在胰臟持續釋放胰島素的動作中出現代償性的假象。真正測得出異常的是胰島素，真正看得出異常的是高胰島素所引起的肥胖和局部脂肪囤積，還有不知道可以連結到高胰島素的婦科症候和癌症診斷。這一段所提示的是即刻改變飲食習慣的關鍵性，當多數人都停留在恐懼害怕的陰影中，導致他們裹足不前的居然只是飢餓感和對食物的迷戀。

要知道，疾病正在發生，退化正在進行，一旦高胰島素血症存在著，它就指揮著惡性循環的動線，癌症是其中一條發展線，糖尿病是一條發展線，透過高內臟脂肪所連帶發生的心血管疾病是一條發展線，巴金森氏症和失智症也是一條發展線。十三年是糖尿病的基數，難說不是其他疾病的基數，或者十年，或者十五年，或者二十年，重點是出現病症的時候都是病入膏肓的時候，是悔恨為何不早點學習養生的時候。

為何不願意養生，因為有醫生，只要有狀況再來找醫生，可是就在那十三年之間，很可能查不出任何異樣，靠檢查報告做診斷的醫療體系也無法提供任何協助。這就是醫療體系的外圍邏輯，這就是醫院文化的末端思維，這就是西方醫學的善後策略，掃描可以決定，數值可以明確，圖片可以說明，可是病患真正的問題是生活習慣，最麻煩的是食物在身體裡面掌控了內分泌傳輸，病人的慾念和期待都從食物的過度加工所引發。

應該思考的是現在處於十三年的哪一個時間點，或者是二十年癌化的哪一個時間點，而現在可以做什麼，應該要做什麼。（原養生實踐筆記之 213）

所有疾病的表現都來自於環境，吃是環境，情緒是環境，推卸責任也是一種環境的表現，把病症推給遺傳就是不負責任的表象。

03

病體

曾幾何時，近十年，近三十年，才是近五十年內的事情，所有人的身體都一致性的成了病體。隱疾不是少數人的特權，是所有人的內在，不時出現的疼痛感會有警覺，坐在馬桶上會有警覺，每個月時間到的不安會有警覺。日本人說這是生活作息病，一點都沒有錯，最合理的研判就是全世界的人都共同出現的生活習慣，是睡覺睡少了嗎？或許是，可是最主要的因素是吃東西的機會多了，是大腦渴望食物的慰藉傳輸太頻繁了。

讓我協助你回想一下，當你走在超市的貨架通道，最有機會被你放置在購物車上的，除了基本家用需求外，應該就是可以統稱為慰藉食物的各式食品。接著是一個人獨處的空間，大腦發出尋找食物來滿足的指令，之後是嘴巴無意識的咀嚼，全身無止境的滿足。其實每一位上班族都熟悉這種供需，大腦一陣忙碌之後就進入對葡萄糖的強烈需求，消化道的飢餓感其實都來自於大腦的慣性，現代人真的很忙，吃得很忙。

胰島素阻抗必須要有兩大背景因素才會成立，一是胰島素水平夠高，二是時間延續夠久。從阻抗出現到高胰島素，再從高胰島素催生阻抗，外在行為就是不斷的吃、無意識的吃。我們熟練了美食的創新，也適應了慰藉的指令，唯獨最陌生的就是胰島素阻抗和高胰島素之間的惡性循環，我們不清楚內分泌已經失衡、荷爾蒙已經失常。

需要改掉嗎？需要，改得掉嗎？說實話，不容易。應該說這不是一件浩大的工程，也不是很難做到，由於周遭環境並不支持這樣的習慣，所以自律永遠在習慣之上。同時強調改變習慣的困難度和容易度，兩者之間只有一條線，這一條線是自律，自律性夠就容易，缺乏自律性就會有難度。吃不是理性的行為，食物的魅力無窮，精緻食物的添加物具備勾引食慾的能力，如何在非理性的情境中經營出理性，養生的祕訣在此。

健康議題最後又回到自我管理的範疇，不是知識，不是方法，不是哪一套養生法有沒有效果，不是該吃哪一餐，不是不該吃哪一餐，不是哪一位專家怎麼說，不是哪一位專家又怎麼主張，是體悟到腦袋到身體的那一條傳輸系統，是體會到理性管理飲食頻率的重要性。主控權是重要議題，概念上以身體掌握主控權為主要訴求，可是理性還是得伴隨，大腦的理性還是得時時在行為上監控身體的主導權（身體為主，大腦為輔）。

鼓勵閱讀本文的你超越研究學問知識的版圖，這是多數人的盲點，尤其是非常熱衷於學習的人，學了很多，做得很少。讓身體做主是進行式，是刻意練習之後所獲致的喜悅，是不斷反芻同時精進所理出的動能。當各種養生論述在你身旁放送，讓身體來回應，不由大腦來呼應。大腦決定換品牌、換醫生、換補品、換信仰，身體經營的是道路，合就是合，不合就是不合。

我們從小在標準答案的制約中成長，在健康的領域，大環境重視營養素和檢查報告的制約，可是養生之道必須超越標準制約，必須是信行學中的行中悟。（原養生實踐筆記之95）

大腦決定換品牌、換醫生、換補品、換信仰，身體經營的是道路，合就是合，不合就是不合。

04

吃飽是毒

吃是福，能吃就是福，
在吃的世界中，吃是能力，是能耐，是福氣。
不能吃的世界同時存在，在世界某一角落，人活著卻不能進食。
外科手術病房有吃的禁忌，安寧病房有進食的規範。
消化道不通也就不能再吃，好久沒解便也不應再吃。
明明吃是福，為何吃變成禁忌，為何吃不再是福氣。
是否濫用了吃的權利，是否放大了吃的能力，
是否不珍惜吃的福氣。

吃有尺度，五分飽到七分飽，八分飽到十分飽，
沒吃飽到超級飽。
探索低等動物的感官，找不到吃飽的足跡。
吃飽是人的發明，吃飽是人的專利，
吃飽變成吃之所以令人愜意。
吃要能飽，吃要足夠才會飽，吃要吃對才能飽。
父母親要孩子吃飽，開餐館要讓客人能吃飽，
請客的人執意讓客人吃飽。
吃飽變成價值，吃飽變成要求，吃飽變成問候語。

澱粉類食物出現在吃飽的世界中，
米飯麵食成為吃飽的必要糧食。

精緻澱粉進佔餐飲業的菜單，同時攻佔食客的慰藉傳輸。
沒有澱粉食物就沒有飽足，不是真理，卻是眾人的堅持。
吃是福變成過去式，吃飽才是福是現在進行式。
吃到飽變成餐飲業型態，食客的目標不再是吃到飽，是吃到撐。
其實沒有人想吃到撐，由於過不了人性關，吃到撐終究是完成式。

在吃飽的期望值中，人體持續經歷高血糖和高胰島素的洗禮。
在吃飽的慾求與歡樂中，
人類忘掉食物的本質，逐漸遠離食物的生命。
沒有生命的食物成為填滿飽足的主食，
飽足感發展出意外的結局。
食物沒有了酵素就沒了生命，食物沒有生命就剝奪食客的生命。
沒有生命的食物耗損食用者的生命，
飽足感凌駕就是身體負擔的展現。
從好吃的食物到吃得飽的食物，從美麗的慰藉到滿足的凌遲。

高血糖之後發生低血糖，高胰島素之後必有低胰島素。
經過時間的延續，
高血糖依舊接續低血糖，唯獨胰島素居高不下。
這是內分泌失衡的劇本，也是胰島素失控的版本。
其實這是飢餓的劇本，由低血糖所遙控的腳本。
從飽足到飢餓變成內分泌的常軌，
高低好幾回形成每天內分泌的足印。
飢餓之所以難受，因為太依賴飽足，
飢餓之所以難耐，因為太執著澱粉。

身體必須處理食物，身體也必須處理廢物。
殊不知，身體處理食物之餘，削弱身體處理廢物的能耐。
身體密集接受沒有生命的食物，胰島素成為內分泌的干擾原。
牽連到脂肪的大量儲存，牽連到胰臟的重度負荷，
牽連到腫瘤的無端生成。
只是吃的需求，只是吃飽的慾求，只是抵擋不住飢餓感的渴求。
吃還是福，飽不再是福，毒素廢物滿佈是事實，吃飽是毒不是福。

既然會有不能進食的一天，不如提早自主不進食。
在長壽者的經驗中，空腹是一種享受，不吃是一種能力。
能吃還是福，能不吃是修練的果實。（原養生實踐筆記之 406）

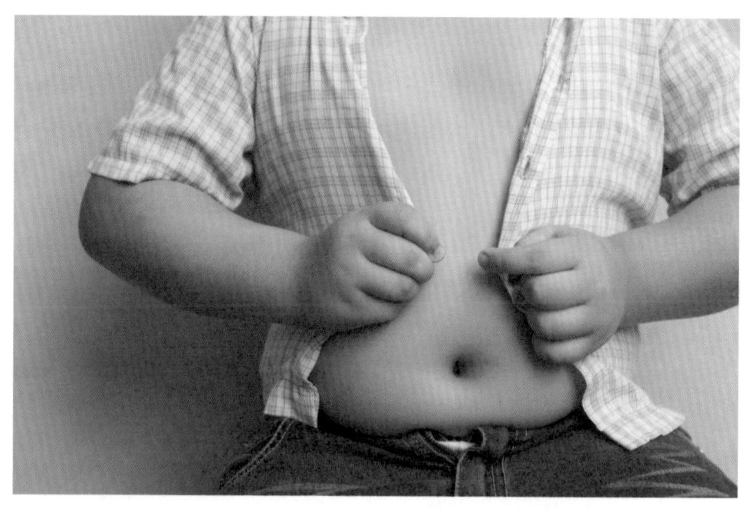

食物沒有了酵素就沒有了生命，食物沒有生命就剝奪食客的生命。

05

甜

甜和血糖之間的關係，糖和糖尿病之間的關係，這是一種經驗值，這是我們所接受的教育，我們被訓練成透過思辨來判斷身體感官的高手。「在得到糖尿病之前，就盡情享受甜食吧，可是一旦被診斷有糖尿病，你和甜之間的關係就將被管制。」類似這種被感官牽制住的觀點好像被植入晶片般的框住我們的思想，直到多了澱粉和醣類的關聯，多數人知道必須節制澱粉類飲食，糖尿病病患進一步被限制食用米飯麵食。問題是民眾的觀念依舊停留在血糖值是否正常，民眾的擔憂依然脫離不了甜和這個疾病的關係。

血糖高不正常，所以要降低，而降低血糖的途徑就是吃藥，這種來自醫生的聖旨框住病患的思想幾十年，被迫吃幾十年藥物的病患沒有人因此而康復。如果這是一個邏輯思辨題，所有大數據都證明藥物沒有治癒的能力，那麼吃藥的意義何在？當真相攤在陽光下，把血糖和處方之間的關係擱置，證明發生糖尿病的真正元凶不是高血糖，而是高胰島素。

病患因為高血糖而確診糖尿病，有可能病患並未出現高胰島素血症，只是短暫的血糖失衡，接下來的處方才是文不對題的解方，因為干預血糖代謝，高胰島素終將是問題所在，畢竟這些病患都被規定三餐吃藥，一日三餐是必要的程序。糖尿病永遠醫不好的關鍵在此，這種謬誤就對應到我們對於甜分和血糖之間的線性關係，就連沒有糖尿病的人也對於甜分出現顧忌。

甜的確不好，糖分的確不宜過多，可是真正重點不是我們的研判，是身體的能耐，是身體平衡血糖的能耐，真正的關鍵是身體主導平衡的能力。

為何糖尿病患在進行一兩星期的生鮮蔬食後可以看到穩定的血糖值，為何病患在執行間歇性斷食幾星期之後血糖值持續的穩定，我們透由兩個大方向詮釋這種狀況，其一是病患沒有糖尿病（多數糖尿病病患其實都沒病），只是血糖回歸穩定的能力出現短暫障礙，其二是身體必須接管平衡權，而每天騰出讓身體不被熟食打擾的時間線就是關鍵。說穿了，人類歷史上所謂第二型糖尿病都是飲食精緻化的產物，也是醫療文明自作聰明的作品，病人只需要練習飲食調整，被交代要吃藥的病人只要用心體悟身體意識的存在，就等身體回歸自主的那一刻。

全球接近五億的糖尿病人口是怎麼產生的，這是人類自創的災難題，也得仰賴人類自行收拾殘局，問題是新病人一直產生，新的藥物也一直問世，新的營業數字也一直攀升。沒病治療什麼？當三餐繼續配合處方，當食慾繼續迎合熟食的禍害，結果就是前仆後繼的生病，爭先恐後的治病。（原養生實踐筆記之 358）

甜的確不好，糖分的確不宜過多，可是真正重點不是我們的研判，是身體的能耐，是身體平衡血糖的能耐，真正的最關鍵就是身體主導平衡的能力。

06

糖胖症

肥胖與糖尿病經常發生在同一個體身上，這已經是今日社會的一種常態，本來是兩件事，既然合在一起，是怎麼發生的？是肥胖引發糖尿病，還是糖尿病引起肥胖？我們經常在身體內部運作的軌跡探討類似問題，到底哪一造是蛋，而哪一方是雞？有時候真是無從研判出現的先後順序，可是針對肥胖和糖尿病的發生，根據脂肪組織的研究結果，證據十足明確，糖尿病的發生在後，肥胖的存在是前方的牽引力。

肥胖不是雞，糖尿病也不是蛋，是不當的飲食習慣，是不良的菌相和失控的內分泌所造成。追蹤每一位認定自己肥胖的個案，會鎖定一段極度失控的飲食習慣，理由是忙碌也好，是沒時間睡覺也好，關鍵還是不停的產生飢餓感和不停的吃。飢餓感的形成就得回到身體內一系列的惡性循環，首先是最單純的澱粉類食物所營造的高升糖和低血糖，接下來才是一連串的飢餓和吃，是飽足感和飢餓感的輪流接棒，最後才是胰島素阻抗和高胰島素的輪番上陣，造成大量的脂肪從肝臟被製造出，然後輸送至脂肪細胞內儲存。

真正形成糖尿病的關鍵來自於更後期的發展，從脂肪細胞的過量脂肪擠壓到發炎訊息不斷的從脂肪細胞釋出，導致免疫巨噬細胞大量在脂肪組織裡面聚集。所謂後期是指當事人的肥胖狀態已然形成，由高胰島素所主導的內分泌路線已經無法駕馭，通常在這個階段，當事人的胰臟表面已經被一層層厚厚的脂肪所掩蓋，胰臟本身也已經是胰島素阻抗的受害器官，胰臟的細胞代謝狀況持續低落。

這一系列的失衡軌跡其實不需要太過深入，我們必須要清楚的就是最原始的習慣養成，這是環境的責任，是長期的道聽塗說和不求甚解所造成，是從來沒有人用力呼籲每天吃三餐的嚴重禍害。至於肥胖是否一定是糖尿病的前身，事實上不全然，畢竟胰島素和血糖的聯合失控都源自於胰島素阻抗，關鍵是行為和習慣，關鍵在時間的延續，關鍵在被食物綁架，一旦把基因和菌相因素都納入，發病軌跡就很明顯了。

在《血糖解方》一書中，作者馬克海門醫師提到這個世紀中以前，美國的糖尿病罹患人數將從每十人有一人糖尿病發展到每三人有一人糖尿病。其實我們都不用去看遠方的美國，就看看你的鄰居，就看看距離你最近的醫療院所，台灣的糖尿病人數也在失控的軌道中。請務必從能量分配系統的角度去認識身體，養生的關鍵就在身體的能量運作邏輯，我們不宜經常性的干擾身體支配能量，關鍵是習慣的延續，如果繼續維持每天吃三餐的頻率，遲早都將被迫去敲醫師的門診大門。（原養生實踐筆記之 301）

肥胖不是雞，糖尿病也不是蛋，是不當的飲食習慣，是不良的菌相和失控的內分泌所造成。

07

脂肪權位

一般人對於胖的反應是什麼？更精確的問法是對於自己胖了的反應是什麼？沒有意外，醜的比例大於不方便，不方便泛指穿著和行動，而不方便的比重又遠遠超越了不健康。至於為何會胖，脂肪當然是罪魁禍首，有肥胖顧慮的人都不開心脂肪的來源，多數容易增胖的人甚至不解為何自己吃得比別人少卻囤得多，最後在得不到滿意解答之餘，只能把箭頭對準遺傳。

脂肪怎麼來的，真正問題的根源不完全是食物中的脂肪，而是食物中的碳水化合物。比較明確的說法就稱胰島素為脂肪生成與輸送的指揮棒，只要胰島素濃度居高不下，我們對於碳水化合物的需求就會提高，意思是會更想吃精緻澱粉類食物，然後繼續在體內創造單一方向的脂肪物流。

問題必須回到身體更厚實、體積更大的脂肪囤積，我們先從一般人的念頭和舉止來破解重大的迷失，就從接受抽脂手術的愛美女性談起。在明確的減肥動機驅使下，醫生和病人共同決定把那些不雅觀的肥油抽出，好讓身體可以回歸期望中的美觀線條。先說結論，這是必須花大錢的手術，不是一般人花得起的費用，重點，這是傷害身體結構的做法，因為抽掉的不只是脂肪，還有滿滿的脂肪細胞，當事人在飲食習慣不改之餘，往後的脂肪將多出囤放在內臟空間的比例。

所以身體多出來的油脂有兩種狀況，一種是不斷被脂肪撐大的脂肪細胞，另一種則是脂肪內容正常的很多脂肪細胞。這

兩種狀況直接回應當事人的飲食和生活作息，相撲選手就屬於後者，來自於他們每天都保留充足的時間讓身體休息和調整，加上大量的能量消耗，身體並沒有進入胰島素阻抗和高胰島素血症的情況。間歇性斷食被證明有穩定胰島素的作用，關鍵也在是身體在運作，不是食物在運作，和相撲選手的案例類似，間歇性斷食需要高度自律，對身體承諾，不是要求身體妥協。

脂肪細胞會長出脂肪細胞，脂肪不會長出脂肪，只會從肝臟一直輸送過來，只會從嘴巴一直進來，只會讓脂肪細胞一直膨脹。我們到底應該經營出哪一條脂肪動線，完全看我們的態度，完全看我們有沒有認清身體多出來的是脂肪還是脂肪細胞。脂肪是燃料，身體會提去使用，不需要央求醫生幫忙抽取，這種醫療行為抽掉了很多身體的結構，因為脂肪細胞是我們賴以生存的內分泌重鎮，在內分泌的恆定功能中扮演關鍵的角色。

脂肪，好比在體內監控我們行為的單位，它和下視丘串聯起來管理我們的食慾，聽他們的，或是聽腦袋的，結果大大不同。（原養生實踐筆記之 306）

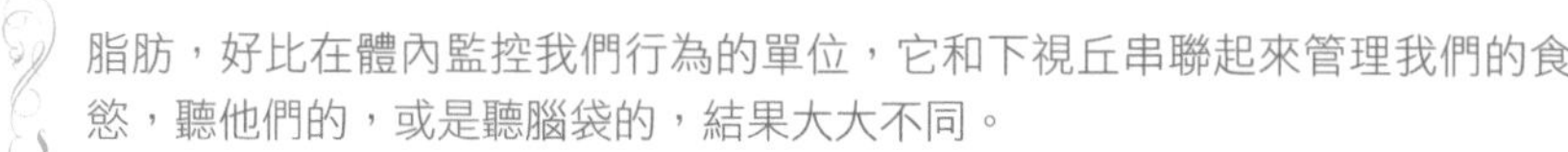

脂肪，好比在體內監控我們行為的單位，它和下視丘串聯起來管理我們的食慾，聽他們的，或是聽腦袋的，結果大大不同。

08

熟食效應

學員持續提出關於生食熟食和精緻澱粉的問題，這些都屬於脈絡尚未貫通的提問，當然也有可能還沒能抓住課程的主軸。來自於民間的教條，我們習慣性的把食物分成健康的和不健康的，所以當廠商說健康食品，我們就相信他們的東西屬於健康的補給品，我們也遵從營養師和醫師的指示，很多食物不利於身體健康，能少吃就少吃。請容許我提醒，這是一種思考模組，在我們被灌輸的健康邏輯中，食物的好壞對錯形成一種框架，而且補給品都是對身體有益處的。

把精緻澱粉的歷史沿革和致命性傷害提出，不是勒令把這些食物隔絕在生命的外圍，學習養生有必要讓包容取代對立，食物的確有好有壞，可是終究不是黑白分明，很多好食物也會產生壞效應，很多感覺對身體不好的食物卻也離不開我們的生活。我們解釋米飯麵食，重點似乎在這些食物所衍生的血糖效應，這是一種直線式思考，所以會有所謂的斷糖飲食，會有所謂的減醣革命，可是當我們把這些食物的比重降低，不是完全的隔絕，同時加重其他蛋白質熟食的比重，結果對於我們想改善的目標並沒有太大改變。

我們想改善什麼？脂肪，不是減少食物中的脂肪，是減少身體永遠是單向的代謝脂肪，必須特別說明的，轉換成脂肪的來源除了葡萄糖外，還有蛋白質。頻率是身體邏輯的重心，我們犯最大的錯不是吃熟食，是打擾身體的頻率，是導致身體進入轉換並輸送脂肪的物流，關鍵在胰島素，而胰島素的高濃度都來自不間斷的吃熟食，也就是吃三餐的習慣。務本之道在降低胰島素，不是降低血糖，所以是減少打擾身體的次數，不是隔離精緻澱粉，是斷餐數，不是斷糖。

胰島素是一種熟食效應，高胰島素是文明世界的現代瘟疫，高頻率食用熟食創造出高胰島素，日積月累的胰島素阻抗也形成高胰島素，結果指向大量脂肪的輸送，這樣的生理動能就來自於我們每天要吃三次熟食的習慣。時間到了想吃東西，不吃感覺怪怪的，其實身體很可能並不很餓，我們絕對不能小看這些生活中的小細節，因為這些細節累積成超級負擔。因為身體立場不是我們的立場，身體的負擔不是我們的負擔，可是身體的抗議最直接的承受就是自己的生命。

在間歇性斷食課程開宗明義談設定，接著談頻率，可是學員都只收到我過程中對於食物本質和食物加工精緻化所帶來的傷害，所以開始挑選食物，繼續把食物做細部的分類，可是從身體負擔的角度，從身體處理食物的承受和承擔，只有生食和熟食的區分，只有讓身體休息和不讓身體休息的區分。鼓勵繼續學習和體驗，期待能夠收到身體的頻率，我建議初學者務必使用酵素，關鍵在為自己拉出那一條不打擾身體的時間線，形成習慣，也促成自律和自信的串接。（原養生實踐筆記之 292）

從身體負擔的角度，從身體處理食物的承受和承擔，只有生食和熟食的區分，只有讓身體休息和不讓身體休息的區分。

09

吃的物流

站在十字路口看熙攘往來的車輛，如果連計程車也不時要加入物流系統的送貨行列，路上的物流單位佔了多少的比例？問這個問題或許毫無意義，廣大的就業機會或許是一種正向表徵，物流業的崛起或許也代表商業脈動的興盛。才只是五年左右的時間，在中國大陸看到街上送食物的盛況，沒有多久，在大樓電梯的廣告螢幕看到 Foodpanda 的廣告，延續到今天，已經是滿街都在運送吃的。

從需求到金流再到物流，實在沒有我這種金融外圍者的評論空間，唯一想讓我思考的是吃的需求，是這種方便性所帶來的後遺症，不看費用成本，我針對的是太容易滿足食慾的風險。每一位付費的人都考慮過多出來的物流成本，也都覺得值得為方便多負擔費用，方便絕對是重大的消費動機，可是對食物的需求如此高是否存在更大的隱憂？我們都熟悉吃和時間綁在一起的生活模式，從身體的原始設定回應這種行為，背後的主要推手是精緻澱粉。

我不知道如果當年 Ancel Keys 不主張膳食脂肪的禍害，接著會不會出現鋪天蓋地的碳水化合物主食觀，可是這兩者之間必然有連帶關係，人類因此大量種植稻米小麥也是串連出來的商業脈動。原點是需求，需求可以是身體最根本的需求，也可以是人類創造出來的需求，就澱粉類主食的存在，最原始的需求點就來自於人類的創意，如今已經形成身體的強烈需求，這代表著什麼狀況？原始並不存在的需求如今連結到人類的文明症候，好比星星之火點燃森林火災，一發不可收拾。

高胰島素血症的普及率已經是公認的疾病推手，無關年齡，無關性別，無關種族，這是一齣人類自我毀滅的戲碼，因為在文明世界的思維中，利益凌駕一切。進一步從生活面去看這些需求，從早餐、中餐到晚餐，精緻澱粉完全佔據餐桌和消化道的空間，在人們的認知中，那是美麗的慰藉，也是幸福的境界。我們不在乎身體在這些物質大舉入侵之後的狀況，後面還有另外一個龐大的醫藥物流會承接，反正生病無可避免。

別忘了身體也存在重要的物流，因為必須處理精緻熟食，胰臟和肝臟承接了後續的消化工程，工廠不足的原料物料就必須委由物流來運送。這樣的物流忙碌就代表生命的耗損，製造消化酵素和胰島素的物料成本和物流成本都是澱粉主食所創造出來的後端災難。稱它災難，因為人類在進入老年後的生命品質就完全反應出之前的生命耗損，由食物引發飢餓感，由飢餓感引發食慾，由食慾引發身體內的複雜物流，除了胰臟肝臟的消化物流，還有大量葡萄糖在肝臟轉換所帶動的脂肪物流。

把食物的外送物流連結身體的後續物流，是誰壯大了誰？哪一方成就了哪一方？（原養生實踐筆記之 263）

人類在進入老年後的生命品質就完全反應出之前的生命耗損，由食物引發飢餓感，由飢餓感引發食慾，由食慾引發身體內的複雜物流，除了胰臟肝臟的消化物流，還有大量葡萄糖在肝臟轉換所帶動的脂肪物流。

10

透視脂肪的囤積

針對很具顛覆性的研究發現，有前瞻性的學者經常得經歷過一段被主觀認知批判的過程，少則十年，多則超過二十年。曾經在書上寫下自己的心得，針對突破傳統藩籬的勇氣，針對地球上這些少數族群，感恩有他們的堅持，我們今天得以享受到最正確的觀瞻。可是路還很長，需要突破的障礙還很多，尤其只要看到醫療科技不斷更新，我只有更加憂心，民眾的聚焦將更加遠離真正養生的核心，卓越的身體被棄之如敝屣。

學界有一段深入研究肥胖的軌跡，牽涉範圍很廣，包括研究細菌的，也包括研究脂肪的，當然不能遺漏研究內分泌激素的，很有趣的是，幾乎到十年前左右，肥胖的軌跡才真正明朗，關於脂肪和肥胖之間的完整關係才被學者解構完成。有一段關於脂肪組織和免疫系統之間的互動關係研究，歷史軌跡中再度顯現人類主觀意識對於新知的隔離，尤其是極具挑戰性的，發生在肥胖者的脂肪組織內，學者發現有大量巨噬細胞的存在。

這個發現解決了很多針對代謝症候群的疑惑，差異性在肥胖與非肥胖者之間的脂肪組織內容，原來只要脂肪囤積過量就會發出發炎訊息，不僅引來免疫細胞的關注，也引起腸道菌相的躁動，同時牽動內分泌系統的整體平衡。脂肪，在我們過去的認知只是食物中的一種關鍵燃料原，只是一種營養素，很難想像脂肪屬於身體的一種構造，脂肪的真相是脂肪細胞的內容物，而脂肪組織屬於內分泌系統的一部分，而且脂肪組織已經被歸類成為身體的一個器官。

脂肪既然是燃料原，既然是身體組織的一部分，一定有其存在的良善初衷，學者在非肥胖者的脂肪組織裡面只看到少量的巨噬細胞，研判從正常量到過量之間，脂肪組織一直扮演健康的隨從。脂肪組織在停經婦女身上是製造雌激素僅剩的器官，從女性身體的發育過程可以清楚觀察到脂肪存在的意義，體脂肪儲存到一定的量是少女月經來潮的關鍵分野，脂肪組織同時是釋放瘦素的來源，那是身體告知不需要進食的訊號。

免疫系統是腹腦的資訊控制中樞，當學者發現脂肪組織和免疫系統之間的綿密訊息傳導，而且都發生在脂肪過度囤積的狀況，合理研判這是一種防衛機制，是身體必須對於過度進食以及過度的脂肪轉換提出警告。為何我們不容易體察到相關訊息的傳導，甚至於無法學習到相關的常識，個人覺得過於主觀的專家言論要負起很大的責任，譬如要民眾絕對食用熟食的言論，譬如大量宣導加工食物的節目或廣告。

相關議題可以繼續延伸到脂肪的質變和引發附近器官組織的質變，民眾沒有警覺意識，持續用每天頻率過度的飲食打擾身體的能量平衡，導致身體持續燃燒葡萄糖，持續儲存脂肪，持續邁向脂肪的擴大和質變。（原養生實踐筆記之 237）

只要看到醫療科技不斷更新，我只有更加憂心，民眾的聚焦將更加遠離真正養生的核心，卓越的身體被棄之如敝屣。

11

痛則不通

生命中的哪件事不是平衡的作品？反過來說生命中的哪件不如意和不順遂的事不是失去平衡的結果？從我開始有接觸異性的經驗，知道女人有月事，這件事對於女人是極度困擾的事，至少我年輕時候的印象是這樣。當周圍的個案數越多，月事所造成的身體不適居然是一種現象，不是少數人的專利，進入養生產業之後，開始深入閱讀相關文獻資料，經前症候群曾經是很熟悉的專有名稱，看到症候群，聯想到那是不確定原因的病症。

女人月事來之前的所有症候一直理不出清晰的圖像，早期所聽到的描述很單純，就是經痛，不是症候群這類的官方說法。疼痛和平衡出現巨大的共通性，痛是平衡的傑作，痛是失衡的結果，經痛是哪裡失去平衡了，試著抽絲剝繭把源頭找出來。真相為何看不到，因為被蒙蔽了，即使相信飲食是問題所在，所有人幾乎清一色往食物的質和量去思考。不是營養成分，就是糖分；不是高升糖，就是高脂肪；不是食物，就是食品；不是吃素，就是吃葷。甚至有人從負擔的角度延伸到少量多餐的建議，可是關鍵都不是以上的考量，而是我們打擾身體的頻率。

既然行為上的源頭是吃三餐，學理上的探討又得進入早餐對於血糖和胰島素的干擾，結論又是胰島素阻抗這個禍首。接在胰島素阻抗之後，高胰島素血症高高掛在牆面上接受公審，就是高胰島素串聯出糖尿病和心血管疾病，就是高胰島素連結到癌症的高發率，就是高胰島素把身體的失衡帶到失智症的發作，最後，就是高胰島素為所有婦科症候鋪路，探討經痛的源頭，赫然驚覺依然是高胰島素在作祟。

痛則不通，通則不痛，這八個字在耳熟能詳之餘，我們得清楚知道經痛是怎麼個不通法，是什麼物質囤積導致不通，是什麼因素造成女性下腹腔淤塞。女性的雌激素和黃體素都接受來自下視丘的指揮，牽涉到整體內分泌的平衡穩定，又必須關注到由高胰島素所引發的荷爾蒙失衡。在月經來之前，子宮內膜增厚就是雌激素升高的結果，這一段排毒管道一旦成為廢棄血球和毒素的溫床，時間拖久了便是我們經常聽聞的病症。

內分泌有其繁複的生理生化，高胰島素血症的後遺症還牽涉到肝臟的生化，脂肪肝的因素也介入其間，內臟脂肪的囤積也有機會參與其中，因為脂肪組織也是一種內分泌機構，大量形成之後加入失衡的戰局。多囊性卵巢症候群成為新興名稱，可是所有症狀都不陌生，從年輕時期的經痛開始演變，發展至中年階段的肌瘤和囊腫，甚至乳房和子宮方面的病變。

當醫療方思考荷爾蒙補充或是排卵的促進，理性的觀察分析，依然就是尾端邏輯，還是熟悉的末端處置。如果這一切都源自於胰島素阻抗，我們還要堅持早餐是最重要的一餐嗎？如果這一切都是高胰島素血症的傑作，我們還要堅持好幾十年掙脫不掉的三餐包袱嗎？（原養生實踐筆記之 154）

如果這一切都源自於胰島素阻抗，我們還要堅持早餐是最重要的一餐嗎？如果這一切都是高胰島素血症的傑作，我們還要堅持好幾十年掙脫不掉的三餐包袱嗎？

12

集體偏見

曾經研讀過有關吃素吃葷和性能力之間的關係，研究人員發現動物性飲食者血管綁止血帶後恢復彈性的能力明顯較差，血管壁釋放一氧化氮的能力也明顯不足。相關研究報告有其參考價值，但不代表吃葷者就有失去性功能的顧慮，關心此議題的男性應該擴大關注的視野，從全面性的健康呈現來驗證性能力，而不是永遠只有壯陽的角度。

雄性激素睪固酮低下症不是新名詞，到泌尿科求診的中年男性經常被醫生告知自己的雄性激素不足，學界有關於睪固酮低下症和慢性病關聯的大型統計資料庫，學者也清楚兩者之間存在密不可分的關聯性，直到高胰島素血症的定調。重點不在動物性飲食和植物性飲食的選擇，還是落在全球性的飲食文明，時間綁住了餐點，精緻澱粉全面攻佔每一個時段的食慾。

在高規格的健檢報告中，發現「性荷爾蒙結合球蛋白（SHBG）」的欄位，女性出現高於男性的正常值，此蛋白質結合雄性激素導致不具生物活性，女性卵巢即使分泌雄性激素也不致於表現出雄性性徵。SHBG 由肝臟所製造，而胰島素所牽動的葡萄糖轉換成脂肪的動線也影響了 SHBG 的生成，在男性和女性身上引發出兩極化的效應，雄性激素低下成為男性的困擾，雄性化表徵則困擾多囊性卵巢症的女性，源頭無它，就是胰島素阻抗所引起的高胰島素血症。

在女性身上，當多囊性卵巢症出現，濾泡無法發展至正常排卵的階段，從經痛到月經不順，也可能從無月經到確診不孕症。在臨床上，一對對外觀健康的年輕夫妻進入不孕症門診，男方被診斷精蟲不足，女方則無法做出不孕的結論，其實雙方很可能只是高胰島素血症的後遺症。當純植物性生食逆轉糖尿病的案例出現，間歇性斷食讓不孕症夫婦生下健康寶寶的案例也出現，胰島素阻抗被逆轉是唯一的解釋。

我們不需要繼續從學理的方向深入研究，回歸生活習慣面是最好的解方，回到自律養生是最好的療癒。必須在這一刻覺知到胰島素的角色，我們有一種行為創造出健康的集體失控，這些集體偏見的背後正是專家的背書，有太多專家學者為早餐背書，無意間強化了媽媽們重視高升糖早餐的堅持。

食物無罪，高升糖無罪，料理無罪，往身體內探索，胰島素無罪，內分泌無罪，卵巢無罪，必須說，不孕症患者也無罪。我們不一定得揪出罪魁禍首，不一定得找出興師問罪的對象，可是主張早餐吃豐盛的人真是不少，主張早餐一定要吃卻小看了學童從幼年開始運作高胰島素軌跡。

我們正處在一個「後真相」的時代，幾百年的迷戀和執著有可能是一場超級大誤會，在學說和事件的推波助瀾中，總是會出現人性的角力，總是有既得利益的足跡。我們都是凡人，相信了一件事，迷戀上一位權威人士，推崇一位高度影響力人士，唯一遺漏的，很可能從來都不在自己身上驗證。

過度強化早餐的重要性，如今人類遠離了身體，誤解了疾病，不孕症也源自於相同的脈絡。（原養生實踐筆記之 155）

我們都是凡人，相信了一件事，迷戀上一位權威人士，推崇一位高度影響力人士，唯一遺漏的，很可能從來都不在自己身上驗證。

13

越多越好

課堂內容中針對身體的能量來源多所描繪，簡報的內容出現「葡萄糖是現金，肝醣是活儲，脂肪是定存。」透過前面的解說，每一位現場腦筋有轉動的學員都會心一笑。無時無刻，我們的身體鎖定一種特定的燃料，而且隨時都在燃燒，隨時都在運送，隨時都不可能斷糧，只要生命還維持，只要心跳還繼續。我們不是身上有現金，就是銀行有存款，否則就沒安全感。

有現金很棒，不夠用就去提款機提現金，缺大錢就只好前往銀行把定存解掉，這是我們生活中很熟悉的概念，反正就是要用錢，反正缺口就是得先補好。轉成身體的運作邏輯，細胞的發電廠隨時都需要能量的供給，身體必須能確認每一刻的燃料從何處取得。所謂每一刻還包括睡眠的時候，即使正在作夢，即使完全沒有意識，即使熟睡到旁人都叫不醒，身體的能量供輸和燃料運用都不曾有一刻停止。

「越多越好」是一種價值，還是單純是一種慾念？缺錢缺到快瘋掉的人會用無限度的尺度評量金錢，會有人使用不當的手段獲取錢財，因為有人把「越多越好」當成一種目標，有人索性把無限大設定成目標。我們都在生命的某一刻領悟一個道理，為何有人吃一餐花掉上萬元，有人則可以區區幾十塊就解決一餐；為何有人擁有上億資產卻極度不快樂，有人毫無財產卻活得自在安逸。

關於葡萄糖這種現金是否越多越好，身體已經很明確做出回應，人類經歷了半世紀的澱粉主食文明，醫療承接了所有的後端效應，其間的關鍵轉折就是細胞對於現金太多的抵制。所以生命是有原則的，身體是有尺度的，無限大不是生命認可的單位，無窮多也不是身體能夠容忍的供給。當人類確定對於精緻澱粉無法自拔，當人類的餐桌上再也不會缺少米飯麵食，人體終於必須對食慾的貪做出裁決，身體必須把太多葡萄糖的後果呈現出來。

必須點出以上所有陳述的癥結點，也就是夜晚睡眠階段的燃料，就身體的原始設定，那是使用脂肪的時候，那是平衡葡萄糖橫行的時刻。可是事實與期望值出現極大的落差，當身體在夜晚沒有將燃料轉成脂肪的機會，當夜晚依然是現金流盛行的狀況，隔天一大早又是重度的葡萄糖現金進入，時間一久，身體處處呈現對胰島素抵制的狀態，因為讓胰島素開不了細胞的現金口是唯一的解方。

為何胰島素阻抗被全球學者共同標示是所有文明病的源頭，回到人類對於錢的慾念，也回到人類對於澱粉主食的迷戀，是否有了豁然開朗的了悟？（原養生實踐筆記之 387）

生命是有原則的，身體是有尺度的，無限大不是生命認可的單位，無窮多也不是身體能夠容忍的供給。

Part 4

三餐迷宮

01

吃三餐加速身體老化

決定把「三餐」的定數打破的那一刻，我問過自己的信念，也徵詢過自己的勇氣，當所有證據都在眼前，當所有健康問題的脈絡都在心中被定錨，那是告知自己不能再遲疑的時候。打破三餐在自己身上已經十多年，當時是機緣，帶有嘗試性質，甲田光雄博士沒有提具夠說服力的證據，我們因為有台灣發酵液的資源，可以義無反顧的前行。

將近十年，「吃三餐加速身體老化」成為我課堂中的重要提醒，研判在台下聽我闡述這些道理的學員也有上千人次。在我們強力推翻早餐重要性之後，有多少學員對於這些提醒心悅誠服了？我自己深自反省，也很紮實的追討人性，變數都必須回歸每個人和自己對話的內容。必須說，我們都缺乏身體學分的養成，對於自己的身體缺乏將心比心的胸懷，因為誘惑和身體無關，慾望和身體無關，我們無力顧及身體的承擔。

也就是學歸學，懂歸懂，誘惑來了就是一次考驗，手持五星飯店的免費早餐卷就是最簡單的測試，這時候你告訴自己：「人生嘛，何必過得那麼講究？何必要如此的為難自己？」其實無所謂和有所謂都寫在臉上，有決心和沒決心都記錄在眼神，掩蓋欺瞞的意圖出現時，每個人都以為世界可以隔離到剩下自己一個人。三餐效應進一步被我強力放送之後，人性的學分再度成為工作中的必修，「視而不見」和「大難臨頭」之間需要多長時間的醞釀，標準答案都是在最後的爆發點。

再怎麼不願意面對，真相是被食物綁架，不是意念被征服，是傳導被把持，是身體的真正訊息不再顯性表現，人們都甘願淪為食物的俘虜。真相是高升糖和低血糖之間的交替演出，我們所能感受到的就是飢餓與飽足之間的交替出現，感覺是需求，真相是被遙控，以為是生存的流程，真相是被自己的貪婪霸凌。我很好是自我的慰藉，三餐很重要是自我麻痺，真相是我不是我，我是食物，食物是我。

以食物精緻化的程度，以身體堆積廢物的實況，三餐實在不是值得討價還價的議題，實證是我們每天都只能吃一餐（熟食），這個結論就是主客易位的場面。主人從食物轉而變成身體，當我們有本事每天只吃一餐，成為食物附庸的局面就不存在，被食物綁架而必須降伏於飢餓感的劇情就不存在。從少看見多，這就是養生的秘境，當身體的負擔減輕，能力就轉向健康的本質，每天清除的廢物多了，生命也就延長。從珍惜的角度最容易說明一日一餐的美好，當每日只有那僅有的一次機會接觸食物，選擇的態度不會一樣，吃的美感當然也會不一樣。（原養生實踐筆記之 290）

我很好是自我的慰藉，三餐很重要是自我麻痺，真相是我不是我，我是食物，食物是我。

02

理所當然的老化和退化

何謂理所當然，或許就是習以為常，或許也已經麻木不仁，或許沒有改變的必要，或許少了繼續進步的動力。類似的意境就發生在眼前，可能就是臥室的標準景觀，可能就是花園的熟悉步道，可能就是每日工作的基本流程，可能就是坐在捷運打開手機瀏覽臉書的基本動作。還有另外一種理所當然，就是食物在眼前就可以吃的方便性，就是時間到了就必須得吃的合理性，還有身體稍微不舒服就必須看醫生的必要性。

有一條軌道由別人設定好給我們走，接受了這樣的理所當然，結果就是被安排，結果就是沒有自己的主張，更可怕的結果是失去了自我。有一種還蠻致命的念頭瀰漫在我們下一代的思維中，只要有錢，只要有工作，只要可以活下去，當我們被迫聚焦在這些和生命的核心價值無關的事物上，不健康就是理所當然的結果。在這些生活情境中，有一種更致命的理所當然持續威脅著所有人，就是吃三餐的習慣，就是固定時間把精緻熟食交給身體處理的習慣。

一天少吃兩餐的結果，一星期少了十四餐，這是一種超越，對於過往的軌道，對於長久的習慣，對於身體而言，這是負擔的絕對遠離。必須說，這是健康的語言，這是健康的提升，這是健康的勾勒，這是健康的營造，經營健康需要持續展現超越的態度，讓身體收到，讓身體知道，讓身體真實感受。進入一星期七餐的習慣之後，身體拿到絕對的健康經營權，荷爾蒙穩定平衡是很基本的呈現，免疫力大幅提升是很重要的改變，不再繼續囤積脂肪和垃圾是很必然的結果。

養成習慣之後，身體隨時都是輕鬆自如，不再呈現以往的沉重感，眺望從前的每星期二十多餐，突然一陣寒顫，想起自己曾經如此無明，想到身體如何能承受這麼多食物的轟炸。過去理所當然的一天三餐，突然間不再是那麼的必然，想起身體沒有多餘的能力和物力做該做的事，想到身上的臃腫，想到莫名的疼痛，想到年紀越大就越力不從心，最後想到認知中那絕對理所當然的老化和退化。

如果你曾經是勒令子女要多吃的母親，如果你是被要求每餐都要吃飽的子女，如果你正好是此刻還每日為家人準備三餐的掌廚，應該審慎思考下一步該怎麼做，為了下一代的健康，為了自己家人的幸福，你真有必要好好思考因應的對策。如果你聽到我的呼籲，務必停下來深思，思考自己的責任，除了對自己健康的責任，還有對自己所關愛對象的責任。只要丟掉過去的所有執著，從願意相信到慶幸自己有勇氣改變，可能只是短短不到一個月的時間。

生命中改變的劇本有很多，餐數的大改變也許一度非你所願，結果絕對會是投資報酬率最高的養生行動。（原養生實踐筆記之 130）

過去理所當然的一天三餐，突然間不再是那麼的必然，想起身體沒有多餘的能力和物力做該做的事，想到身上的臃腫，想到莫名的疼痛，想到年紀越大就越力不從心，最後想到認知中那絕對理所當然的老化和退化。

03
想吃

問一個很簡單的問題：「我們為什麼要吃？」，會有很多答案同時被提出來，有人說「需要營樣」，有人說「補充體力」，有人說「維持身體熱量需求」。聚焦每個吃的場合，進入每個準備要吃的念頭，以上這些答案居然都不在吃客的思考動念中，「維繫家庭和諧」是一種面相，「經營社交場合」是一種面相，最大宗的動機落在「唯恐沒吃會餓」，害怕飢餓變成現代人吃的動機，因為飢餓不舒服，因為飢餓不健康，因為飢餓可能導致死亡。

其實不餓，也得吃起來準備，準備什麼？準備接下來有一段沒得吃的時間，準備好迎接一段身體不會有飢餓感的過程。當你開始懷疑探討此議題的意義時，我願意很誠懇的告知，這是很重要的價值釐清，這是很必要的動機分析，這是造成現代人不健康很關鍵的動機。吃是預防飢餓，不是因為已經飢餓，更明確的說明，不餓而吃可能佔了一半的吃，不必要的吃如果是絕大多數的吃，那麼不健康的結果就是最合理的呈現。

請注意，因為吃所以就餓了，因為吃所以就更想吃，不餓而吃的結果是吃很多，為什麼？為什麼吃變成一種無意識的行為？為什麼我們經常吃了還想再吃？不是不餓嗎？為何有意識的不想吃到無意識的吃太多？在解析問題所在之前，複習一下生食和熟食的差異，是內容的差異，是酵素的存廢，是生命的有無，是調味劑的添加，是澱粉和蛋白質的組合，是糖化效應的催化，是熟食攜帶的美味，是好吃必然的結果。

有沒有留意到，你不再是你，你是食物，食物是你，食物控制了你，不想吃的你變成食物的你，變成好想吃的你。如果這個結果不是你想要的，如果你已經知道這個結果不美好，再回去尋找最原始的動機，其實飢餓感並不存在，只是記憶，只是想像，真正存在的是恐懼感，是隱藏在記憶深處對飢餓感的恐懼。所以我們並非真的想吃，我們並非真的需要吃，我們吃那麼多的理由並不存在，可是我們病這麼多的理由的確存在，我們病得很嚴重的理由絕對存在。

一天裡面真正飢餓會有幾次呢？我說的不是由食物所引發的飢餓，我強調不是由高升糖效應後所激發的後續飢餓，也不是食物進入消化道之後所帶起的假性飢餓。這是沒有標準答案的問題，因為每個人身上的備糧狀況不同，而且每個人身上的囤積情況也不盡相同。從間歇性斷食執行成果回溯身體的飢餓傳導，飢餓感很微弱是第一種心得，飢餓感出現頻率低是第二種心得，滿足感提早出現屬於第三種心得。

身體需要我們吃的時候，我們就吃，身體需要我們停的時候，我們就停。這麼簡單的道理卻是一段時間自律養生的體悟，因為收到身體很紮實的訊息，因為懂身體的訊息，也知道聽從身體的旨意。（原養生實踐筆記之 170）

有沒有留意到，你不再是你，你是食物，食物是你，食物控制了你，不想吃的你變成食物的你，變成好想吃的你。

04

仙丹妙藥

四年前，我很榮幸為《空腹奇蹟》寫推薦序，接著「吃三餐加速身體老化」成為課堂上的一個頁面，也成為和學員對談中經常的提醒。必須承認，我並非在接觸斷食的初期就把三餐的存在廢掉，因為飢餓感的威力依舊，因為對食物的美好依然眷戀，就像我在任何場合所碰到的每一位新朋友一樣，每個人心中都有一面很高的牆，由飢餓感的記憶所堆疊的牆，這面牆的重量壓著身體，成為身體的負擔，而我們都忽視它的存在。

吃是負擔，有時候這種感受很強烈，就在吃撐之後，就在身體出現拒絕接受任何食物的訊號出現。為什麼我們寧可選擇忽視身體的感受，專注在腦袋對於食物的依戀，應該說不知道負擔所造成的嚴重性，也無法驗證這種吃法的後果。當我們聽到「三餐」這個名稱，聯想到的是餐點的數量，也就是總共吃了三次，比較不會去聯想到所謂的頻率，指的是餐與餐之間的時間太短，胰島素效應發生的頻率太高，最終強化了阻抗。

提出「暫停鍵」，就是試圖打破這樣的頻率，希望能回歸胰島素的穩定平衡，讓身體自行消弭胰島素阻抗。前天聽到美國一位專業護理督導 Cynthia Thurlow 的演說，她以「一天三餐同時持續有甜食」形容美國人的生活，同時以「在指定的時間範圍內遠離食物（Absence of food during the prescribed time period）」點出間歇性斷食的要點，這不就是我所謂的「不吃的時間線（Fasting timeline）」？

談到晝夜節律，目的是瞭解激素的原始設定，我們和食物接觸的頻率嚴重違逆了身體的定數，加上飲食的主力是熟食，更導致身體勞累的程度蒙上一層陰影。當深入身體的深層意識，悟到一日多餐是導致荷爾蒙失衡的源頭，餐數便是熟練間歇性斷食之後最強烈的覺知，不是多餐，是努力維持一餐。吃三餐的人和間歇性斷食的人看待食物的落差很大，關鍵在行動，在體悟，在身體的荷爾蒙重新設定，在身體掌握著方向盤。

試著回想跟隨旅行團出國對於旅行品質的要求，這裡所謂的品質絕對包含三餐，這是消費端必要的索求，不只是三餐，是豐盛的三餐。旅行是放鬆的，可是食量是負擔的，對身體來說，吃三餐是沉重的，是影響旅遊心理素質的。可是消費者在費用與品質的對價關係中不經意置入了食量，就旅行為健康所創造的分數來說，可能加不到任何好處，甚至扣了分。

拆解掉飢餓感的高牆，敲破早餐幸福感的高牆，身體的正常頻率也就逐漸浮現，讓內分泌去迎合大自然的節律，讓輸送組織液的管道進入暢通的效率，暢行無阻加上條理有序，這是自律養生的最高境界。Cynthia Thurlow 以「自在、彈性、簡單」形容間歇性斷食的執行，暫停是必要的，可是吃的時間很自在，食物的選項也很自在，最後，就連「不吃的吃法」也很自在。

Cynthia Thurlow 把間歇性斷食描述成「仙丹妙藥（Magic Bullet）」，勾起我的強烈呼應。（原養生實踐筆記之 169）

為什麼我們寧可選擇忽視身體的感受，專注在腦袋對於食物的依戀，應該說不知道負擔所造成的嚴重性，也無法驗證這種吃法的後果。

05

今天晚餐吃什麼

「老公，今天晚上加班，冰箱有冷凍水餃，或者可以把昨天的炒飯微波。」

「我們今天中午去樓下轉角那家新開的義大利麵店吃飯，好嗎？」

「老婆，我們今晚去看電影，正好可以去電影院旁的那家餐廳吃飯了。」

「你去樓下自助餐店吃飯，順便幫我帶個便當上來好嗎？」

「今晚開會，經理請吃披薩，不用煩惱晚餐了。」

「今天爸媽晚上有事忙，你們自己去爭鮮吃晚飯。」

每天都得花不少時間思考要吃什麼，這是不是很多人的生活經驗？這些看似合情合理的思考脈絡裡面，有一些很特殊的人性因子，某部分是責任，關心家人的生活需要，關心小孩的生理需求；某部分就是需求，是必要的需求，要滿足生存需要，也要滿足生理慾念；某部分是常態，好比晝夜，好比四季輪迴，有必須要吃飯的時間，時間到了要吃屬於正常人的生活常態；最為關鍵的人性因子是正當性，是人類獨有的正常觀點，是低等動物意識中不存在的理所當然。

最近和幾位親戚聊天中，我很本能的敘述這些生活重心和健康之間的關係，那是我個人的生命記憶，就發生在近十年之內，每天被老婆關心午餐晚餐的過程不健康，老婆不再關心之後感覺更健康。準備好的食物就吃，看到食物就會吃，老婆的愛心不能不用行動回應，我們很有可能理所當然的吃，也有可能就理所當然的病。這一刻，用最感恩的心情記錄自己的慶幸，我知道會有非常多的人終其一生沒有機會體會到這種生活常態和疾病之間的關係，包括用他們的主觀意識迴避和我深入養生議題的親友們。

曾經有過一段深入「視窗移轉」的體悟過程，這四個字是我個人的翻譯，英文的原文是「Paradigm Shift」，那是我重新認真看待自己生命意義的轉折。或者在我們今天的用詞中比較接近「框架」，英文字 Paradigm 的原意是範例或模組，我個人是從視窗的定義得到啟發。比較通俗的說法就是換腦袋，看到的是同一件事，透過不一樣的腦袋或視窗看到完全不一樣的結果，我們生命中不乏類似的劇本，最討厭的人變成最愛的人，最不喜歡做的事情變成最具熱誠投入的工作，最沒興趣的事情變成自己的專業。

一般人的健康視窗看待食物，是什麼可以吃而什麼不能吃，或者哪種食物健康而哪些食物不健康。沒有深度探索相關主題的可能會一頭霧水，每天關注要吃什麼何錯之有？其實對錯也是一種慣性思考，很難說吃三餐有錯，可是就身體的立場，累積了好幾十天、好幾百天、好幾千天的三餐熟食，從結果論看三餐熟食，可以說錯得離譜。（原養生實踐筆記之 317）

對錯也是一種慣性思考，很難說吃三餐有錯，可是就身體的立場，累積了好幾十天、好幾百天、好幾千天的三餐熟食，從結果論看三餐熟食，可以說錯得離譜。

06

飢餓是假訊息

飢餓是食物的訊息，是身體被動因應食物的複雜性所產生的傳導。聽到創意料理，我們多半先聯想到食物的美味，不常思考廚師料理過程必要的添加，也不會在意不同食物的組合可能衍生的生化或身體處理食物的負擔。

只要持續吃就不會燃燒脂肪，這句話的背後不考慮吃了多少及吃的食物是哪些，重點是吃熟食，是複雜的蛋白質、澱粉和脂肪的混搭。不燃燒脂肪的另一種說法就是燃燒葡萄糖，光是一個葡萄糖分子就牽動了好幾個器官組織，包括胰臟、肝臟、肌肉，最後才是被界定在內分泌系統的脂肪組織。我們最直接感受的內分泌訊息就是飢餓和飽腹，然而這些訊息早已嚴重失真。

超過八成的飢餓都是假訊息，都是食物的殘存效應。因為飢餓所以要吃，因為怕餓所以吃很多，結果因為吃很多而更加延展飢餓感。想想，如果這些都不是身體的意思，那我們每天所吃的食物到底為身體是加分還是扣分？而這裡所謂的分數就是生命。

打擾是一種體會，主角是熟食，是牽動胰島素效應的食物，也是導致胰臟和肝臟超級勞累的飲食方式。這種生活方式造成吃一天減少三天壽命的後果，三天是比喻，從三餐熟食的負擔而來，生命真正的折損可能不只三天，如果你的飲食超量，如果你的體內生態早已失控，如果你的能量系統已經把脂肪鎖死，如果你的身體早已失去發出指令的高度。必須說，這樣的發生就在你我身旁，而且人數持續在倍增，我的看見是你不再是你，你是食物，可能你還是藥物，既然你已經不是你，你的身體自然會放棄你。

很多人終身為同一個老闆服務，可能將近四十年的生命精華都奉獻給自己所熱愛的工作和企業，結果在即將退休的年紀被公司解僱，可能宣稱不適任，可能公司在精打細算之後發現解僱是最划算的方案。在我的觀點中，這種劇情和幾十年奉獻給飢餓感是相同的道理，如果飢餓感是老闆，它就好比你那無厘頭的忠誠，就好比那最有安全感的上下班生涯，最後還是得面對真正的老闆最無情的宣告。

創業對多數人來說是高難度的挑戰，可是受僱也可以做自己，做自己也才有創業的條件，做自己創造雇員在雇主心目中的價值。在養生的藍圖中，做自己是首要課題，沒有自己就沒有其他的要件，養生的自己就是身體，除了身體，沒有其他解方。如果你對於這個比喻有感，請接收到責任的傳承，看到身旁所有無知的身影，提醒他們是我們的責任，幫助他們回頭是我們無法規避的工作，協助他們好好認識自己的身體是非常神聖的任務。

養生好似一條進階路，接通身體就抓住進步的頻率，尊重身體就更清楚看到未來的健康圖像。進階就能精準分辨屬於身體或非身體的訊息，對於癮頭有概念就能理解，在癮頭之前的戒斷是經營，在癮頭之後的戒斷是善後，當清楚知道自己處於經營而非善後，你已經進階。（原養生實踐筆記之 194）

如果飢餓感是老闆，它就好比你那無厘頭的忠誠，就好比那最有安全感的上下班生涯，最後還是得面對真正的老闆最無情的宣告。

07

我吃不下了

「我吃不下了，你們吃吧！」這句話代表一種場景，一群人吃桌菜，或者是叫外賣，食物點太多的結果。請客的人最常說這句話，準備很多食物才有賓主盡歡的氣氛，讓客人吃不下不是主人的目的，卻是主人的誠意。負責點菜而且買單的是肝臟，每天都點一堆葡萄糖來吃，肝臟細胞吃不了那麼多葡萄糖，可是它有一個專職把葡萄糖轉成脂肪的工廠。葡萄糖吃不下了，脂肪也堆不下了，肝臟大哥發出聲響，接著胰臟和腎臟等周邊器官開始承接多出來的食物。

以上所描述的就是我們每天吃三餐所營造的體內盛況，每一餐都少不了澱粉，所以葡萄糖過剩，每一天都創造好幾波的高升糖效應，肝臟在承接葡萄糖物流的結果，第一時間發出拒絕葡萄糖的指令，這就是胰島素阻抗，是肝臟的胰島素阻抗。過量又頻率過高而造成阻抗，阻抗就是吃不下，那是很正常的生理反應。實際情況不是食量太大，是吃的機會太多，是不必要吃的時候吃，身體莫名其妙的面臨葡萄糖過量的窘境。

脂肪因此而開始囤積，肝臟必須委託胰島素指揮脂肪通路的輸送，不是往皮下送，就是往內臟丟。這一切的一切，都源自於一個關鍵面相，就是阻抗，就是細胞拒絕那麼多葡萄糖，就是細胞被迫更換鎖頭，導致胰島素開不了鎖，導致高血糖和高血脂，導致高體脂和高內臟脂肪。這一切的發生都反應一件稀鬆平常的習慣，我們仰賴一些可以滿足飽足需求的食物，這類食物被營養學者主張了幾十年的結果，很多人因此賠掉了性命，更多人至今依然執迷不悟。

當三五好友聚在一起享受美食，每個人都宣稱吃不下的時候，赫然發現桌上的食物還這麼多，現場馬上有客人會說出這句話：「點太多了」。當腎臟說點太多，胰臟說點太多，腸道也反應點太多，通常這個人的小腹已經突起，腰圍已經撐大，在血管內的情況則相對特殊，是血流的暢通性不再，因為血管壁增厚了。回到我們的生活面，我們沒有點太多食物，我們太常吃，太重視吃，是時間累積的結果。

從肌肉組織對胰島素產生排斥到內臟全面性抗拒胰島素，結果就是肝臟脂肪工廠的大量訂單，生產過剩的結果，內臟的外圍空間和血管的內部空間都是脂肪的囤積，過程中我們多半無感，感覺有點力不從心的時候，根據所有個案的統計，來不及的比例居多。運氣好的被急救人員從鬼門關救回來，問題總是救不了愛吃的習慣，改不了被食物綁架的習慣，丟不掉姑息自己的習慣。

胰島素阻抗是因，高胰島素血症是果，接下來高胰島素血症變成因，創造出所有現代人很難承受的果。問題從身體發出「我吃不下了」的聲音時，你的嘴巴不從，你的慾念也不從；身體告知「我不想吃」的時候，你當它在撒嬌，你只當它是聽話的小弟。（原養生實踐筆記之 199）

胰島素阻抗是因，高胰島素血症是果，接下來高胰島素血症變成因，創造出所有現代人很難承受的果。

08
阻抗是人性

針對按下暫停鍵來扭轉已經失衡的體內生態，我相信很多人深覺不可置信，為何一直強調斷食是經驗者論述，因為沒有經歷的人肯定不會理解。從視窗的角度評估執行斷食的困難度，愈困難的視窗就代表被食物綑綁的程度愈高，對飢餓感的依賴程度也愈高，必須說，這種視窗伴隨胰島素阻抗的機率相對較高。

我們想到營養需求，卻忽略了消化負擔；我們需要滿足飢餓，卻忽略了身體其實並不餓；我們生活在吃的美好記憶中，卻忽略了身體因應吃的頻率而出現胰島素的失衡；我們堅守早餐很重要的教條，而忽略了早上是胰島素阻抗的高峰期。多面向的忽略對應到醫療院所的壅塞人潮，這是人類世界的特殊生態，在人類行為學家的論述中，這是一種群眾效應，一種被稱之為「多數無知（Pluralistic Ignorance）」的現象。

應該說「阻抗」也是一種人類特有的行為，表面上適應環境，實際上拒絕改變，更深入剖析，真正的源頭是惰性，是一種因為滿足而降低進步需求的安逸感。如果我們進入內分泌的世界去反觀自己的生活作息，很清楚意識到除了食物有問題外，我們吃東西的頻率也大有問題，因為人體的生理時鐘未設定因應高頻率精緻食物，也因為我們吃的食物多半同時引出胰臟的兩條功能線。

研究胰臟的學者做出人類胰臟一代比一代還大的統計，凸顯胰臟的使用持續被吃的頻率和量放大，也凸顯人類的胰臟呈現必要的調整和適應。和人類的行為一樣，表面上是適應，實際上往不利於健康的方向發展，透過時間的延續，透過積習難改的事實，荷爾蒙失衡成為文明世界的通病，胰島素阻抗成為文明人身體內必要的防備。

仔細推敲身體近期的飢餓感，它來得快，去得也快嗎？曾經讓你難以忍受嗎？飢餓難耐經常是刻骨銘心的經驗嗎？再回想自己弭平飢餓感的經驗，哪些食物經常是回應飢餓感最頻繁的選項？還有，通常在消滅飢餓感之後的感受如何？是幸福感居多，還是多出了不小的罪惡感？最後再回想，一天之中出現幾回從飢餓感到飽足感的輪迴？類似的輪迴是否成了生活中的必然？是否已經是司空見慣的生活習性了？

想強調的是，幾乎很少人會去留意每天從早餐吃到中餐、繼續從下午茶甜點吃到晚餐的嚴重後果。後果源自於錯誤的習慣和時間的堆疊，我們把自己的身體當成任意差遣的小弟，吃了東西之後就得承接後續的所有工程，不清楚的是身體內部有一套專司平衡的系統，它無法承受高頻率並且是高濃度的激素需求。有沒有可能，吃其實是一件極度不理性的行為，而我們不曾意識到精緻料理過的食物具備駕馭理性的能耐。

如果我們的行為是食物的行為，如果我們的舉止是藥物的舉止，那我們是誰？（原養生實踐筆記之 91）

如果我們的行為是食物的行為，如果我們的舉止是藥物的舉止，那我們是誰？

09

南雲吉則

從來不曾驗證的事情，你會相信嗎？會的，別人說的，長輩教的，專家指導的，沒有懷疑，我們全都收下。我們相信的是人還是事情，我們相信經驗還是道理，答案是前者還是後者其實不重要，重點是我們的選擇，選擇相信，或許選擇不相信。不相信是選擇，還是反應？是有一把尺阻擋了相信，是一把可以調整方位的尺，關鍵是這把尺這一刻的存在，有習慣的烘托，也有認知的把持。

每天要坐在餐桌旁三次，這件事驗證了幾十年，已經沒有所謂相信不相信，這件事存在於生活中，變成全世界九成以上人口的生活模式。不談論相信或不相信，假設問題是對或錯，研判還是高達九成以上的三餐族群投下對的一票，這麼多人都在做的事，哪有討論對錯的空間？已經做了幾十年的事情，憑什麼這一刻告訴我這是一件有爭議的行為？最關鍵的是，提出這個問題的人是誰？憑的是什麼？

日本醫師南雲吉則的心得已經不是什麼新聞，在課堂中分享他的故事應該至少也有五年的時間，自己也在潛意識催化之下進入每日一餐的生活模式。可是很有趣的現象被我觀察出來，知道南雲吉則的人不少，相信他的人也不少，可是願意跟著實踐一日一餐的人卻是寥寥無幾。所以他是他、我是我，他因此而健康是他的努力，也是他的能耐，這種方法並不適用於我。

多數人是這麼想的，他分享了一套很有說服力的養生方式，可是養生方式百百種，我不一定要選擇南雲吉則這一招。我說的那一把尺出現了，那是一把被主觀意識籠罩的尺，安置這把尺的因素還有美食的記憶，更明確的推敲，還有和食物纏綿的幸福感。再把相信或不相信拿出來比劃一番，相信南雲吉則嗎？相信，那做不來是為什麼？原來是不相信自己。這個結論具備相當的說服力，有一把尺阻擋了我們對自己的相信，原來我們不相信的是自己。

不相信自己是一個嚴重的社會問題，身為父母親，我們為孩子打理好一切，送孩子上學，接孩子放學，連孩子交男女朋友都要找機會面試一番，孩子肚子餓的時候，我們想盡辦法餵飽他們。這不是我小時候的光景，是我撫養自己的下一代才開始看到的生態，我們擁有了幸福，卻害怕失去幸福，我們給足孩子們安全感，卻造成自己失去安全感。

每日一餐何時會變成一股風潮，應該是有一群完全年輕化的中老年人，一群透過每日一餐而發掘自信的人，他們聚集了能量，逐漸累積力量。這一刻，直接設定一個目標叫南雲吉則，就跟著做，因為那個目標是年輕化，是防止老化，是遠離病痛，是健康圓滿。真正遠離食物不過一個白天，和食物親密接觸就是幾小時後的事，過程中有磨練也有期待，對身體來說卻是自主權的復甦，是健康權的實現。

只是少吃那一餐，只是少吃那兩餐，得到的竟然是無價之寶，這是交付給身體的全然貫通。（原養生實踐筆記之 101）

我們擁有了幸福，卻害怕失去幸福，我們給足孩子們安全感，卻造成自己失去安全感。

10 吃的迷宮

身為父母親，有一個視窗，希望孩子快樂，希望可以盡力滿足孩子的需要。孩子喜歡吃的東西，父母想盡辦法滿足，看到孩子開心，自己也就打從內心滿足。我們學習一個全新的視窗，看到孩子的身體，瞭解孩子身體真正的需要，從孩子身體的立場建構價值觀。孩子需要吃嗎？需要；孩子需要吃三餐嗎？或許需要，或許有商榷的空間；孩子需要吃這麼多食物嗎？從身體的角度解析，從身體所設定的恆定系統評估，不論年紀，吃多的傷害遠大於其營養素需求，我們對於身體的認識極度匱乏。

瘦不下來的要學這件事，常常減肥又復胖的要學這件事，經常在嘗試飲食療法的也應該學習這件事，好好認識身體的體重設定系統，要知道身體存在一個管理並且監控體重的中樞。這個單位是下視丘，屬於大腦結構中內分泌系統的一環，可是下視丘又和神經系統脫離不了關係，它是一個恆定中心，監控我們的意識、態度和行為。

常常有學員反應自己太瘦，再少吃那還得了，再斷食那豈不瘦到剩下竹竿，我總是告知不會，體質改變了，地基不一樣了，身體將重新設定體重基礎，也將重新勾勒身形。這裡存在一個常識，叫做底線，不可能無止境的虧空，不會無限制的消耗，就好比體溫維持在穩定的範圍，那個恆定中樞就是下視丘。當我們試圖一段時間控制飲食以減輕體重，身體以降低基礎代謝率因應之，這就是透過腦袋計畫減重的第一關關卡，開玩笑的說，就是身體不接受我們這種無明的舉止。

各位父母親，再回到自己看孩子的視窗，孩子也需要理性認識自己的身體，吃多不被他們的身體接受，強迫他們控制熱量以減重，這種觀點也不被孩子的身體接受。身體有長遠的宏觀，身體期許好習慣的養成，身體的潛能必須有充分能量的支援，身體經營恆定的實力必須被我們日以繼夜的呵護，我們從小到大所累積的習性框架就把身體施展能力的空間給封鎖起來，因為我們被灌輸了三個和時間綁在一起的名稱：早餐、午餐和晚餐。

我們從來都不知下視丘還掌管了吃和不吃之間的平衡，在過度密集的吃之後，必須要有相對的不吃，在過度餵食的行為之後需要有可觀的斷食階段。這些年來，經常慶幸自己早已脫離迷宮，可是卻得目睹不停壯大的迷宮，還有堅持在迷宮內迷失的人們。暫停是覺知，也是體悟，是對身體的珍惜，也是疼惜，是對造物的尊重，也是臣服。暫停忙碌，暫停慾念，暫停滿足慰藉，暫停走馬燈式的追逐，暫停吃，暫停烹調，暫停打擾身體，暫停無止境的干擾胰臟，暫停讓時間來管理消化道。

按下暫停鍵，回到身體的原始設定，回歸下視丘的原始程式。（原養生實踐筆記之 147）

按下暫停鍵，回到身體的原始設定，回歸下視丘的原始程式。

11

耗損

吃導致我們遠離自己的身體，聽起來真的匪夷所思，思考邏輯必須回到身體處理食物的負擔，這是其一，接下來才是身體堆積廢物的負擔，這是其二。把食物往身體裡面放看起來並不複雜，而且在經驗中美好總是遠遠大於後面的發生，民眾無法清楚連結的畫面是處理食物過程中身體的耗損，說它是生命的遞減，很多人也不容易意會，可是透過腸道空間去分析就比較容易理解。

想想腸道的容納空間，想想每天從早到晚所吃的所有東西，想想腸道的空間變成倉儲空間的盛況，想想身體承受這些重量的壓力。這種問法或許還不容意理解何謂身體的壓力，想想一個月吃了幾餐熟食，為何要提熟食，因為熟食不好處理，因為熟食的消化需要時間，因為熟食才會出現排解不乾淨的狀況。如果你的思考依舊停留在身體需要補充這麼多的前提，那真的是該好好面對最殘酷事實的時候了，如果真需要食物的營養，問題是在腸道不健康的前提下，營養也不會吸收，最嚴重的是身體必須提存很大量的酵素材料去進行食物的分解。

對於缺乏酵素概念的人來說，消化所造成的生命耗損有其抽象的意境，在不清楚食物提供生命的前提，每天吃大量的無酵素熟食後，又沒有補充酵素的觀念，人體就處在一個沒有存款只有提款的情況。假設吃一餐熟食就消耗一天的壽命，那麼一天吃三餐就折損三天的壽命，雖然是假設，可是基本上接近

事實，變數在毒素囤積的量以及耗損最嚴重的器官組織何在。如果是一餐熟食消耗十天的壽命呢？如果腸道的宿便囤積一直在腐蝕我們的生命呢？

為何我們一直強調「一日三餐加速身體老化」，道理除了耗損和堆積，還有無法預知的後遺症，而且是交互作用，屬於惡性循環持續累積的結果。如果每日一餐熟食是身體所能容忍的極限，或者說一星期七餐熟食是身體所能承受的範圍，這裡所謂的如果當然是假設，可是根據我個人執行間歇性斷食的體悟，這個假設極度接近身體的平衡，我們應該接受身體的設定，不去挑戰其尺度。如果你的認知距離所謂身體的設定很遠，這個距離就反應你被食物綁架的程度，也就是你遠離身體的程度。

一日一餐和一日三餐的距離可以透過一個星期或一個月來對照，繼續從生命的折損去感受現代人飲食習慣的後果，多出六十餐食物的量就是生命的耗損。繼續放大到每一年的量和每十年的囤積，直接投射到醫院的每一個角落，有機會領悟到病痛的迷宮是如何形成的，也有機會體會到人們的生命品質為何持續低迷了。（原養生實踐筆記之 249）

一日一餐和一日三餐的距離可以透過一個星期或一個月來對照，繼續從生命的折損去感受現代人飲食習慣的後果，多出 60 餐食物的量就是生命的耗損。

12

糧倉

從身體的立場解說儲存食物的態度，這是身體設定好的「個性」，不會浪費任何食物。從身體的角度，不從營養去界定食物的價值，而是從燃料的本質，是細胞呼吸的需求，是粒線體發電的需求。早期的營養學者理解了身體的需要，設計了一套提供人們吃得健康的飲食金字塔，讓身體有源源不絕的燃料可以使用。需求面構思完備，唯獨忽略了過量的後遺症，也忽略了食物精緻化後反過來影響內分泌平衡的可怕後果。

就產生熱能的方向，燃料好比木材，必須物盡其用，必須要燒掉才符合效益，所有進入血液的葡萄糖都得進入身體的燃料系統。肝臟承接了轉換和指定宅配的重任，除了維持適量的肝醣在肝臟內，多出來的一律以三酸甘油脂的方式輸送到各個指定處所。身體運作燃料系統是如此節約和謹慎，期許所有燃料都有機會善用，沒有料到在多數現代人身上變成多出來的負擔，因為食物過量，因為過度堆積，因為只有進而沒有出，長期以來人們都不清楚癥結點何在。

與其說癥結點是三餐的頻率，不如說真正問題是食物精緻化之後的食慾，也就是飢餓感的源頭是食物，吃過量的行為背後操控者也是食物。吃的行為和吃的頻率都是生活點滴，我們司空見慣，從來不覺得這是問題所在，我們不知道這麼熟悉的生活作息居然暗藏著威脅生命的習慣。所以你是你，思考是思考，慾念是慾念，飢餓是飢餓，感覺是感覺，唯獨身體不是身體，在這些生活習慣中，身體只是依附在你意念底下的隨從。

每天吃三餐最可議論之處不是吃的行為，是行為背後不為人知的操控，食品的改良和研發不一定有操控人類行為的意圖，卻存在綁架人類行為的後果。人們都在無意識的狀況下縮減自己的生命，身體被食物駭了，好比病毒控制了電腦程式，精緻食物的殘存效應深入身體的內分泌和神經傳導，意外拉高胰島素，也意外強化了對於食物和飽足的需求。

想想空間受限而必須堆放雜物的家，想想通道都已經堆滿貨物的辦公室，身體在不得已必須往外拓展體積之前，會把多出來的脂肪往下腹腔的內臟外圍堆放，腸道、子宮、腎臟、肝臟、胰臟都被脂肪所覆蓋。回想一下身體的初衷，當初如此設定保存食物程式的概念不是要展現囤積的盛況，單純為食物缺乏時所準備，這些食物糧倉是為活用而準備，不是為彰顯財富式的越多越好。

脂肪倉儲被形容成身體的冷凍庫，食物的新鮮度可以永久儲存，可是沒預料到的是偶發性的停電，也沒料到壓縮機也會有故障的時候，意思是食物的新鮮度有可能遞減，冷凍食物也有可能會壞掉。如果身體內部的脂肪囤積變成一攤死貨，我們從來不給身體機會去整理一下糧食的庫存，通道成了脂肪堆積場，血管裡面也將承擔一些空間來堆積，試想，健康的機會是否相對渺茫？（原養生實踐筆記之 220）

吃的行為和吃的頻率都是生活點滴，我們司空見慣，從來不覺得這是問題所在，我們不知道這麼熟悉的生活作息居然暗藏著威脅生命的習慣。所以你是你，思考是思考，慾念是慾念，飢餓是飢餓，感覺是感覺，唯獨身體不是身體，在這些生活習慣中，身體只是依附在你意念底下的隨從。

Part 5

身體大自然

01
路

「我都有運動，怎麼還是會沒抵抗力？」

「我都吃很少了，怎麼還是會瘦不下來？」

「醫生，我都有聽你的話，怎麼都沒有效果？」

「我吃綜合維他命十多年了，怎麼還會得癌症？」

「為什麼我怎麼減重，都還是復胖？」

「對於熱量這麼精打細算，怎麼體脂肪就是不為所動？」

「接觸斷食一段時間了，我的體重為何還不動如山？」

這些說詞都維持一定的思維和邏輯，就是「我都怎麼做了，卻得不到我想要的結果！？」，像不像讀書是為了應付考試，去補習是為了要升學，上班是為了有錢可以付生活費，都存在一個很近程的目標，都是心裡面對價很明確的付出和收成。好好把人生的流水帳全部攤開，赫然發現所有人際之間的不歡喜都源自於行為和目的之間的相對性，現代人遠離健康也循著相同的軌跡，有數字做依據，好比為了達到業績目標有獎品可以領取而全力爭取。

「設定目標莫非是一種錯誤？」其實無關體重的目標，無關血糖值的目標，無關膽固醇指數的目標，當然也無關征服疾病的目標，這些目標都沒有問題，問題是健康並不需要這些目標。如果養生有一條路要前進，這條路就沒有終點，也就是沒有因為一個目的地而可以停止繼續前進，相當程度呼應生命的

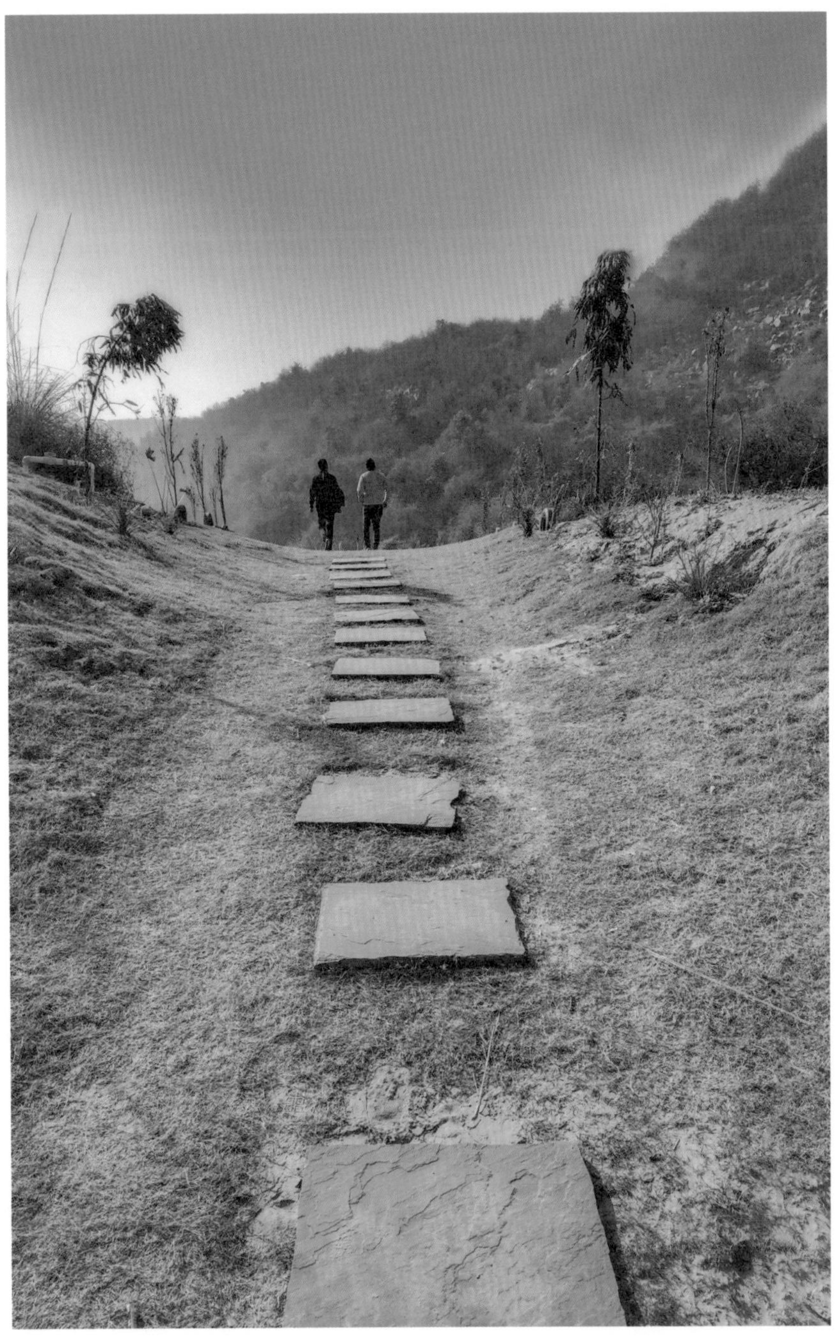

跳動，意思是生命和養護是齊頭並進的。靜下來沉思，想想生命的要素和法則，我們不可能把期望值和付出的努力分開定義，然後指望有所謂一勞永逸的事情。

我只要傍晚有空出去快走，總是會碰到幾個熟面孔，早期是一位瘦高的老伯，最近幾年都是一位個子很小的老伯，他沒有一天例外，只要出門都一定會碰到。可以確定的，他比我還用心在走路健身，這是他的習慣，是他做來熟練而且快樂的事。曾經有好長一段時間，在斷食的過程中每天記錄體重和體脂肪，享受看著數字慢慢遞減的喜悅，最終還是在融入身體脈絡之後捨棄了數字的羈絆，重點是身體和意識之間的互動，重點是自信和喜樂的程度已經與時俱進。

運動很重要，沒有人能否認，也沒有人會主張他完全不需要運動，可是多數運動員的問題在運動後的飲食需求，在過度飢餓之後的過量飲食。我們已經在養生的基調中找到身體的邏輯，身體有其本務必須要執行，譬如很多廢物得清除，譬如失序的能量能恢復平穩，譬如早已失衡的內分泌可以扭轉，身體唯一的要求是給它時間休息，不要有精緻食物的打擾。現代人突破不了的養生障礙就落在每日作息中的用餐頻率，不理解的人常在無意中放大這樣的錯誤。

如果還在找方法，如果還在執行減什麼和分離什麼，身體只要沒有喘息的機會，執行的短程目的只要還在，問題將永遠在有限空間裡面圍繞，而且繞不出去。（原養生實踐筆記之 346）

現代人突破不了的養生障礙就落在每日作息中的用餐頻率，而不理解的人常在無意中放大這樣的錯誤。

02

沒病

曾經多次聽到好端端的人經過健檢之後一去不回的故事，類似的故事所呈現的重點是有病和沒病的分別，沒病的被當有病，也就病了，至於是否真的有病，相信很多案例都因恐慌而發病，最終因恐懼而辭世。我個人從豐富心法學習到全新的生命觀，心門被開啟，熱誠擁抱豐富的宇宙資源，是造物送給我們的無窮希望，也因相信和希望而發掘出無窮的鬥志和信念。

醫生就在自己身上，這就是信念之源，習慣在醫療領空尋找健康的人始終無法理解這套養生邏輯，關鍵分野就是主動養生或被動養生的抉擇。疫苗是被動養生的始祖，開啟人類從此對於外來物根深蒂固的倚賴，尤其在以西醫主導視聽的文明世界，人人都在生活中製造疾病，然後前往醫院去處理疾病。從身體的視窗看這種現象，從身體沒病解讀對藥物的需求，真正有病的地方是腦袋，是我們的思想生病，是我們的觀念有病，是我們的行為有病。

電影「救命解藥」描述位於瑞士山上一家水療養護中心的故事，住在裡面的都是前往尋求健康長壽解方的老人，養護中心有特殊的水療養生法，還研發出含有特殊營養成分的飲用水。因為需要，因為還沒恢復健康，住進養護院的老人都將無法脫離，突然在養護院出現一位年輕的病患，他受集團委託上山把前往接受治療的集團總裁接回。這位年輕人不但未能達成任務，自己也被困在養護院內，有機會觀察出異樣，發掘出養護院不為人知的祕密。

電影劇本交代出現代文明所呈現的荒誕現象，前仆後繼前往醫院接受治療的是人，想方設法讓人不間斷進醫院的也是人，知道自己好不了卻也無法脫離醫院領空的也是人，當然在醫院為這些永遠不會好的人服務的也是人。電影安排年輕人對所有住院老人大聲呼籲的橋段，他大聲疾呼「是這個地方讓你們生病，你們快死了卻沒知覺，根本沒有所謂治療，你們沒有病，你們沒有問題。」現場的老人間不斷發出「我是前來接受治療」的聲音，最後老人們逐一站起來，年輕人以為正義得到伸張，不料卻被所有老人壓倒在地上。

「沒病」是我們的體會，是我們的主張，而「我們」所代表的就是你我所有人的身體，我們的身體知道那根本不是病，而且都能自行療癒。「身體」正是我們都必須好好認識的養護單位，每個人都該研修身體學分，清楚身體的邏輯，理解身體的脈絡，領悟身體的意向，配合身體的意識，還原身體的天賦，很用心的在生活中和身體對話，很開心的在生活中聽身體的旨意。

知道沒病，就沒病，堅持有病，就生病。好好養生，就沒病，不養生，就等生病。（原養生實踐筆記之 361）

知道沒病，就沒病，堅持有病，就生病。好好養生，就沒病，不養生，就等生病。

03
以身體為師

你習慣提問嗎？你是那種對老師窮追猛打的學生嗎？身為授課老師會喜歡教哪一種學生？是永遠都沒問題的學生，還是追根究柢的學生？在這種老師和學生互動的場景中，關鍵點不在學生要不要提問，會不會提問，關鍵在老師的心態。求學生涯中，我的確見過一種很奇特的老師，都在長大後慢慢想通為何會有上課心存交差了事的師資，這是當這位老師比較關注能夠領到薪水，並不關心學生是否聽得懂，也不在乎學生是否有認真聽課。

用學生的心態扮演老師的角色是好些年前的體悟，在角色互換中，在教學相長的互動中，老師反而可以從學生身上看到全新的視野。我經常分享這十年以來所完成的每一本著作，素材都來自於和學生近距離的切磋，都是我親自輔導學員的實戰心得。領悟到學生搖身一變成為我的學習對象，學生竟然是列隊引領我成長的天使，感覺到一種有別於以往的昇華和進階，知道自己可以完全勝任老師的角色，知道自己夠格成為這一門課的老師，同時也知道自己不會愧對每一位前來學習的對象。

身兼傳道和解惑兩種角色，兩種責任集結成持續進步的動力，反求諸己變成貼身的提示，不斷要求自己進修和進步很自然變成一種源自於內在的動能。我很誠實記下這些年來求進步的生活重心，大量閱讀始終是生活作息不會缺乏的畫面，在網路聽演講也變成一種進步的投資方式，面對傳統針對貧窮和富裕的定義，自己倒是賦予富裕全新的詮釋，遠離閱讀和遠離自己身體的天賦一直是我個人所認知的貧窮。

寫本文主要是想定義老師的角色，其實我們每個人都在某一種生命角色中扮演老師的身分，身為家長是老師，身為主管是老師，只要有人聽你指揮，你就是老師，只要工作要交接，你就是老師。只要老師不是高高在上，只要老師願意從學生的問題中提升自己，只要老師知道自己必須在不斷學習中成為更稱職的老師，學習的環境就必然百花齊放。

針對養生，再度推崇一位最稱職的老師，那位老師我們本質上應該很熟悉，可是事實上不然，我們的身體是這位老師，可是我們並不認識他（她），也不尊敬他（她）。這位老師不是一般的老師，他（她）是造物所創造的極品，他（她）為我們示範了所有修持，是身體力行的全然演出，舉謙卑為例，他（她）絕對是毫無身段的謙卑；舉寬恕為例，他（她）對於我們無明的毒素摧殘一向都是無條件的包容，直到無力承受為止。

以身體為師，以自然為師，以天地為師，是我們談論與執行養生最基本的認知和態度。（原養生實踐筆記之 382）

以身體為師，以自然為師，以天地為師，是我們談論與執行養生最基本的認知和態度。

04

身體的承擔

常聽到「我們家有家族性高血壓」或「我們家有家族性高血糖」，以前就聽聽，通常對方都很堅持，生病不得已，身上有病非自己所願，這是家族共業，必須承受。現在會在第一時間清楚告知「你身上的狀況不是來自家族性」，進一步說明就是「一切都是習慣的作品」。遺傳基因少了環境因素就不會有表現的機會，而環境因素的最大分母就是吃，因為大家都在吃，你不會發現自己的行為有任何脫軌的跡象。

聽到蝴蝶效應，你想到什麼？如果要追究責任，絕對追不到那隻蝴蝶，這是我的天馬行空，這是我對於責任經常出現的路線追蹤。當我們被教育身上的障礙是別人的錯，當大家都說你身上的病痛源自於遺傳基因的表現，既然自己的責任已經排除，既然生病也可以如此理所當然，那麼養生更不需要由自己承擔。經驗中，身體已經是這樣了，所以就不需要再做任何努力了，我已經很瘦，就不需要再斷食了，就不要再提醒我少吃了。

有病不代表永遠有病，長不出肉不代表永遠長不出肉，健康的源頭是身體的能耐，看身體要怎麼調整，也看你願不願意給身體機會調整。每個人心中都有一面高牆，自己躲在牆後，目的在避開改變的路標，看不到就沒事，不是我的問題，是家族都這樣，是基因有特殊標記。這面高牆是心牆，拆解不掉的就不說，看過心牆拆掉前後的眼神，前面的眼神強調那不是我的事，後面的眼神表示終於知道自己責無旁貸，充滿歉意和謝意。

聽政治語言，只要聽出責任歸屬，就知道政治人物的承擔力，都是前朝的責任就撇清自己的責任，都是別人陷我於不義也就撇開自己的責任。健康也是相同的劇本，都是醫生的責任就不會有你的責任，都是遺傳的因素也不會是你的責任，都是家裡面準備那麼多食物也一樣不會有你的責任。推卸責任是一種文化基因，源自於父母親的身教，也源自於媒體的教育，從衛教的角度，政府一定失職，因為早已被主流所綁架，教育體系也失職，所有傳承的中心思想都遠離身體的邏輯。

為什麼捨棄三餐的人遲早會理解身體的脈絡，道理還是在主控權，因為吃三餐的人由腦袋掌握主控權，吃一餐的人還給身體主導權。第一時間告訴我不能斷食的人都是這樣子說的：「我肚子會餓」、「我無法忍受飢餓」、「要我餓肚子還不如叫我去死」，其實這些話的背後根源就是失去了對於健康的承擔，如果飢餓感的假訊息可以成為一天作息的主要價值，那麼「健康很重要」就是提早埋在土裡的口號。

為何養生議題最終定調在自律的養成中，因為唯有自律是對自己負起全責的表現，也唯有在自律的催促中找到身體最渴求的節奏。（原養生實踐筆記之 171）

有病不代表永遠有病，長不出肉不代表永遠長不出肉，健康的源頭是身體的能耐，看身體要怎麼調整，也看你願不願意給身體機會調整。

05

打擾身體的時間

十多年不見的朋友見到面後的第一個反應是「你怎麼氣色這麼好」，幾年沒見的學員再次看到的第一個反應是「老師怎麼越來越年輕」，這是被誇獎的時刻，理應感到興高采烈，可是心裡面比較在意的是對方為何沒能跟上。這種場景出現一種很關鍵的因素，是時間，時間拉出了距離，時間經營出健康，時間也醞釀出不健康。針對時間和身體意識之間的連動關係，最深刻的印象永遠是人生第一次斷食那七天，時間有點難熬，時間卻又送來珍貴的體悟。

我的學生深諳一種外人不容易懂的道理，我們的說法就是身體需要休息，對於這件事的解讀瞬間分出兩種路徑，一種反應是值得努力，另一種反應是很難。要只需要一個理由，不要可以找出一百種理由，熟悉養生講堂所衍生出來的千百種臉譜，彙整成人性一個主題，人之所以是人，人也總是不知自己是人。我們都有一個共同的目標願景，就是讓自己更好，讓世界更好，做與不做的差異就在相信，也在時間，也在人之所以為人。

疾病的版圖和嚴重程度早已不可同日而語，民間依然搜尋不到針對養生的迫切需要，其實各種汙染因素都沒改變，唯二改變的是我們對於食物熱衷的程度以及對於醫藥倚賴的程度。可是真正導致我們健康每況愈下的因素還是回到時間，是我們打擾身體的時間，是我們的生理時鐘遠離最原始設定的現況。所有人類遠離健康的劇本都一致，是不餓也吃，不該吃也吃，然後越吃越精緻，越吃身體越堆積，越吃越累積病痛的嚴重程度。

很多證據早在地球上被提出，在 1950 年代的六十多年前，有一份來自西班牙的人體實驗，實驗對象是一百二十位養老院病人。這些病人被分成兩組各六十人，其中一組正常供食，另一組一天減食一半，隔天則增加食量 50%，意思是兩組實驗對象的飲食總量沒有太大變化。這兩組病人持續這樣供食三年，最終發現正常吃的那一組死亡率高出另一組一倍，這份報告看到習慣的養成，也看到身體得到休息的威力，重點是這種文獻不會被重視，因為很容易被歸類在「不具備參考價值」的檔案。

回到身體需要休息的本質，也就是經常在講座中闡述的食物的本質，真相是我們很少吃到食物的原貌，真相是我們輕忽食物精緻化製造生命的耗損，真相是我們極度忽視身體沒有機會休息的後果。養生的基調是身體的意識，不是飢餓感的催促，也不是規避所有汙染源，更不是體質和食物屬性之間的關係，因為在身體的視野中，這些都屬於它的權限，不是我們腦袋意識的看見。

正路就是方向，持續走就會看到光亮，光亮是信心，也是身體通暢後的展現，時間總是一點一滴記載著用心。（原養生實踐筆記之 351）

養生的基調是身體的意識，不是飢餓感的催促，也不是規避所有汙染源，更不是體質和食物屬性之間的關係，因為在身體的視野中，這些都屬於它的權限，不是我們腦袋意識的看見。

06

消失的腫瘤

描述一段眾多案例的共同劇情，某人由於公司提供例行性年度健檢而發現腫瘤，經過切除之後康復，慶幸提早發現，慶幸有公司福利，慶幸自己的福報，結果五年後再度在健檢中發現。姑且不論第二次發現是慶幸，還是僥倖，也不論接下來的治療程序和結果，這種故事都只會有兩種結果，我是指在發現異常的劇情發展中，只有兩種結果，不是來不及，就是來得及。

在這種節骨眼做文章不是我的原意，不是發覺異常，也不是有異常而沒被檢查出，是異常在被檢查出來之前就消失，是身體在異常出現的時候就集中火力處理了。這是一種幾乎很少人去論述的狀態，也不是一般人有機會面對的思考邏輯，就是在發病的過程中而不發病，在出現病灶之後又被身體移除，即使這是一種出現機率不高的可能，一般都來自於念頭、習慣、態度的適時改變。

從未被檢測到的腫瘤，從未被發現的癌症，如果你同意這劇情，就把自己置入劇本中，假設這是現在的你，假設你身體內正在往不好的方向發展，是接受安排，還是可以拒絕被安排？前面提到極小機率，因為疾病呼應的是人格特質，因為疾病是不良習慣的終點，每況愈下是常態，不相信和不想改變也是常態。或許機會就在眼前，或許前方正好是十字路口，或許現在正是轉彎回頭的機會。

我們都只被告知發現，未檢測出的故事就是永遠不會有人知道的故事，保持健康呈現的人就是和慶幸無關無緣的人。「消失的腫瘤」是否是好劇本？「錯過的厄運」是否應該被歌頌？「好習慣的終點」是否是一首好歌？「相信的力量」是否應該是你的故事？這些不會成為話題的話題是否才應該是你心中的期望？這些不存在的劇本是否才應該是你的創意？在每況愈下的路上止跌回升是否才應該是你最熱衷的投資？

身體到底是積極的責任，還是消極的存在？生活到底是喜悅的進階？還是得分的慶幸？一段似乎是積極進取的道路，最終發現居然只是盲從的前進，一群表面上搖旗吶喊的勵志，最終發現居然是被人性霸凌的考題。人生都在最需要被提醒的時候出現關鍵的聲音，生命都需要有貴人的適時提點，十字路口可能只有兩個選擇，也可能是三叉路，我們都需要有前人引導，透過直覺選擇應該走的路。

即使選錯了，還會有下一個機會可以轉彎，這是我的故事，相信從來沒有缺席，貴人也從來不曾隱藏，一切都會有最佳的安排。（原養生實踐筆記之 246）

在發病的過程中而不發病，在出現病灶之後又被身體移除，即使這是一種出現機率不高的可能，一般都來自於念頭、習慣、態度的適時改變。

07

燃料

每天分成清醒和睡眠兩種狀態，就身體裡面的運作，清醒和睡眠存在一樣的生命運作和不一樣的生理機制，心臟跳動維持其一致性，內分泌運作則出現交替運作的設計。我們甚少去思考身體使用燃料的需求和燃料的來源，從細胞維持生命的基礎，從燃料必須隨時供應的事實，生命理應出現在燃料不足的風險，譬如一個長久昏迷不醒的人，他的生命必須維持正常運作，他身上的細胞必須隨時獲得燃料的供給。

燃料的儲存和分配是身體非凡的設計，這就是皮下脂肪存在的美意，屬於身體以備不時之需的糧食，也就是極度缺乏食物的情況下，身體還有食物有用，細胞還有充足的燃料來源。把議題深入到燃料分配的主導，既然有分配的實質，既然也有優先順序的取捨，絕對是一件隨時備戰的工作，必須有隨時待命執行任務的單位。概括性的陳述身體潛能，如此繁複的能量分配是如何做到一絲不苟的完備，不應該只是一個單位的力道，菌腦腸軸之間的聯繫是背後的力量，脂肪這個內分泌器官也扮演了關鍵性的角色。

能量分配屬於生命的大事，透過另外一種視窗研判，它就是健康的軸心，維持穩定就呈現健康圖像，否則就從失衡進入失控。解構能量分配的思路必須進入身體的邏輯，從身體的立場看待燃料的需求，唯一干擾身體能量分配運作的行為是吃，是食物的進駐，應該說是無酵素食物的持續供應。為何如此？

因為處理熟食是浩大的工程，從身體的角度，這是一件牽動大量能量組件的大事，身體內的營養物流會因此而更動，加上熟食和胰島素之間的微妙關係，加上大量澱粉類食物和葡萄糖燃料供應不斷的事實。

回到我們一貫的思考邏輯，從食物和健康之間的關係而有食量和食物選項的考量，也就是「吃什麼」和「怎麼吃」成為一種根深蒂固的價值，「You are what you eat」也早早是重視養生者可以朗朗上口的一句提醒，甚至有國外學者特別強調「You are what your body accumulate and don't eliminate」，意思就是身上的囤積就是吃多少的指標。這是一種在你還沒有來得及轉換之前，怎麼思考研判都很合理的邏輯，其實也不是對錯的問題，是身體邏輯的精密和複雜程度遠遠超出我們所能理解，我們一貫的看法是愛吃也多吃，所以我們會生病。

問題在身體邏輯和我們的思考邏輯有落差，問題在我們誤解了身體的能量分配系統，這些誤解的鴻溝之所以不容易修正，必須加入人的傲慢因子，還是聰明反被聰明誤的範本。當「限時飲食（Time Restricted Eating）」成為國外新時代的飲食風潮，就是尊重身體能量分配的一種飲食態度，也就是一天只鎖定一小段時間干擾身體的飲食方式，和所謂的「一日一餐（OMAD，One Meal A Day）」相互輝映。當身體不被打擾的時間拉長了，身體就更有能力去應付被打擾的狀況，那唯一一次的打擾也就成為身體每天的容忍極限。（原養生實踐筆記之 295）

解構能量分配的思路必須進入身體的邏輯，從身體的立場看待燃料的需求，唯一干擾身體能量分配運作的行為是吃，是食物的進駐，應該說是無酵素食物的持續供應。

08

歐瑪（OMAD）

又是身體邏輯，又是能量分配，又是燃料來源的取捨，不熟悉身體運作的肯定是霧裡看花，到底這和養生有什麼關係？到底健康之道和身體選擇燃料和運用能量之間有什麼關係？

時間線是很關鍵的觀念落定，兩點連成一條線，中間不能被切斷，在身體的能量分配系統中，處理熟食就是切斷時間線，就是終止能量醞釀的延續。

假設七點起床到晚上十一點就寢的人，這中間就是十六小時的時間線，我們不看熱量，也不看食物的質量，就單純從食物的料理加工層級來評斷，只要過度精緻，身體就被打擾，身體就得進入耗損生命酵素的程序。

熟食的消化分解除了耗損生命，也消耗時間，每一餐熟食平均得花掉四個小時來消化，所以就假設一餐熟食就得損失四小時的時間線長度。有機會理解身體的脈絡，慢慢領悟把吃和時間鎖死的荒謬，早餐和中餐的時間差最違逆身體的設定。在一般人的作息軌跡中，除了那種被低血糖和高胰島素所喚起的假性飢餓外，就是習慣，就是生存的倚靠，就是維持生命所必須的補給。

如果一天吃三餐熟食，在十六小時的白天作息中，就完全不存在任何的時間延續，白話一點說明，就是身體沒有喘息的機會，我們不給身體時間，連空間都不給。空間概念源自於食物的囤積，由於能量有限，身體以處理食物優先，剝奪了處理廢物的能力，空間就變成身體堆積廢物的合理定義。

生食與熟食的取捨之所以具備高度意義，不打擾身體和打擾身體的落差之所以必須認真看待，這裡有數學絕對值的概念，也有物理的空間運用概念。回來看少吃一餐熟食的效應，身體因而多出處理下一餐熟食的能力，也同時多出處理接下來所產出廢物的能力。進一步看兩餐熟食的省略，檢視身體減少兩段時間耗損的能量聚集，必須連結到後續處理廢物的實力增長。

能量分配系統之所以如此關鍵，用成語「動輒得咎」可以完整解釋，在一消一長之間，在付出和節約之間，在得分與失分之間，生活中的道理都可以解釋身體的運作邏輯。議題的討論最後為每日一餐（OMAD）作出定調，這是執行心得，是所有實行一日一餐熟食的完美實證，就在不打擾身體的時間延續中，身體獲得處理唯一一餐熟食的完整能力，也獲得了處理那一餐熟食所留下廢物的實力。

我們都得更換看待養生的視窗，好好檢視飢餓感的真正根源，在歸還身體決定權的實際行動中，收到身體最實質的回應。如果你重視的依然是補充和飽足，依然是止痛和壓抑症狀，依然是食物和時間的綿密框架，你的免疫力遲早還是被能量分配系統所放棄，你的內分泌系統終究會在持續被胰島素把持的後遺症中，宣布潰堤，同時預言難纏病痛的敲門。（原養生實踐筆記之 296）

如果有機會理解身體的脈絡，慢慢會領悟把吃和時間鎖死的荒謬，早餐和中餐的時間差最違逆身體的設定，在一般人的作息軌跡中，除了那種被低血糖和高胰島素所喚起的假性飢餓外，就是習慣，就是生存的倚靠，就是維持生命所必須的補給。

09

自然才是主流

如果胰島素穩定就可徹底遠離糖尿病，如果把養生權還給身體就可穩定胰島素。
那我們在忙什麼？醫院和藥廠在忙什麼？
因為逆轉糖尿病被定義成治療，而治療是醫院和藥廠的事。
不完全是定義，是制定，背後有法律的支撐。
繼續每天量測血糖，每餐服用降血糖藥物。
必須聽醫生的話，醫生才合乎專業性。

如果不經專業治療，糖尿病患的病症消失了，那是怎麼治療的？
我們都得深思類似劇本，因為在自己身上肯定發生過。
身體出現異常，不曾接受治療，異常轉成正常。
如果治療程序必定發生，是誰的專業？是誰做了治療？
我們都得深思類似劇本，因為專業的治療都一直在運作。
代表有病和沒病存在灰色地帶，沒病當然就不需要治療。

如果調整飲食習慣就有機會逆轉血糖異常，如果減少餐數就可穩定胰島素。
那我們在忙什麼？醫院和藥廠在忙什麼？
因為我們都沒有把握，因為我們都不敢確定。
因為主流代表權威，因為有人說不吃藥就是偏方。
因為大家都相信主流，因為權威說的必有其權威性。

因為糖尿病病患害怕不吃藥會有風險，因為藥物果真把血糖控制得不錯。

為什麼糖尿病要一輩子服藥？為什麼很多病患還得施打胰島素？
即使併發症活生生一直出現，即使打胰島素的後遺症都被證實。
因為病患都沒有把握，因為病患都不敢確定。
我們都得深思類似劇本，為何糖尿病病患都扛著恐懼和害怕？
恐懼害怕不是糖尿病患的專利，慢性病病患都扛起無明的恐懼。
為何慢性病病患不擁有恢復健康的自信？
因為被告知沒有健康的機會。

我們都得深思類似劇本，萬一醫生也知道真相，可是不方便說。
是不方便說，還是不能說，或者是不敢說。
探討醫生的良知有點嚴苛，或者醫生不知道真相才是大數據，才是活路。
我們都得深思類似劇本，萬一醫生內心也有恐懼害怕，只是不可以承認。
恐懼害怕背後是什麼？
是不知道，是不確定，還有，是遠離了良知。
我們真的不應該為難醫生，問題是病患的權益何在？

主題回到病患的定義，
萬一沒病被解讀有病，萬一輕微被治成嚴重。
還有一種可能，萬一沒病卻一輩子吃藥，最後因病遠走。
有病的說法成全了主流意識，有病的認定成就了商業版圖。

當血糖已經證實不是糖尿病的真正病因，
有病的就有可能根本沒病。
萬一沒病被說成有病，萬一輕微被治療成嚴重。
幾十年來，我們都在忙什麼？這個世界的正義何在？

我們都得深思類似劇本，假的變成真的，沒有的變成有的。
我們都崇尚醫生說，我們都必須遵循醫生說。
合法治療是主流，自律養生是非主流。
鑽研化學是主流，擁抱自然是非主流。
學有專業是主流，回歸身體是非主流。
人數眾多是主流，鮮少人信是非主流。

我們都得深思真實版本，身體才是專業，自然才是主流。
（原養生實踐筆記之 404）

當血糖已經證實不是糖尿病的真正病因，有病的就有可能根本沒病。
萬一沒病被説成有病，萬一輕微被治療成嚴重。
幾十年來，我們都在忙什麼？這個世界的正義何在？

10

身體是法則

在生命的某個階段，我愛上閱讀，不是閱讀文學作品，也不是閱讀科學書刊，我讀自然法則。應該說，想知道生命現象背後的真理，這條閱讀路徑引領我進入哲學的世界，有一本原文書在自己的成長過程冠冕堂皇的座落在我的書架上，書名翻成中文是「支撐成功的時間與生命管理之十大自然法則」，作者海倫史密斯把十大法則區分成「時間管理」和「生命管理」各五大法則。反覆閱讀後，這本書所講述的大綱進入我的價值體系，成為自己的行為圭臬。

從自律發展到自由，引領自在翱翔的內在價值穩穩的握住方向盤，這就是站上講台呼籲自律養生的強大驅力。站在講台上苦口婆心也許是我個人長久以來的形象，可是早期不曾把養生之道和紀律連接得如此緊實，這是養生講堂學員最不容易領悟的價值，稱之為價值是因為喚起了身體所具備的原始天賦。身體是養生所必須依循的法則，當時間管理和生命管理結合在身體所揭示的所有道理中，當自律養生結合身體所展現的平衡力，當態度和習慣貫穿身體的脈絡，執行者領悟到真理的存在。

必須承認，我個人浪費太多生命才領悟到養生的完整脈絡，說後知後覺也不為過，可是領悟總比不領悟還好，晚知道總比不知道還好。每次領悟到一個階段，總會為自己設定額外 20% 的成長空間，畢竟這是一段不會有終點的學習路。可是個人領悟不是要件，群體進步才是；我們這一代知道了不是重點，下一代該如何承接才是；父母親都身體力行還不能滿足，因為必須要交棒，傳承是責任，是刻不容緩的工程。

我的人生原來被設定要進入醫療領空，上一代並未徵詢我的意見，在家業傳承和面子教育的雙重壓力下，我在最關鍵的醫院大門口選擇脫逃。這一刻回想，似乎有一個力量牽引著我的足跡，背起的背包沒有醫藥成分也沒有治療色彩，連結二十多年前所精讀的那本著作，再度想起責任和承擔，也再度想起真理和價值。我尊重醫療的存在，可是我們絕對不能把身體委託給醫療，號稱尋找健康的地方卻是十足的健康迷宮，回想起當年的叛逃，回想起和母親之間的價值偏離，不一定存在智慧，卻可以追蹤到自己當年的勇氣。

結論回到被我們誤導的下一代，或許三十多年前的速食產業登陸潮是一個轉折，或許近三十年的吃到飽文化也是一個轉折，我們都不應忽視網路崛起的關鍵轉折，手機電腦化的趨勢終於引導外送食物的時代來臨。下一代距離健康越來越遠，他們也許永遠不會知道身體意識的存在，如果我們繼續放任他們這樣吃下去，如果我們也繼續放任自己這樣吃下去。

健康的真理回到身體的時間軸，一部分解讀成生理時鐘，一部分就在身體不被食物打擾的意識復甦。身體是法則，千萬不可輕忽法則的力量。（原養生實踐筆記之 401）

健康的真理回到身體的時間軸，一部分解讀成生理時鐘，一部分就在身體不被食物打擾的意識復甦。

11
身體無所不能

從小在澎湖海邊長大，對於海的味道不陌生，主要印象來自大海的景觀和空氣中的鹹味。澎湖看不到小溪流水，居民很容易從居住處花幾分鐘的路程貼近大海，從近海到深海的落差，每天出海捕魚的討海人最熟悉，大海的深奧與其令人敬畏之處從小就深植我內心。身體就在伸手可及之處，我們卻極度陌生，有時候甚至產生莫名的恐懼，高深莫測是否是多數人對於自己身體的解讀？熟悉這種距離感之餘，站在海邊看著遼闊的大海，想著看不到的海底世界，一樣的陌生，一樣的遙遠，一樣的恐懼。

「未知」是我們對於身體內世界的觀感，那種陌生和距離和站在海邊看大海沒有不同，想到「海底深淵」，光是一條消化道對我們來說已經是有如海底的遼闊。考古學家發現魚類在三億七千五百萬年前登上路地的證據，原來連人類的骨骼結構都隱藏了曾經在大海中生存的證據，如果大海曾經是我們祖先所生存的空間，何以我們在進化的道路上遠離了最原始的家？如果身體裡面的大海是我們賴以健康存活的大自然，何以我們在文明的薰陶中遠離了這麼親近的家？

思考不打算停留在演化進化或是考古學的足跡，倒是從高深莫測的海底世界去對比我們身體內的生命現象。陳述的重點是陌生，而且何只陌生，完全沒有信任感是現代人和自己身體之間的連結，每每在分析食物的本質時被問起生食的汙染，每每在談論熟食的時候被問起破除細菌汙染的最佳途徑。把身體比喻成大海，是比喻其接納汙染和化解汙穢的能耐，大海中有處理各種汙染的生物和微生物，身體裡面也配置了處理汙染的免疫系統和微生物，可別忘了人體還配置了設計完美的下水道汙水系統。

現今的傳媒資訊和醫療觀點把人們的養生觀帶往外太空，家中飲水得煮開，因為得殺菌，食物也得煮熟，因為得滅菌，由於生食裡面太多不可預知的農藥殘留，所以得避開。這種邏輯把受教者帶往遠離健康的田地，免疫系統完全不存在，即使存在也不管用，從肝臟的解毒系統到輸送廢物的循環系統、淋巴系統和泌尿系統，即使這些系統隨時都稱職的執行其任務，我們依然被教育必須隔離掉食物中的汙染，重點是隔離食物汙染的同時必須終結食物的生命。

食物的汙染是應該防範，可是不是一味的防範而忽略了事情的本質不在食物被汙染的程度，也不在清洗乾淨的程度，是我們的身體面對汙染的態度。把一桶油倒進大海中，海水就被汙染了，可是大海並不會因為被這桶油汙染而不再是大海，我們理應教育孩子不去汙染大海，可是更應該教育孩子大海納百川的能耐和本質。一個學習醫學的人被引導至距離身體遙遠的地方，因為斷食的因緣而回到身體的家，身體的家才是真正健康的家，最終更進一步在「無所不能」這四個字中看懂身體大海的全貌。（原養生實踐筆記之 327）

食物的汙染是應該防範，可是不是一味的防範而忽略了事情的本質不在食物被汙染的程度，也不在清洗乾淨的程度，是我們的身體面對汙染的態度。

12
回家

我出生在澎湖，讀大學就離家外出，最後在台北建立自己的家，可是我的根在澎湖，老家在澎湖，不會忘記培養我長大的地方。父母親沒有強留我們在澎湖，因為他們知道我們有工作和事業發展上的需要，直到父母親都老了，我才強烈湧出懺悔的覺知，發覺自己沒有陪父母親的時間還真長。即使很想陪老人家，我們都面臨現實的考驗，他們習慣那裡的生活，我們則必須留在台北打拚，最終是我在母親大體前痛哭，在父親遺體旁掉淚。

離家是學分，想家也是，我們除了離家發展，也遠離感恩，遠離同理心。靈性也離家，身體也離家，所有的生命體悟彙整起來，都提醒我們要回家，回到自己的根，回歸自己的本我。在製作課程的畫面上，我在「回家」的後面標示「孝順、紀律、和諧」，想到的當然是家庭裡面的核心價值，在養生講堂就直接連結到自己的身體，回到我們對身體的態度，回到我們用什麼態度來經營健康。身體是健康之根，是健康的家，養生之道就是在身體內營造「順、律、和」。

我個人的養生體悟除了身體之外，還有感恩，感恩父母親養育之恩是核心，感恩陳執行長集民的知遇之恩，感恩酵素工廠鄭董事長夫婦把斷食的超級禮物送給我，這是和自己身體對話的啟蒙，開啟一段探索身體的明路。孝順和感恩即使意境有所出入，兩者是相同的心性，這是養生的關鍵視窗，看到身體的卓越，看到身體的積極，看到身體的包容，看到身體的愛。只要看到為人母的大愛，想到造物交給我們無所不能的身體，收到母親送給我最珍貴的資產。

想要健康，渴望健康，卻不相信自己的身體，這是多麼荒唐的認知，這是多麼離經叛道的堅持，可是環境如是，我們所處的生態如此。經常分享生食家族創辦人柏坦寇在她書上寫的「尋找，就會找到」，這似乎就是我個人尋找健康正解的故事，她又寫出「身體絕對不會犯錯」，這也是我十多年來和斷食結緣之後的心得，也是身體回饋給我最棒的融通。因為感恩，宣導斷食成為我的工作，傳承自律養生成為必須扛在身上的職責。

有學員體會到我的孤獨，我很感恩，其實孤獨一點都不負面，在進修的道路上是常態，在和身體互動的過程中是常態。問過自己的身體，問他孤獨嗎？當他獨立承擔這麼多工作時，他有抱怨嗎？當我們一天之內丟一堆廚餘給他的時候，他除了默默工作，他有說話嗎？「呢喃，否則咆哮」是身體的態度，也是腸道微生物的態度，「信任，否則承受後果」是身體很卑微的要求，能做的，他都做了，重點還是我們的態度，我們珍惜嗎？尊重嗎？信任他嗎？

回家吧！朋友，你的身體在等候你的回應，你的雙親在等待你的擁抱。（原養生實踐筆記之 280）

孝順和感恩即使意境有所出入，兩者是相同的心性，這是養生的關鍵視窗，看到身體的卓越，看到身體的積極，看到身體的包容，看到身體的愛。

13

女人

曾經有一種主觀，關於女人的空間感，最常舉的例子是提供路線，也就是報路，經驗是讓女人報路就越容易迷路。就數據呈現的確是如此，看女人開車也常讓我嚇出一身冷汗，只要碰到從巷子直接衝出來不踩剎車的，十之八九是女性駕駛。我的目的不是要霸凌女性，事實上我看過很會開車的女性，也認識空間概念很棒的女性設計師。結論是練習，是態度，女人的能力絕對不輸男人，而且從細心程度評比，女人的職場表現通常都優於男人。

男人和女人確實有差異，從身體構造，從內分泌系統的內容，從脂肪結構的分配，這樣的分析方向很明確，女人之所以異於男人，因為她們肩負著孕育生命的職責。對於女人的愛心有深度觀察，母愛不用說，那是人世間最偉大的情操，至於女人對於另一半的包容和體恤，可能必須搬出很多實際案例來強化印象，只是想強調，女人之所以異於男人，是因為脂肪。趁你還一頭霧水時，只要看看體脂肪的數值範圍，先認清一個事實，女人的愛與包容和脂肪息息相關。

為何脂肪成為女人初經的關鍵指標，因為脂肪代表食物，是儲存好以備不時之需的食物，提供給自己，也提供給肚子裡面即將孕育的生命。女人從青春期之後的脂肪存量持續增加，月事週期都透過性激素促成脂肪的強化，不足處就經由對特定食物的需求來增加脂肪的存糧。看似生命的設定，女人承受了比男人還要沉重的包袱，相對的，她們也承擔了比男人還要大的健康風險。乳癌就是一個實例，有壓力因素，有情緒因素，有無法發洩的苦悶，當脂肪的發炎程度過當，當脂肪被提存的動線被冷凍，女性比起相同背景的男性多了一層罹癌的風險。

女人的脂肪組織比男人多不是導致生病的因子，但是脂肪過量的確是發炎現象存在的背景，脂肪的良善和邪惡之間可能只有一條線的分界。可以從多數熟齡女性超過三十的體脂肪看出現代女性的健康危機，代表脂肪的過量存在於皮下，即使不會造成心血管疾病的威脅，卻是傳輸發炎和負面情緒訊息的源頭。當妳體脂肪過高，妳的生活壓力大，妳的情緒表現低迷，可是妳吃三餐，妳的飲食內容中少不了精緻澱粉類食物，妳必須留意身體急速走下坡的可能。

研究細菌的學者在懷孕女性後期的腸道發現肥胖者的菌相，證明身體透過細菌的協助來保留所有可能形成脂肪的食物，因此在生產過後如果不進行腸道菌相的重整，肥胖甚至於重度發炎就無可避免。還好在學習新知方面，女性的態度明顯優於男性，或許這也是一種平衡的設定，在斷食和間歇性斷食的研習方面，一直表現進步的力道。請告知所有體脂肪過高的女性務必學習身體學分，從認識食物的本質開始練習改變飲食，讓更多的女性朋友有體驗自律養生的機會，一起努力終結女人因為生育職責而必須承載的疾病風險。（原養生實踐筆記之 250）

為何脂肪成為女人初經的關鍵指標，因為脂肪代表食物，是儲存好以備不時之需的食物，提供給自己，也提供給肚子裡面即將孕育的生命。

14

菌和脂肪

在《醫生菌》書中專章討論幽門螺旋桿菌的屬性，學者確立幽門桿菌是人體胃部正常的寄生菌，對於幽菌的評價突然從壞變成好，可是不管其本質，現階段是壞菌就是壞菌。到底探討本質比較有意義，還是直接鎖定已經存在的事實？探討養生是相同邏輯，是知道生病的源頭比較有意義，還是直接鎖定已經存在的病症？

好的東西是怎麼變壞的，好人是怎麼變成壞人的？共同的解答是環境，是環境不利於生存才必須去搶奪，幽門桿菌的劇本的確是如此。殺掉幽門桿菌是上策，還是改變消化道環境？是把壞人一律關起來，還是創造一個讓他們改過自新的環境？幽門桿菌的變異和人類的飲食革新有關，精緻熟食再一次回到檯面上，人類近百年的飲食進展有不少值得檢討的地方。

我們把幽菌變壞了，同時也把脂肪搞壞了，這兩件也許不是太相關的事，卻存在不少的共同交集。食物精緻化真的這麼罪大惡極嗎？脂肪和細菌的兩大主題可以提供不少思考方向，原本都是維繫身體健康的重要樑柱，卻在飲食不斷質變和量變的驅使下變成對身體不再良善的因子。腸道菌相就是檢視飲食的最佳標的物，很容易留置腸道而造成腐敗的食物多了，腐敗菌的繁殖就多了，我們把腸道環境搞壞，同時腸道細菌也變壞了。

脂肪的劇本一致，原始是立意良善的備糧單位，成為內分泌系統的重要一員，因為提供燃料必須藉由內分泌激素來傳令。就在我們把腸道菌相搞壞的同時，脂肪細胞也被我們放大，脂肪組織逐漸成為發炎的重鎮，因為囤積過多的脂肪，脂肪組織必須回報風險，聯絡免疫細胞過去消弭亂源。注意到了嗎？飲食內容的改變改造了腸道菌相，飲食量和頻率的增加改造了脂肪的狀態，一切都歸咎於多吃，一切都是我們在料理的內容遠離了食物的原貌。

最有趣的結論在最近期的定調，關於腸道微生物群和脂肪組織，學者一致主張應該提升這兩個單位的層級，它們在功能和重要性方面完全不遜於身體任何其他器官，它們就是身體的兩個器官。或許，這些資訊無關於我們養生的動機和行為，可是從本質的角度，身為人的立場，我們有必要清楚身體裡面的真相，或許當我們看待細菌和脂肪的觀點不一樣了，局面就不同了。（原養生實踐筆記之 242）

脂肪和細菌的兩大主題可以提供不少思考方向，原本都是維繫身體健康的重要樑柱，卻在飲食不斷變質和變多的驅使下變成對身體不再良善的因子。

15

讓身體回歸身體

領導學之父華倫班尼斯（Warren Bennis）：「沒有人，包括你的父母、老師和同儕，能教導你如何做自己。沒錯，儘管他們是出於好意，但他們所教你的都是如何不要做自己。」從各種角度檢視這句話，從我父母親所教我的每一句話，從我和兩個兒子之間的相處經驗，也從社會面去觀察人們是如何透過自己的主觀去干涉別人的選擇。尤其在健康經營的每一個面相，如果我們給意見的對象沒有因此而回歸自己的身體，我們基本上就是告訴對方如何遠離健康。

父母親愛子女天經地義，卻經常因為溺愛而導致子女不知如何負責任，孩子不懂得為自己的行為負責任就因為從來沒有機會練習獨立，這是體悟養生之道前的必修學分。最為難的應該是孩子喊肚子餓的時候，很少有父母親勒令孩子要餓肚子的，可是給吃和不給吃的拿捏不會有意外，父母親的選擇都會傾向給吃，真正問題在給什麼和給多少。父母親絕對迎合孩子的需求是家庭教育失敗的根源，發生在我個人的經驗值中，孩子如何能對父母予取予求？

生命誠可貴，時間很珍貴，不獨立是浪費生命的狀態，因為負擔與傷痛是最難收拾的後遺症，孩子不孝順不僅是父母親的痛，也是孩子自己一輩子的承受。一個人不知道為自己的行為負責，就不會知道為自己的生命負責，同樣的結論投射在經營健康的方面，缺乏責任感的人不懂得愛自己，不會願意為自己的健康付出努力。在所見所證的民間價值中，不僅缺乏回歸身體意識的責任養成，健康可以是別人的事，健康用錢買得到。

大家都在談營養，大家都被教導要重視補充，結果就是吃，一直在吃，一直進補，一直充填。把家人餵飽，把孩子餵飽是負責任的表現嗎？從社會價值評斷，答案是肯定的，我們負責滿足孩子的口腹之慾，不，我們思考的是存活的基本需求。這絕對是出於好意，我們愛孩子，關心他們的健康，肚子餓了讓他們吃，從來都不知道必須要超越這一切慣性，不知道這究竟是一個違反身體原始設定的大迷宮。

我認錯，不認識身體意識之前的我做了最糟糕的示範，帶孩子們去吃美式速食，欣賞他們透過吃所展現的滿足感，而且在我認識身體意識之前，早已習慣自己每年換季都經歷的重感冒。如今則是練就一個十多年不曾感冒的身體，年輕時候重度培養的小腹早已消退，過去在大太陽底下打了一兩年的棒球而出現在手上的曬斑也不見了，因為做了一件史無前例的事情，就是讓身體回歸身體，讓身體做它自己。

在父母親羽翼下的人生前三十年，長輩授意的就是如何不做自己，結果必須另外花對等的時間去找回自己，過程中有認識良知的一段，也有認識自己生命主人的一段。在人生的有限歲月中，為一個明確的生命價值而努力是做自己之後的重大覺悟，也是知道不能再虛度生命的聚焦行動，我們忍心看著下一代繼續在迷宮中流浪嗎？（原養生實踐筆記之225）

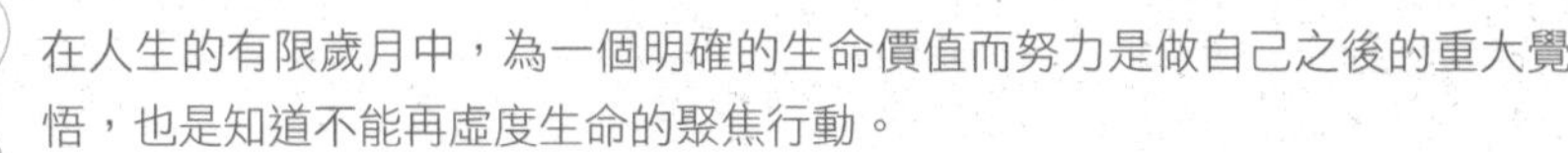

在人生的有限歲月中，為一個明確的生命價值而努力是做自己之後的重大覺悟，也是知道不能再虛度生命的聚焦行動。

Part 6

健康是修行

01
養生大道

人生是選擇的成果，在往前看和往前進的同時，不時還是回想起一年多以前的生命際遇，那是必須做選擇的時刻，選擇脫離熟識邁向不熟識的世界。回首這些日子的所有發生，進階是我的體會和收穫，原來遠離熟識也是進階的過程，想起那麼多的不諒解，想到那麼多不再能同甘共苦的面容，結論依然是無窮盡的感恩。

依稀記得那些階梯和那一扇門，依稀感受到虛擬實境的存在，依稀還保有當時的純真和自信，清楚知道天無絕人之路，清楚知道未來的圖像都由自己親自描繪。想起機會的大門，開門的是自己，指引方向的卻是別人，我有很多位生命導師，也有不少改變生命軌跡的貴人，沒有機會回報父母親的養育之恩，還有很多機會報答知遇之恩和機會之恩。

謙卑受教是經常自勉的題綱，那是我愛上閱讀的某一刻，體會到身為人的莫大福報，可以跟很多位老師拜師學習，也可以把自己所精通的專技傳承下去。成為學生是一種成長的條件，成為徒弟是不斷超越的鍛鍊，扮演老師的角色則是利己也利他的責任，老師也是學生，學生也是老師，師父也是徒弟，徒弟也是師父，共學與共修是值得珍惜與把握的生命學堂。

我很慶幸，以人身法船為自修和共修的標的物，以自己和家人的健康以及眾人的健康為生命的志業，而且超越了傳統的桎梏，走進了天地合一的養生大道，領悟了身體大自然的天然

渠道。記得只是幼小心靈的一粒小種子，不會生病只是一個圖像，一切都在環境中逐一的栽植，從醫療家庭到醫學教育，從藥物環境到併發症的不可逆，包括父親為祖父急救的畫面，也包括在軍方醫院血液室親自檢測一位幼兒白血病的實況，最後是自己無力挽救父母親健康的遺憾。

天下沒有不散的宴席，可是天下宴席依然持續開，散會誠屬必然，重點是播種，重點是繼續連結緣分。知恩也感恩，惜福也惜緣，這些美麗的生命元素安置在養生體悟中，結合了關愛和期待，結合了體恤和體諒，結合了紀律和自信，原來造物總是為大地保留了生命力的延續，原來上蒼早已為生命的茁壯設定好軌道。在充滿感恩的喜悅中為今年設定好更高的目標，那些頓悟的微笑早已在等候，那些上進的身影早已經就緒，那些天造地設的緣分早已就開啟大門守候。

年齡增長中，身體持續年輕化，感恩老天早已為延緩老化設定好關鍵樞紐，也感恩自己勇敢的開啟這扇凍齡的大門。

（原養生實踐筆記之 379）

知恩也感恩，惜福也惜緣，這些美麗的生命元素安置在養生體悟中，結合了關愛和期待，結合了體恤和體諒，結合了紀律和自信。

02

交付的力量

撰寫《健康是一條反璞歸真的修行路》來自於特殊的生命背景，我個人以福報來解讀自己這一段生命際遇，感恩自己是心門永遠開啟的人，沒有錯過上蒼特別眷顧而賜予的機會。修行在多數人的觀點中有辛苦的意境，苦修苦練對諸多修行者來說屬於忍氣吞聲的必然歷程，當初的確是從忍凡人所不能忍的角度看到養生的祕境，也從多數人無法理解的經驗值看到養生的核心價值。

苦修是一種合理的解讀，這種視窗源自於早已熟悉的舒適，也源自於方便性的本能性追逐。把健康和修行做適度的連結，當初的思考角度在超越舒適，焦點不在苦行，所有艱困的感受多半是將心比心於一般性觀點而來。透過借力使力的經驗值說明，養生的確有其完全不費力的一面，最關鍵的突破以及領悟點就在我們自己的身體。這其實也是修行者可望看透的生命面相，在一切都合理而且必然中，辛苦就不是辛苦，過去曾經解讀成痛苦的經驗居然也可以喜悅承受。

整體心態的轉換和心境的成熟都源自一種態度的昇華，這就是交付的力量，是一種可以完全不費力的力道，是一種從極小看到極大的成長。交付有一個很重要的前提，就是相信，不相信就不會行動，當然就不可能交付，從相信到交付只是一個念頭的轉換，很可能只是執行過程中的頓悟。「從相信身體到交付給身體」，這十一個字道盡養生的精髓，這是每個人從興起必須重視健康的念頭之後，幾經轉折，最終總要釐清的核心價值。

繼續看不相信身體到不交付給身體的視野，一切呈現都很熟悉，所有的畫面都是那麼的真實，而且合理，那是一個由恐懼和不確定所操控的世界。小孩發高燒，父母親在慌亂中到醫院掛急診，這是很小的案例，就發生在我們的生活周遭。將之放大，從依賴到習慣，再從習慣到依賴，醫院大廳的人潮就不再稀奇，每天想爭取病房的排隊人數也不再稀奇。一人罹病全家都生病也不再稀奇，畢竟大家都習慣用蠻力爭取健康，問題是健康終究遙不可及，養生終究是全程委由別人幫你安頓的程序。

問多數即將離開人世的人，如果生命可以重來，最不想花時間做什麼？令人訝異的答案是待在辦公室，也就是上班。這個結論是經歷的歸納，這是價值評論，是從時間的成本分析，是從投注的力氣和回收的成效來對價。重點是蠻力，重點是被牽引，重點是為別人而活，重點是走在別人所設計好的軌道，重點是不知道自己是誰，重點是從未想通生命最簡單的道理。

身體在自己身上，養生精髓在自己身上，和身體對話，和身體妥協，和身體和解，從相信到交付就是那麼單純的一條線，依著身體的邏輯生活，依著身體的脈絡吃飯。養生不難，難在那頑固不靈的堅持；養生不累，累在那放不下的身段。（原養生實踐筆記之 386）

養生不難，難在那頑固不靈的堅持；養生不累，累在那放不下的身段。

03

毒害

有學員很詳實的描述早晨餐桌旁的親子相處時刻，那是她每天最珍惜的時光，尤其看著子女很開心的吃早餐，暫時很難去思考這些食物是否對他們會造成傷害。食物很無辜，可是料理早餐的媽媽更不應該被質疑有不當的動機，階段性領悟到身體意識的深度意涵，當然能理解腦袋意識的無名。我們都曾經碰到無法抗拒的片刻，更何況是幸福家庭的溫馨誘惑。

食物無辜，料理食物的人也無辜，可是從結果論追溯，總有必須承擔責任的人事物，莫非是時間的過錯？莫非我們最後也只能以家族共業來論定？對於近幾年的暴雨型態應該有所感受，如果你靠砍伐木材為生，販售木材的獲利讓你生活無虞，有一天暴風雨狠狠把山上的房子沖刷掉，可能很難想像自己砍伐的行為和房子消失之間的關係。這只是一種比喻，強調習慣的養成和後果的承受，在享受幸福感的時候論述責任承擔很掃興，可是總得有靜下來反省因果關係的時候。

荷爾蒙生理屬於身體的原創，最原始的創意是呼應晝夜節律，這是生物體生命運作的重要基礎，有進就有出，有上就有下，有高就有低，有吸收就有排泄。從睡眠到清醒，從無意識到有意識，早晨扮演轉換的關卡，屬於荷爾蒙交接的關鍵時刻，在人體原本設定的天然食物程式內，激素的運作都委由身體一手包辦。早餐一旦加工又精緻，一旦加熱又破壞酵素，身體的原始運行不小心被打擾，荷爾蒙節律的美麗弧線意外的走樣。

多數人不容易想像早餐的幸福感其實來自於加工食物的慰藉，這是多層次干擾內分泌和胰臟生理的置入，說穿了就是惡性循環，創造過度的飽足感到製造無窮盡的飢餓感，最終才有對於早餐絕對精緻化的需求，還有必須吃得很豐盛的誤解。當我們很開心的看著兒女吃這些食物，因已經種下，變成一種習慣，形成生活模式，最終的結果還是子女們承擔。

食物精緻化後沒有了生命，也就不會轉換成我們食用者的生命，只會形成負擔，這部分的理解請務必擱置營養需求和美食慰藉。切記熟食也有新鮮的訴求，不應重複加熱，當然不宜無限時間冷藏，我深知這是一個難解的習題，幾乎每個家庭都有食用隔夜食物的習慣，也都把冰箱視為儲存食物的萬能空間。

課題是剩食的善後，還是重複強調不應把身體當成廚餘桶來對待，沒有生命的食物不新鮮之後就得餵廚餘桶，這部分的養成是很重要的認知，需要群體的共識和互勉。當我們把餐數縮減到最小的級數，發現吃不多是很必然的結果，飲食的戒律少了是很棒的心得，身體的負擔不見了是最美好的實證。

在講台上談了十年的毒害，重點放在吃藥和吃飽，我們要求家人吃藥，結果是家人在承受藥物的副作用；我們嚴格要求兒女吃飽，結果是兒女們承受身體負擔的後果。我們精進，家人會跟進，我們講究，家人會跟著講究，我們先遠離病痛，再來督促自己協助家人一起邁向健康。（原養生實踐筆記之 122）

當我們把餐數縮減到最小的級數，發現吃不多是很必然的結果，飲食的戒律少了是很棒的心得，身體的負擔不見了是最美好的實證。

04

身體的真理

「就回歸身體意識的體悟，醫學院讀七年，不如斷食七天。」三天的心得說不出這句話，三年的心得也不一定能體會到這樣的深度，就在持續和身體對話十多年後，某一天自己寫出這句心得，很篤定，卻也很感慨。話題回到必修，如果修的不是真理，只是學說，如果修了很多學分都無法實用，就好比考上駕照卻不敢上路。

真理可能一度被人恥笑，真理也可能被視為歪理，很多真理得歷經好幾世紀的考驗，相信的人可能長期被視為瘋子，冷眼旁觀者是絕對大多數。當巴菲特和比爾蓋茲把財富的九成捐作公益的決定公開時，顯然肯定的聲音會遠多於否定，關鍵是他們做決定的背後動機，不應該是「生不帶來，死不帶去」這麼單純，我相信他們體悟了生命的真理，他們深知快樂的泉源不是擁有，而是給予。

我們都熟悉「大自然反撲」這個名詞，深入這件事的真相面，是否有時候會思考到大自然的操控者這樣的概念？或者就直接聯想到「更高意識」或「最高意識」的存在，而在大自然的版圖中，渺小如我們都能接受無形造物主的存在。可是就把焦點縮小到自己的身上，渺小的人類突然變成聰明的人類，我們被引導要凌駕身體的呈現，我們想知道身體內部的一切，研究所有學問，試圖統御身體的所有脈絡，科學界一度很難置信所謂的無形也在身體之內。

所謂的真理就是身體內的無形，就是經營身體療癒場的力量，這是我努力研修養生學分，讀了好幾百本書之後的心得。身體的真理就是平衡，就是身體從發育完成之後便趨於穩定的恆定系統，可以鎖定單一個系統來分析恆定，就以內分泌系統為例，上自腦下垂體，下至性器官，中間穿越的所有內分泌腺體都各司各的平衡，也都參與系統的恆定。繼續放大到內分泌系統、免疫系統和神經系統之間的完整脈絡，我們所能理解的層級就是大自然，在嘆為觀止之前，在接受無形存在之前。

我曾經以學者心態試圖深入探索第二個腦的實際位置，說穿了就是要知道它是誰，它叫什麼名字。所以會有腸道是第二個腦的說法，曾經接受學者的引導，宣稱腸道免疫系統就是腹腦，也就是人體第二個大腦。如果這是對的方向，那麼腸道微生物群便是人體的第三個腦，至於這些探討主張有沒有意義，就在深入融通身體邏輯後，必須承認，定點不是關鍵所在，認識它還不如相信它，我們不該再次犯了醫學研究的毛病，越想掌握它，距離它就越形遙遠。

本文的結語或許是臣服，或許是交付，或許就單純用信任來連結我們和身體的關係。當激素都是微量在釋放，我們的食物不論是內容或是量都犯了大忌，胰島素首當其衝被人類的慾望蹂躪，這不是交付，也稱不上臣服。一切都得回歸我們的腦袋意識，我們是否傲慢，我們是否過度膨脹自己的角色，有一天，我們都得誠實作答。（原養生實踐筆記之 146）

一切都得回歸我們的腦袋意識，我們是否傲慢，我們是否過度膨脹自己的角色，有一天，我們都得誠實作答。

05

進階

最近和妻子有異於往常的對話內容，主題是改變，內容從「現在的我和過去的我」談起，畫面是她坐在我身旁，聽到我對著親姐姐說「妳弟弟已經不是妳所認識的弟弟」。這一刻距離我大量閱讀的習慣養成已經超過二十年，與其說閱讀改變我，應該是思考的方式和深度。思考屬於消耗能量的行為，需要活絡的內分泌和神經系統支援，身體有協同整合的力道，除了大腦的生態改變，外相必然會改變，命運也自然會不一樣。

在生命的某一點，或許有人問你最想做什麼，或許你也自問最想得到什麼，可是命運總是安排讓自己錯愕的劇本，踢到鐵板的際遇居然最終被自己解讀成最美好的轉折。我的家庭並沒有傳承此刻的價值給我，我所承接的是功利價值和面子教育，看到的是眼前的好處和即時的利益，父親的社經地位和專業位階所經營出的環境否定了個人的天賦，這並不是我父親的錯，這是人類世界隨處可見的人性足跡。

心中有一個通常聽不到的聲音，因為只專注在眼睛所看到和耳朵所聽到的。心中的生命價值早已存在，可是包覆著層層時間的落塵，不僅觸摸不到，也無從察覺，這個聲音就在我學習面對和接受之後逐漸清晰，從老天爺的考題中領悟到生命價值的存在。回到此刻的人生藍圖，到底為何而忙碌，這份工作最值得我把生命投注下去的價值何在，不需要寫出答案，答案或許冠冕堂皇，或許有些虛無飄渺。

已經不只一位學員問起「老師賺什麼」，聽起來很容易回答的問題卻有其不易解釋的深度，從價值面和現實面兩種不相同的視窗，我們看到不一樣的世界，提出不一樣的見解。一樣的一堂課，有人聽到未來的希望，有人卻只聽到改變的成本花費，這不全然是用心程度的差異，是價值觀的落點和視窗的距離，知道和做到不會一樣，聽一次和聽十次的收穫不會一樣。

「我做錯了什麼」和「我可以如何改善」就屬於兩種不同深度的觀點，「該如何善後」和「為何會導致如此局面」也屬深度不盡相同的思考。年輕的時候腦袋裡面塞滿了「想做」和「愛做」的畫面，所以開了書店和音樂公司，擔任唱片公司主管和雜誌社總編，卻從來都不清楚自己的生命價值。時間的淬鍊是必要元素，困境的磨練也是不可或缺的安排，可是這些還不代表一定會覺悟，直到最艱深的題目出現。

角色是一種意境，責任是更高層次的意境，如果健康是題目，把自己照顧好是第一階段，之後才會有責任的揮灑空間。自私不同於自愛，兩者實質的區別在我的工作場域中清楚明辨，懂得自愛的人不自私，自私的人卻往往跳過自愛而試圖展現大愛，真假在他們身上已經混淆。寫這一段不針對任何個案，只是一種心得，深知身體需要我們疼愛，生命需要我們深度思考，生命價值需要我們深化責任感的養成。

生命給我的考題夠多，和人性較勁的經驗也夠多，年紀也夠大，如果生命一定得投資時間來體會這些，希望不浪費太多時間，希望一切都還來得及。（原養生實踐筆記之 201）

如果健康是題目，把自己照顧好是第一階段，之後才會有責任的揮灑空間。

06
不被自己愛的自己

從小就接觸醫療環境，很少去深思過養生是什麼概念，健康的角色和醫生的角色曾經是如此混淆，醫生是我父親，健康在父親的診所。記得在陽明大學從事教職的時候，也就是接近要成家的過程，對於養生有了構想的雛型，回想起來很心虛，當時構思養生就是去運動場跑步。後來真正更為積極的思考如何照顧自己的身體，已經接近四十歲，有小腹，每次爬山都接近虛脫，而且臉色蒼白。

不健康是養生的動機，從接觸的個案統計出更強烈的動機，也就是生病，是病痛提出不能再蹉跎的警告。深入每個人的內心深處，存在指引行為的動機根源，也存在干擾動機的主觀意識，這就是拔河，是要與不要的對戰，願意與不願意的對話，這是恐懼與傲慢之間的溝通和妥協。在這一切心理素質之上還有一層表皮，那是人格特質，或許反應家教，或許反應悟性，有人虛心受教而且善解人意，有人自我中心而且傲慢自大。

深知人都有一個本心，把傲慢撕掉之後，把固執拆解之後，把恐懼驅逐之後，是一顆會體恤他人立場的真心，是一顆願意為自己的生命負起全責的本心。我們都需要改變，我們都必須有面對生命十字路口抉擇的時刻，在徘徊無助的時候，會出來干擾我們做出最正確決定的因素就是傲慢、固執和恐懼。想法越是複雜的人直覺就越是不準，身體越是不健康的人就越是不容易做出正確的決定，那是一種經驗值。

讀很多書的人很容易做出不利健康的選擇，認為自己學歷很高的人最容易透過腦意識做決定，我個人就經歷過試圖給身體很多東西的過程，結果被精通發酵的鄭董事長摧毀我的知識障，而且是徹底毀滅。說身體擁有一切了，很多人還是不願意相信，我們最不相信的其實是自己，相信科學，相信數據，相信多數人相信的論述，相信人一定要生病，相信藥物才可以治病。感覺充滿自信，卻不相信自己，這種矛盾就存在於你我周圍，這種荒謬的價值就存在於我們所處的文明世代。

不相信自己是我的領悟，自己走過的路都還歷歷在目，不承認恐懼的存在，不承認自己其實懵懂無知，不願意接受自己其實是一片空白。進一步說，空白只是被遮掩，無知只是過程，不相信自己只是還不認識自己，不懂養生真諦只是還不認識自己的身體。不相信自己就不愛自己，不愛自己就不可能愛別人，所有轟轟烈烈的愛情故事最終之所以片甲不留，因為其中至少一位還不懂得愛自己。

有一位瑜伽老師邀請我去和她的學生分享，在海報上的字樣寫著「和不被自己愛的自己分手吧」，不被自己愛的自己和不愛自己的自己是同一個自己，我們和那一位自己之間隔著一面牆，我們的傲慢來自於恐懼，我們固執是因為沒勇氣。踏出去那一步只要確認自己願意，接下來就慢慢聽到自己內心所發出的聲音，遲早，你會把「聰明」這個形容詞留給自己的身體。

（原養生實踐筆記之 253）

說身體擁有一切了，很多人還是不願意相信，我們最不相信的其實是自己，相信科學，相信數據，相信多數人相信的論述，相信人一定要生病，相信藥物才可以治病。

07

搜尋意志力

一位醫師在電視上談協助病人戒毒癮的經驗，提到一個案例，病患在下定決心進戒毒程序的最後一晚，包包裡面還保留吸毒的器具和毒品，期許獲得最後一次的解放。「最後一次」是一種很奇特的慾念，在定義上有點類似數學漸近線的概念，知道很靠近了，又最好都不要接近，希望保有最後一次的溫存，希望擁抱最後一次的滿足，希望爬到最後一次的高點。

聯想到一位第二次參加斷食營的男士，不知道他決定斷食的動機來自於自己還是老婆，相信後者的機率比較高。他本人供出參加營隊的前一晚行蹤，自己前往餐館享受美食，兩隻腿促成這一餐的積極度勝過腦袋的指令。這當然是玩笑話，人類大腦前額的獎勵系統經常被我們的習性激活，鼓勵我們全力滿足內心所燃起的慾望，我們都很熟悉這種慰藉的動態。

那位協助病人戒毒的醫師有一種觀察，針對人的意志力，他發覺有些人的意志力果真薄弱，有些人就具備多數人無法做到的堅定和持續。這其實也是我個人從事斷食推廣的心得，人分成兩種，意志力強的人和意志力弱的人，我無意把這樣的分類比擬成願意斷食的人和不願意斷食的人。真正關鍵在進行斷食之後的持續力，斷食的深刻體悟將驅動意志力強的人自發性的安排時間斷食，健康的決勝點在規律的和身體持續對話。

「以終為始」的「終」字可以是死亡，反正人都難免一死，也可以是健康的圓滿，是所有人都夢想的境界。看到的目標是什麼，會有相對的行為因應，我們不可能同時看到「難免」和「夢想」，目標模糊，行為就模糊。我在癌症病人身上清楚看到不同視窗所呈現的不同結果，戰勝癌症的人沒有一絲一毫的不確定，死亡的目標引發恐懼的陰影，接著是生命力急速的凋零。

意志力經常是假性的閃爍，全力以赴的吶喊，絕對要成功的宣示，結果很短的時間就原形畢露，因為目標模糊不清，因為還不夠痛。零嘴在手上那一刻就是意志力隱藏的時刻，美食在眼前也可能是意志力休息的時候，被習性征服屬於人最為熟悉的尷尬，當舒適圈壟罩，本能告訴自己「我很好」，可是那一刻很有可能後來被自己界定為盲目的慰藉。

聽聞過最有力道的宣示，那是身體早已出狀況後的強烈動機，後來被疾病吞噬的不少，銷聲匿跡的也不少。這些案例一再提醒，孤獨面對自己的時候才是檢視態度的時候，能夠持續自我管理的人會是帶領自己邁向無病痛世界的人。

最近有人問我為何要行銷斷食，問問題的人從來都不曾將心比心看待我的工作，比較想說的是從別人口中聽到解答，何不自行驗證呢？如果我告訴你身上這個虛擬的暫停鍵是邁向健康的密碼，你何不很認真的找它一回，然後再來提問呢？如果我告訴你身體內隱藏著意志力和生命力等著我們去發掘，你有機會很歡喜的擁抱它們，你為何不努力的尋找一次呢？

意志力和生命價值經常過招，何不讓它們好好結合，看看成果如何？（原養生實踐筆記之 77）

意志力經常是假性的閃爍，全力以赴的吶喊，絕對要成功的宣示，結果很短的時間就原形畢露，因為目標模糊不清，因為還不夠痛。

08

暫停鍵

幾個專有名詞在課堂中出現，這些名稱對老學員即使陌生，稍微思考過就能理解。倒是頭一回接觸課程的朋友就顯得辛苦許多，尤其聽到「不吃的時間線」這麼抽象的名詞，真是有前後對不起來的困擾。接著又是「暫停鍵」，又是「自律養生」，真的不是有意搞文字遊戲，要在最短的時間內把課程脈絡交代清楚，這些名稱都是很重要的思考點，其實我們真想把養生的學分研修好，思考的層級必須持續深化。

每天拉出一段時間不吃，讓身體有空檔休息，用心體驗空腹的績效，這是我所謂「不吃的時間線」。在某個時間點，赫然領悟出所有養生道理的層級都不如好好和自己的身體深層對話，「究竟」這兩個字在那一刻在我腦中盤旋，我們不需要那麼多方法，只需要拿出用心看待身體的態度。「不吃」為何具備如此的威力，關鍵在身體處理燃料來源的程式，必須讓身體熟練這樣的轉換。

所有初學者最大的問題是如何駕馭飢餓感，那個因為飢餓而兩手發抖的情景似乎揮之不去。深度的飢餓感很有可能都是食物闖的禍，那種雲霄飛車式的血糖振盪強化了接續而來的強烈飢餓，可是身體不會怠慢，很快就會有燃料進駐，從肝臟的肝醣汲取應急用的材料。就在備用的燃料也用盡時，身體必須進行程式的轉換，從葡萄糖轉成脂肪酸，前有高升糖所催生的飢餓感，後有燃料的轉換，當事人出現兩手不聽使喚的狀況。

很多人在那一刻需要快速穩定身體的需求，滿足身體所熟悉的飽足感。我的看法也是，不需要在這時候和身體對立，畢竟身體無辜，你也深覺自己無辜，事實上我覺得食物才最無辜，因為煽動荷爾蒙激素不是食物的初衷，是人的創意。至於要如何遠離身體因應血糖低下所產生的症候，練習間歇性斷食是最佳策略，讓身體熟練燃脂程序，讓身體穩定提存脂肪。

「荷爾蒙失衡」屬於文明飲食和生活模式送給人類的禮物，當然不是什麼好禮物，可是失去平衡是事實，不容易把平衡扳回也是事實。早餐首當其衝，扮演干擾內分泌平衡的要角，時間到了就得吃接下干擾平衡的推手，因為在吃的習性中，血糖的高低太過頻繁，胰島素的高低也太過忙碌。奇妙的是，當「不吃的時間線」拉出，而且持之以恆，身體收到我們尊重它的誠意，平衡主控權回到身體，胰島素阻抗的糾舉權也還給身體。

「暫停鍵」是多麼藝術的生活哲理，在忙碌的生活中，暫停是身心靈都渴望的一刻，腦袋需要暫停，靈性需要安寧，身體需要休息。從身體的角度，從養生的深度，暫停都是重要學分，我們的理性需要經營的部分就是決定暫停，基礎就是從感性面呼應身體的需求，每天都有暫停的機會，每天都有讓身體喘息的機會，每天都熟練不讓食物打擾身體的機會。

很多抽象的概念集結成實象的美感呈現，囤積退去，暗沉消失，斑塊淡化，平衡歸隊，從刻意練習到熟練，「不吃的時間線」變成身體美麗的雕塑。（原養生實踐筆記之 108）

「不吃」為何具備如此的威力，關鍵在身體處理燃料來源的程式，必須讓身體熟練這樣的轉換，葡萄糖不是唯一的材料，還有很多脂肪必須移除。

09
從容之美

再會安排時間的人都會碰到時間不夠的狀況，這可能是你的故事，一向對於管理時間很講究的我很熟悉自己的時間劇本。以外出旅行搭火車為例，當我主張必須出門的時候，也許同行的家人還沒準備好，妻子長久適應了和我相處的原則，她知道我寧可提早到慢慢等，絕對不容許在路上碰到車況而乾著急。和我約見面的朋友應該不曾看過我遲到，每次開課總是在學員都還沒到之前提早到現場，即使是高雄和台中的經驗。

談的是從容之美，這是健康管理和時間管理的神奇交會處，有條不紊是養生的細則，不論是在私生活面或是在社交面，在順序與時間的從容中，事情出差錯的機率很低。萬一出現特殊的延誤，一定提早告知下一個約會的對象，把會議延後，請對方見諒。可是當我們把場景拉到車陣中，急迫的你和壅塞的路況，偶而發生還可勞駕身體拉回平衡，萬一這是你每天生活的常態，我得先警告你留意甲狀腺的失控，萬一已經累積了幾十年，我會很好奇你現在是如何安好的。

急迫和誠信會有關嗎？急迫和效率會有關嗎？急迫和健康有關嗎？所謂急迫不同於急迫感，只要留意那些總是遲到的人，只要注意那些總是請病假的人，或者想想那些經常換工作的朋友，他們會讓一件極為不要緊的事情耽誤其他重要的事情。急迫連結到情緒，影響到內分泌，從壓力荷爾蒙牽動到免疫系統，從消化不良牽動到睡眠品質，源頭在價值順序混亂，源頭在多頭馬車，沾染了一堆事情，最終連健康都失守。

急躁和專注力有關，現代人經常把自己很健忘掛在嘴邊，年紀稍長，經常性的健忘也就被合理化解讀。觀察很難靜下來專心做一件事的人，多半是同時想做好幾件事，這也包括感情上同時腳踏兩條船的狀況，表面上屬於想證明自己能力的類型，實際上是因為時間和價值觀念淪落，把每件事都搞急了。看人赴約的品質，看學生蒞臨教室的出席狀況，真是看穿所有生命終點的樣貌。站在養生課程講台上多年，身到心到而靈魂沒到的演出還真不少，這，和健康沒有關聯嗎？

我很慶幸，娶了一位和我一樣對時間很要求的老婆，我們倆約見面不會出現急迫的劇情，總是從容不迫的會面。可是畢竟是不同的兩個人，時間觀念的謀合也是多所歷練，對於效率處於強勢主導的我也在彼此的包容中理出默契，這是一種相處經驗。身為自律養生教練，記錄這一段絕對有其意義，因為我們每個人都得面對一起生活和工作的伴侶，你不影響對方，就會被對方所影響。健康從正能量的影響居於主導力而展現，從紀律面居於優勢而展現，從時間上從容而能展現，從輕重緩急明確而展現。

別人的從容不會耽誤你的健康，是任性寵壞了你應有的從容，是急迫搞亂了身上的傳導。（原養生實踐筆記之 397）

健康從正能量的影響居於主導力而展現，從紀律面居於優勢而展現，從時間上從容而能展現，從輕重緩急明確而展現。

10

少即是多

財富是什麼？權位是什麼？
是可以用來呼風喚雨的介質，卻也是可以瞬間化為烏有的擁有。
只要一陣狂風，只要幾秒鐘天搖地動，
只要一隻變種的病毒出現在空間中。
只要一句話，或是一張紙，叫做診斷書，
告訴你沒多少時間可以活了。
物慾世界中，財富被定義成越多越好，權位被定義成越大越好。
越多越好和瞬間消失是一體兩面，
越大越好和急速墜落是福禍相倚的寫照。
在享有健康之前，
必須先領悟人類獨鬥的病症，有一種病叫做越多越好。

為了生存，為了飽足，為了明天，我們被迫進入有的情境。
有了之後還要再有，多了之後還要更多。
曾經跟爸爸說我還要玩，曾經跟媽媽說我還想吃。
記得爸爸常說我買給你，記得媽媽常說考一百分去吃好吃的。
當我們成為賺錢的人，就成為買東西取悅別人，或滿足家人的人。
交易是社會的生存元素，只要努力就能得到，只要有錢就買得到。
為了比別人好，為了得到別人肯定，為了心跳可以穩定持續，
我們進入多的想像。

領薪水的人或是拼業績的人，大老闆或是小老闆，
都存在越多越好的想像。
很有錢的人要越多越好，很缺錢的人也要越多越好。
度量單位裡面沒有越多越好，業績評比方式也沒有越多越好。
越多越好變成一種單位，不是單位也是目標，不是目標也是夢想。
吃到飽成為一種餐飲文化，
老闆想的是人數越多越好，客戶要的是吃越多越好。
吃很多變成一種時尚，很多東西可以吃變成一種時代潮流。
想到食物，想到越多越好，想到健康，想到營養越多越好。

越多越好從來都不存在，它只是一種想法。
越多越好從來都不曾被擁有，從來都不曾被緊緊抓住過。
種植稻米小麥的希望產量越多越好，
家禽畜牧業的希望動物繁衍越多越好。
很不幸的，越多越好出現了併發症，越多越好產生了後遺症。
多在人類身上的脂肪，多在人類身上囤積的毒素。
因為越多越好，
腦袋價值順位不停更動，神經內分泌傳導不斷擾動。
腫瘤因此越長越大，癌細胞因此發展出越多越好的能力。

這是質與量的選擇，
這是品質與速度的競逐，這是銷售量與持續力的賽跑。
業績排行與聘階表揚都是假象，那是越多越好的產物。
最高學府與高薪行業人人稱羨，高處不勝寒，高到無法彎腰。
選票越多越好的結果，政治人物終將無限大放大自我。

連醫療分科也越多越好，科技發展越精密越是好。
疾病分類終於也越多越好，
藥物添加物和環境毒素搞出各種稀奇古怪的毛病。

造物制定了業的規矩，人類沉溺在業的競逐，
那是越多越好的虛幻空間。
多還要多永遠不會是真相，
是少，「少即是多」是天地共存的法則。
（原養生實踐筆記之 396）

多還要多永遠不會是真相，是少，「少即是多」是天地共存的法則。

11

非主流

常分享自己讀書的心路歷程，學生時代是一種心情，可以自由選書閱讀之後，又是另一種心情。閱讀最大的收穫是增廣見聞，可是有些作家寫的不是知識性的內容，只是生活點滴的描述，只是對特定景觀的心情投射，讀起來也心曠神怡。我從未把作家當成自己的職業，不是誤打誤撞，是養生推廣角色的必然，記錄的是重要的體會，是稍縱即逝的靈感，必須確定留下的文字對閱讀的人有助益。

成年之後，對於「多數」有不同的體會，多不表示對，勢不代表正，一群人都崇尚的不一定是對多數人都有利的事。出書要暢銷得具備很多要件，我所論述的從本質上已經違逆主流，沒有眾的實力，也沒有勢的基礎，所以無法形成可觀的營利成果，總是沒讓出版社賺錢的確有點壓力。成為半公眾人物，所言必須有本，即使是小眾，也得說真話，比須把真相寫出來。

身體的立場是養生保健最終匯整的焦點，只要偏離了身體就得面臨順位下移的命運，說出來很容易理解的道理，很多權威學者卻遲遲沒有體悟。這些年進入哲學世界，深知探索身體不應遠離人性的鑽研，在愛恨情仇之外還有哪些影響人類思想的因素。我所分享的是在遠離一切紛擾之後的孤寂，是自己面對自己身體的私密對話，身體的每一個細胞都有發聲的資格，身上的每一個訊息傳遞都清楚表達身體的立場。

這麼長的時間研習身體學分，最深刻的是回到飢餓感的探索，說穿了就是飢餓和飽足之間的對價，這就是在啟動間歇性斷食執行計劃之後最嚴苛的考驗。從人性面解構和身體對話的內容，沒有病痛的目標是很有成效的激勵，沒有贅肉的成果是很有畫面的鞭策，被很多人定調成痛苦的空腹狀況可以變成一種享受，很多人過不了的飢餓關卡居然變成輕鬆推開的門簾。

探索身體就是這麼簡單又有趣的功課，熟稔之後好比登上山頂，清楚看到生命的全景，所有信念版圖都在視野範圍內。回過頭來發現自己所處的山頭被定義在非主流，一方面清楚沒有摩肩擦踵的人氣，一方面知道這是責任艱鉅的任務，有顛覆認知的難度，也有被主流牽制的風險。挑戰主流不小心就千瘡百孔，迎戰既得利益不小心也會千刀萬剮，熟悉身體世界居然存在與世界隔離的感受，意料之外，也深知是必然。

想到自己是如何進入此刻的身分，回想當年父母親所期待的角色，不管待在醫療空間還是研究室，不管是有錢還是有地位，絕對不能缺少的是父母親所冀望的榮耀。如今我可能花兩個小時的時間和一位學生溝通，提醒對面這個人要有改變的勇氣，局勢的險峻是對方身體裡面逐漸失控的平衡，未來或許得花大筆銀子來修正這一刻的忽視。

還是主流和非主流的反差，還是大鯨魚和小蝦米的對尬。一切都得回到最貼身的現實，世界在外，我在內，我為什麼是我？如果身體是我，那我是誰？如果世界掌控了我，如果我不再是我，我的意義又何在？（原養生實踐筆記之 190）

從人性面解構和身體對話的內容，沒有病痛的目標是很有成效的激勵，沒有贅肉的成果是很有畫面的鞭策，被很多人定調成痛苦的空腹狀況可以變成一種享受，很多人過不了的飢餓關卡居然變成輕鬆推開的門簾。

12

珍惜

只要有需求，就會有人幫你準備好，只要缺了，就會有人負責幫你補足，問題是，你會怎麼看待擁有的這一切富足，你會謹慎善用擁有的這一切資源嗎？珍惜是歷練，是生命的足跡所累積的能力，你不大可能天生就會，也不是天生就懂。我們都透過失去才體會到擁有的可貴，我們都是在沒有的狀況下懷念起曾經的擁有。

幼稚不懂事或許也是必經歷程，父母親交代好好讀書，其他的事情都不需要操心，曾經回顧那一段不需要工讀賺錢的大學生涯。人生就這樣記載著非常寫實的因果，相信每個人都有因果關係的體會，就是因為不成熟才會成熟，就是因為不珍惜才會懂得珍惜。有多少離鄉背井出去闖蕩江湖的故事，成果不論好壞，不論成功失敗，最後都是在回到溫暖的家，在珍惜與不珍惜的記憶交錯中，用力擁抱家人，甚至於痛哭。

我從小就不害怕生病，因為誤以為健康就在樓下，是我家樓下，我父親的診所。很好笑吧？可是那就是一個幼小心靈的主觀認定，父親是醫生，是健康權威，生病找他就可以搞定。時空轉換之後，我把這段走到樓下的距離描述成「最遙遠的捷徑」，指的是找不到健康的解答，解決不了健康疑惑的空間，那是距離健康最遙遠的框架。真的是很大的反差，提供健康的處所最後被我判讀成和健康完全沒有交集，認識身體越多，觀點就越清晰，過往的主觀就越形遙遠。

曾經聽中國大陸的朋友描述鄉下人長途跋涉到北京漏夜排隊掛號看病，因為路途遙遠，聽起來就格外辛苦，從結果論分析，我相信這不是划算的投資，時間上和費用上都不是。類似的劇本全世界都有，就是追逐名醫的故事，就是治療特殊病症的專業處方，現在的傳媒最會銷售這種菜單，除了好吃的餐館，就是專門治療某種疾病的醫生。我所謂的「最遙遠的捷徑」又出現了，不是樓上到樓下的捷徑，是醫生就在自己身上這麼近，尋尋覓覓這麼久，最後所有解答都在自己身上。

如果醫生就在自己身上，我們卻讓醫生變成一顆腫瘤，肯定存在觀念上很大的謬誤；如果醫生就是自己的身體，我們卻讓醫生變成發酸發臭的廚餘囤積處，我們的行為肯定做得很超過。而我們做得最離譜的事情就是認知中最正常不過的事情，從把食物過度烹調到把這些食物分時段往身體裡面輸送，從文明重症的所有發生軌跡論斷，就是每天都做這些事情的結果，除了在身上囤積毒素外，我們還非常努力的打亂身上的荷爾蒙平衡。

身體擁有經營健康的實力，那是我們每個人都具備的天賦，少吃就還原這個能力，練習斷食就激發出身體的潛力。針對這個大方向，有高達五成以上的人以肚子會餓拒絕接受，我看這種論調就是最典型的珍惜反差，飢餓即便是激素的傳遞，卻源自於食物的訊息，要特別強調，是熟食的訊息。在醫院與身體之間來回穿梭，我們長期都把醫院交給我們的東西往身體裡面放，這些物質則讓健康更加遠離身體，讓我們更加遠離自己的家。

珍惜是歷程，是很多人生病之後才興起的努力；珍惜身體

是歷程，是我們遠離身體很遠之後才體會到的擁有；珍惜家是歷程，是我們離家很久很久之後才懂得認真看待的態度。回家，是人們在人生的某個時刻出現的念頭，其實那是一種珍惜的驅動，是一種透過思念所聚集的情愫。什麼時候會懷念健康，是沒有健康的時候，什麼時候會想家，是回不了家的時候，我們是不是很不懂得珍惜？珍惜是不是人們逐漸失去的能力？（原養生實踐筆記之 168）

回家，是人們在人生的某個時刻出現的念頭，其實那是一種珍惜的驅動，是一種透過思念所聚集的情愫。什麼時候會懷念健康，是沒有健康的時候，什麼時候會想家，是回不了家的時候，我們是不是很不懂得珍惜？珍惜是不是人們逐漸失去的能力？

13
取捨

「年紀大了，記憶力差了。」這是你常掛在嘴邊的話嗎？這句話通常反應生活中的一些情境，走到定點想做一件事，卻在到了定點之後，忘了要做的事情。幾歲時開始出現這種「症候」的，四十歲？三十歲？還是年輕時候也多少有類似的經驗？這種傳導短路一定和年齡相關嗎？這是老化的徵兆嗎？其實這種結論只是人類主觀的一種顯現，老是一種置入，病也是一種強化，覺得老了病了，假的變成真的，沒有變成有。

我們都知道，毒素不清出，營養就進不來，這是一種空間概念，在生活中的實體空間也驗證這個道理。而我們卻不知道，腦袋的記憶體運作也是類似的汰舊換新，清出舊的，留下新的，而昨天的新可能變成明天的舊，今天的新也許下週就完全不存在。為什麼價值觀這麼重要，因為我們的腦袋就依照我們的價值認定來進行取捨，這才是腦袋的新舊邏輯，舊的代表不重要，所以捨棄，真正舊的卻是重要的，就會保留下來。

所以大腦記憶體運作不是以新舊做分類，是以價值觀，是根據重要或不重要，重點是你認為重要的可能是你不需要的，你主觀認定不重要的可能是未來最重視的價值。這麼複雜的事情並不需要刻意做分類，都在每天夜晚睡眠中進行取捨，也就在我們熟睡後，進入非眼皮跳動階段，記憶體已經開始進行事情的分類和取捨。才是上週才收到的名片，才是前天握手的職場社交對象，你已經全然忘記，因為被你的記憶中樞做了割捨。

這也呼應我們生命中的學習經驗，有興趣的學科用心學，只想混及格的學科隨意聽聽，考試過後，後者就被記憶體捨棄，隨即忘得一乾二淨。所以忘記不代表是老化的象徵，忘記是價值的取捨，是身體依據我們的重要性排序進行了丟棄，是腦袋非常稱職的執行了空間利用，是記憶體空間的善用，是有效率的空間管理。你經常撥的電話號碼背在記憶中，對方和你不再往來後一段時間，這組號碼就會在某一晚睡眠中，被垃圾車載走，有一天發現完全記不起來了。

雖然這和第一段提的記憶中斷並不對等，可是我想強調的是身體，是身體的運作，是我們運作記憶的方式，說明白些，是我們經營價值的態度。當生活忙碌，事情堆疊在一起，行程滿檔，時間緊湊，價值順序多少造成腦袋因應上的錯亂，意思是大腦可能短暫時間搞不清楚重要順序，所有的記憶中斷都是亂了套的結果，覺得老了只是時間管理失控的誤判。

或者，我們都應該好好認識自己的身體，其實身體都懂你，都會迎合你，都願意很努力的配合你，你的中樞神經和內分泌系統都很熟悉你的需求。可是重點還是需求的真假，是我們總是誤判情勢，身體其實委屈，腦袋記憶體也充滿了罪惡感，尤其在記憶體中盡是美食餐館時。所以該是慢下來的時候，該是學習暫停的時候，整理一下生命的重要價值，想想十年之後和未來和此刻的關係，一個決定可能影響深遠，讓身體好好休息一陣子，可能就是你重生的開始。（原養生實踐筆記之 148）

大腦記憶體運作不是以新舊做分類，是以價值觀，是根據重要或不重要，重點是你認為重要的可能是你不需要的，你主觀認定不重要的可能是未來最重視的價值。

14

同理

記得早期聽許添盛醫師的演講，他透過忍氣吞聲的級數分類癌症，基本上都從囤積情緒而來，比較快爆發的表現在身體上方的器官，可以淤塞很久的最終會表現在下腹腔的器官。由於這是許醫師個人眾多個案的統計分析，我沒有一刻懷疑過他的論述，經過十多年，終於更能體悟到罹癌的人背後的心理素質。應該說情緒是人的功課，從懂事情緒就開始累積，即使我們什麼都不明白，恐懼就進駐，氣憤難平的經驗就開始堆疊。

討厭就是一種情緒，或許傷害不大，可是一旦升級成怨懟就不能等閒視之，很多人就是有本事把很小的情緒放大到干擾一群人。閱讀《當身體說不的時候》讓我更能理解經常被心理學者闡述的兒時創傷，想想看一段無法忘卻的傷痛可以藏匿在心底幾十年，這樣的心毒所延展的破壞力當然不能小覷。多少殺人犯罪的個案被挖出幼年被霸凌的痕跡，多少憂鬱症患者的情結也從年幼時期就開始糾纏，如果連癌症病患都多多少少存在幼年所雕塑的性格，情緒這一關當然是我們必須正視的題綱。

經驗告訴我，不應用研究的視窗深入這個議題，而是透過經歷，每個人都在生命經驗中為這個艱深的題目理出答案。我有幸在修行的場域中領悟到「對立」的意涵，應該說對立無所不在，那是我們處理人際關係的模組，經常在和善與對立之間游離，可能只是一個因疏忽所造成的已讀不回，對立就出現了。認真回想人生旅途中的每一段悲歡離合，曾經歡喜的如今可能是仇家，曾經很不對盤的如今是親家，這幾乎就是社會的教條，人生何處不對立？人生何處不分別？

就這一部分自己要修的人際關係學分還很多，和自己兄弟姊妹之間的冷關係應該是我這一生必修的學分，不論是前世留下來的功課，或者是這一世自己沒修好的關係。想起這一生影響我最大的一本經典圖書《高效率人士的七大習慣》，幾乎每一件被柯維大師記載下來的習慣都影響我至深，其中第五個習慣叫做「知彼解己」，從原文的詮釋是「先理解對方再讓對方理解我方」，更通俗的說法就是同理心溝通。對於同理的領悟都在病痛的回溯和解構中，不能同理的結果就是對立，終於能理解對立是最無形的情緒殺手。

小說《梅岡城故事》的作者在書中是這樣描述同理心的:「要真正了解一個人，得從對方的觀點來看…鑽進他的皮膚，在他的體內遊走。」我終於領悟健康是修行的最終學分，而且健康的最終學程就是超越對立，就是全然同理，就是真心誠意處理好每一段情緒。人體是修行的法船，所謂的修行不再是靈性層級而已，因為造物在我們身上設定了修行的考題，我們總是在今天過關而明天死當的過程中洗三溫暖，因應健康無可取代的價值，該是我們認真答題的時候了。

謙卑而同理的看待每一件事和每一個人，這不只是靈性的追求，是身體遠離病痛的講究。（原養生實踐筆記之 415）

謙卑而同理的看待每一件事和每一個人，這不只是靈性的追求，是身體遠離病痛的講究。

Part 7

重症風暴

01

風暴

預言即將壟罩文明世界的失智風暴，從吃得多和睡得少就可以找出蛛絲馬跡，也來自當年對於身體處理熟食的看見，關鍵分野就是分享在每一堂課的「身體處理食物就不處理廢物」。廢物是哪些東西，直接聯想到食物的代謝產物，所有卡在內臟的、腦袋的、血管的、脂肪細胞的，還要聯想到食物內的添加物和環境汙染而進入身體的毒素，別忘了還有情緒毒素和壓力毒，最後才是我們每天沒能透過大腸活動丟掉的糞便，時間久遠而轉成體味的宿便。

熟食和廢物是怎麼連結在一起的，這是養生很重要的動機入口，這是現代人之所以各種病痛纏身的引信，重點歸納就是身體的勞累和負擔。認真回想，仔細推敲，真正的轉變就是近三十年的飲食變革，從「世界是平的」地球村發展到「世界是肥的」脂肪空間暴漲。身為戰後嬰兒潮的中後段，從步入社會到接近退休年紀，親眼見證一代接一代的退化症候，發覺失智的不定時炸彈逐漸被引爆，每個人都逐步進入拖累全家人的退化步道。

風暴即將到來，有感覺的和有感受到的都同意必須提早防範，最可怕的事實不是即將席捲全球的重症風暴，是有相當高比例的人選擇忽視，是有非常多的人選擇豪賭。這些由飲食依戀和情緒障礙所堆疊出來的病症，其破壞力在當事人幾乎長期沒有知覺，以十年為單位累積致病力，不相信也不想改變就等

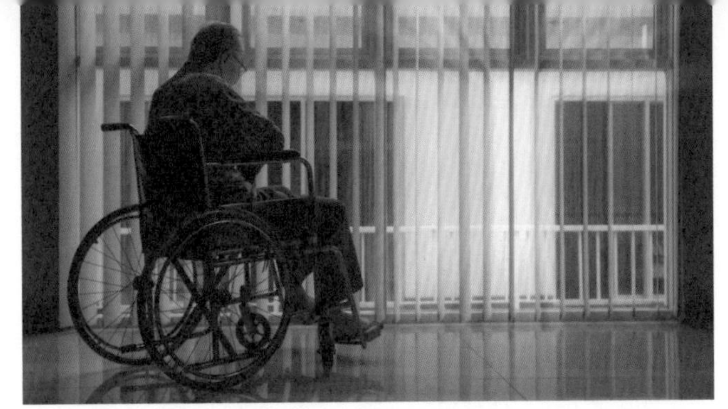

著被引爆。所謂引爆，就是身體毫無預警的告知停工，身體突然表示不能繼續配合的無奈，也就是經常提醒的「我不幹了」。

假設是這一刻被引爆，表示身體忍受了至少有十年，或者是忍辱負重的三十年，想想那無知的漫長歲月，我們都在忙什麼？身體的承受其實不太需要證明，就在滿足感所延伸的慾求和貪婪中，我們很刻意的忽視它的感受，我們選擇不理會身體的訊號。我們所面臨的處境極度險峻，因為多數人無感，因為大家都沒意識到改變的迫切，不清楚這一刻的行動就能規避掉承載病痛的未來。

這堂課不為特定族群而開，它適合每一位願意聆聽學習的人，不論年紀，不論性別，不論此刻的健康狀況，每個人為自己而學習，每個人為自己的健康負起全責。養生的基調就是自己的責任，看似很容易理解的概念卻不在民間的觀點中，金錢介入了責任感的落實，商法影響到急迫感的感受，因為有專業可以徵詢，因為有產品可以仰賴，因為有方法可以速成。

每天多餐熟食，預言未來身體敗壞的突發性引爆，懇請對身體慈悲，用最大的努力扭轉局勢。（原養生實踐筆記之 348）

最可怕的事實不是即將席捲全球的重症風暴，是有相當高比例的人選擇忽視，是有非常多的人選擇豪賭。

02

三餐與婦科症候

卵巢是內分泌的一環，除了製造雌激素和黃體激素，卵巢也同時分泌雄性激素。所以女性身上會多少顯現男性性徵，只是在肥胖女性身上或者是上了年紀的女性身上，如果發現鬍鬚變多變粗或者是有禿頭的現象，非常高的機率已經出現多囊性卵巢症候群（PCOS），就發展脈絡研判分析，胰島素阻抗和高胰島素血症早已存在很久，當事人的荷爾蒙失衡早已根深蒂固。

可以從幾個大方向研判身體內部的失控，脂肪肝存在了，高胰島素存在了，血糖不穩定存在了，卵巢囊腫存在了，追蹤當事人的生活經驗，可以理出經期不順和長粉刺的印象，計畫要生育的或許已經有疑似不孕症的診斷。這些描述發生在多數女性朋友身上，只是程度的差異，只是表現出來的症狀是否已經有所警覺。至於何以能如此肯定，因為大家的生活習慣都如出一轍，應該說大家都犯相同的錯誤，而且都一致認定這樣做沒有問題。

懇請還主張「早餐是最重要一餐」的人很虛心的把這個教條丟棄，因為一切謬誤就從這個論點發展起。其實並不能說重視早餐是唯一的因素，問題的複雜性從吃三餐發展出來，可是早餐難辭其咎。早餐的精緻化和高升糖化干擾了內分泌，導致胰島素阻抗的持續惡化，也導致胰臟整體功能的持續退化，失控點是三餐到多餐的高頻率干擾。

本文的焦點在婦女身上的困擾，包含乳癌的發生都應該列入相同背景因素討論，這麼多婦科問題該如何理出脈絡。從學理上深入探討，胰島素阻抗和多囊性卵巢症候群脫離不了關係，關鍵從肝臟製造的雄激素蛋白質受體不足發展起，而源頭就是高胰島素，也就是我們吃的高升糖食物和時間到了就吃的習性。雄激素一旦增多游離在血液中，諸多併發症就逐一出現，濾泡無法完整從卵巢解離就是其中一種，無法排卵和經期不穩，當然就不可能受孕。

想像一下正常的排卵管道淤塞的結果，不難連結到子宮裡面的肌瘤，也不難理解很多婦女朋友經歷過的血崩現象。從一般認知，的確很難把這些婦科問題和三餐連結，也不容易把子宮裡面的異物歸責給口腹之慾，審慎反思，該是我們放下所有腦袋框架的時候，也該是我們更新視窗的時候。如果問題在胰島素阻抗，堅持這樣吃早餐就永遠解決不了問題。

打從認識身體邏輯，確定有身體意識的存在，腦袋裡面就完全革除治療的觀點和念頭，身體都能做，身體都在做，身體隨時都很努力的為健康把關。所有女性朋友都有權利聽這堂課，如果你聽我解釋過，卻不願意轉身告知你所關注的親人好友，是沒聽懂？還是她們應該也聽不懂？那應該要反省的是我，因為我沒有解說清楚，因為我沒有讓你明白理解。（原養生實踐筆記之 134）

該是我們放下所有腦袋框架的時候，也該是我們更新視窗的時候。如果問題在胰島素阻抗，堅持這樣吃早餐就永遠解決不了問題。

03

下一代的壽命

「我們過去這四個世代的人賦予了我們的孩子一個命運，那就是縮短壽命，比父母親的壽命還要短，你孩子的壽命將比你短十年，這是由我們提供給他們的各式食物所造成的。」看到英國廚師傑米奧利佛（Jamie Oliver）這段談話，內心都會有所感觸。身為父母親，我們有太多自以為是的荒唐行為，這一刻可能都還不清楚錯在何處，對於這些行為造成孩子們的傷害也一頭霧水。

想到一個很經典的畫面，發生在每個家庭的某個時空背景，曾經發生，現在還在發生，未來還會再發生。畫面的主角是一位不吃飯的孩子，媽媽在一旁怎麼大聲吆喝都沒有用，不想吃就是不想吃，吃不下就是吃不下。有耐心的媽媽就坐在旁邊一口接一口的餵食，缺乏耐心的媽媽不是嘴巴碎碎念，就是拿起棍子追打不愛吃飯的孩子。如果這景象似曾相識，我們此刻該認真思考的問題是：孩子不想吃飯有錯嗎？有沒有一種可能，孩子沒食慾根本就是身體最直覺的訊息？

孩子的身體還沒有被食物汙染，孩子身上的脂肪組織還沒有干預內分泌平衡，從孩子身上所發出的訊息是很明確的身體訊息，不想吃就是身體表達不需要進食，吃不下就是身體的能量支援已經穩定。再想想孩子更小的時候是怎麼要食物的，幼小的身體還在進行內部系統的建造，需要能量來源的時候會很直接表達訴求，母乳裡面蘊含豐富的營養素和免疫資源，包括有益菌和抗體，對孩子而言是珍貴的食物，我們是否捨棄了該重視的，強化了孩子根本不需要的？

繼續回顧自己的食慾大概在哪個階段開始長大的，然後身體又大約在哪個階段開始出現明顯的囤積證據。強調的是食物分子進入身體駕馭內分泌傳導的能耐，在高升糖效應和胰島素阻抗的推波助瀾下，也在脂肪囤積和內分泌失衡的惡性循環中，身體裡面出現不屬於身體的物流系統，所有身體的原始設定都逐漸被覆蓋，由身體所發出的訊號也逐漸遭受到壓抑。

那種理所當然的飢餓感其實並非身體的真實需求，那種對於食物的想像和渴望也都不是身體實質的慾望，只要好好回想吃過這些美食之後的感受就會理解，其實身體並非那麼想要吃。我們長期對於食物的補充和需求有很大的誤解，真相是我們食用了太多身體不需要的食物，除了過度烹調外，就屬加工食品的過量食用，導致身體不再是身體，因為食物都不是真食物。

這不是趨勢，是情勢，只要我們一代不覺悟，下一代就越加遠離真相，當然就更加遠離健康。傑米奧利佛點出了重點，除了累積好幾代的持續迷失，接著就是我們下一代更加艱困的環境，如果我們不覺悟，我們的下一代就不會有正確認知健康的機會。真正過不了關的是我們的口腹之慾，而那些都是過度加工所造成的假傳導，而超越迷陣的機會已經掌握在我們手上，就看已經覺悟的我們決定承擔多大的責任。（原養生實踐筆記之 222）

我們長期對於食物的補充和需求有很大的誤解，真相是我們食用了太多身體不需要的食物，除了過度烹調外，就屬加工食品的過量食用，導致身體不再是身體，因為食物都不是真食物。

04

重症路徑

高血壓、高血脂、冠狀動脈阻塞、高尿酸血症和肥胖症全數集中在一個人身上，很有可能這個人即將發展成為第二型糖尿病，嚴格說應該是所有文明代謝症候都會發生在這個人身上。看起來很特殊的狀況其實是發生在我們生活周遭的通病，這在醫療體系的整合案例中是一種現象，曾經一度被歸納成為 X 症候群（X Syndrome），變成一個大數據，學者試圖從學理上找出一個催生這些病症的共同背景因素，從養生保健的角度，是所有患者共有的不當生活習慣。

可以進一步深入探討，人類很會生病，人類很愛生病，人類很習慣生病，人類已經接受生病無法避免，是否有可能存在一個共同的迷失？學者試圖找出 X 症候群背後的 X 因子（X Factor），所有證據都指向一種會促進細胞生長的激素，屬於飲食研究非常熟悉的激素，人稱胰島素。原來胰島素的角色不是只單純和血糖有關，胰島素牽動整體內分泌系統，也牽涉全面性的脂肪代謝，胰島素甚至是肥胖的重大推手。

經過交叉比對分析，X 因子的身分和名稱終於明確，就是所謂的高胰島素血症（hyperinsulinemia）。不是百分百，也幾乎是九成以上的所有慢性疾病症候，都和高胰島素血症相關，在眾多的不確定性中，似乎可以指向一個確定的方位。在疾病的定調和輕微症候的區隔中，高胰島素血症有牽動往重大疾病發展的能耐，背後的操控者胰島素阻抗有點小打小鬧的嫌疑，在身體各處搧風點火，導致現代人身上隨時都有不明原因的異常症候。

如果說，人類集中火力在執行一個重大錯誤工程，你可知道這一切都來自各方專家的片面思考，屬於從專業角度立場而衍生的論點。從澱粉類主食被推上餐桌的那一天起，這些食物的加工和精緻化發展就沒有停過，不僅干擾了我們的血糖質變，也牽動了人類身體內部早已設定好的備糧機制。把這個重大基礎延伸到「早餐很重要」的推廣，失控點從人體內存在的黎明現象被點燃，胰島素阻抗從此一發不可收拾，成為人人身上多少都存在的引信。

有點像在紙上玩連連看的遊戲，看共同的一個起點將如何連到完全不一樣的終點，過程中的變數就是飲食習慣和情緒管理，如果遺傳基因是一種變數，不重視睡眠也是一個重要的變數。一起生活的姊妹兩人，吃的食物類似，吃的頻率也類似，唯獨個性不相同，處理壓力情緒的方式也不相同，兩人身上的內分泌失控程度和脂肪質變位置也不相同，結果一個發展成乳癌，一個走向困擾生活的子宮肌瘤和不孕症。

如果我說，所有這一切都只是我們熱衷一天要吃三餐，你相信嗎？（原養生實踐筆記之 228）

在疾病的定調和輕微症候的區隔中，高胰島素血症有牽動往重大疾病發展的能耐，背後的操控者胰島素阻抗有點小打小鬧的嫌疑，在身體各處搧風點火，導致現代人身上隨時都有不明原因的異常症候。

05

癌的人性學分

在細胞自噬的解說中提到癌症的反向機轉，比較容易理解的說法是細胞自噬的開關在癌症病人身上屬於關閉狀態。焦點放在細胞自噬的研究室，很重要的背景是間歇性斷食，當然可以進一步連結全斷食，合理研判進行間歇性斷食可望逆轉癌症的路徑，因為細胞自噬的開關重新開啟。其實在細胞自噬的研究公諸於世之前，深度涉獵斷食的人早已掌握到身體甦醒的關鍵按鈕，只是很單純封住食物的進駐，身體就會進入不可思議的復原程序。

聽到這個訊息的人直接把關注力快速連結到近期罹患癌症的家屬，感覺收到解方，感覺家人已經得救，腦袋甚至出現要家屬進行間歇性斷食的念頭。這種反應經常出現在思辨單純的人身上，給個東西就期望出現結果，病人好像吃到仙丹就等著康復。事實上我們如果不是癌症病患當事人，事情就不可能完全呼應我們的想像，因為我們不是病人，病人不是我們，需要逆轉病情的不是我們。

主題是動機，如果動機不在病患身上，任何家人的關注都無法轉換成為病患的動機。主題也是認知，如果病患不清楚真相，如果病患沒有理解身體的運作邏輯，如果病患並沒有信任身體的認知，也就不會有願意改變的動機。另外一種發展，告知病患嘗試是死馬當活馬醫，只是試看看的動機，結果依然不會太美好，因為信任度不存在，信心也不俱足，這不是身體的

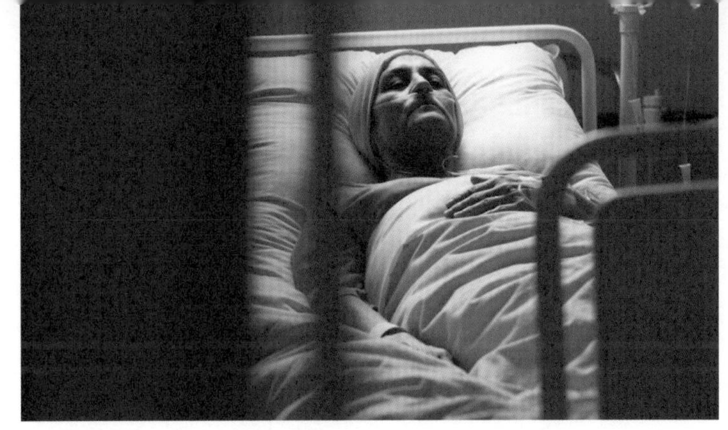

康復藍圖。

求生意志是一種人格特質，在癌症病患身上的確是很重要的力量，可是還需要一種特質，是一種生存特質，是一種和自己對話的認知能力，來自於勤奮的學習，來自於虛心的受教。認知串接到信念，動機轉換成行動，行動會繼續連結到更強大的信念，在一位求生意志很強的癌症病患身上，他需要完整的生命翻轉力，家屬的陪同和鼓勵成為最強大的支柱，從來都不是藥物，從來都不是治療的需求。

在第一線觀察人性，每一位出現在我眼前的都是我的學分，用力行銷未雨綢繆的過程，見證到的就是人性的學分。沒有被病痛糾纏的人是否也需要具備求生意志，投機心態或多或少干擾了決心的力道，其實從間歇性斷食的執行力可以看出端倪，體悟到自律和惰性的取捨，裁決者通常是時間，可是在癌症病患身上，時間卻是最珍貴的因素，完全沒有惰性撒野的空間。

（原養生實踐筆記之 241）

求生意志是一種人格特質，在癌症病患身上的確是很重要的力量，可是還需要一種特質，是一種生存特質，是一種和自己對話的認知能力，來自於勤奮的學習，來自於虛心的受教。

06

絕不拖累下一代的承諾

如果你有能力協助別人更健康，最先想到的是誰？這種問題其實不是問題，在和讀者或學生的互動經驗中，很清楚收到愛的定錨，不是父母親，就是兒女。在我個人的生命紀錄中，父母親得到我專業的助益很有限，多少是因為父親醫療的主觀，絕大部分因素來自於父母親身上早已約定成俗的框架。我沒有責怪父母親的意思，畢竟很多親友都是同等的固執，他們不受教來自於熟悉，無法透過空杯的心態跟我學習。

見證過無數父母親和子女的親密互動，生物世界中的親子連結有著說不完的感人紀事，有一則共同的劇本記載於多數為人父母的生命記憶中，用我個人的經驗描述，就是還沒做好當父母親的角色就升格。不是指未婚生子，真相是涉世未深，是自己根本就不夠成熟，就在孩子的成長過程，我們總是活生生示範最不稱職的身教。如果你是父親，或者是母親，赫然發覺自己連如何對孩子表達愛都不會，而且可能連重修的機會都沒有。

這一段絕對不是在說教，我在反省自己過往的無知，我在檢討自己從來都不是一位夠格的父親。在課堂中講授身體需要修補，事實上我們的生命需要修補的地方可能更多，稱職的老爸不是讓孩子讀到最高學歷，不是沾沾自喜孩子有多大的成就，我眺望孩子成熟懂事，我希望孩子幸福圓滿，可是在這麼籠統的期望值中，自己身為父母親的健康居然位居排序的首位。在某一刻領悟到這是我可以進行的修補，我在書上寫下「絕不拖累下一代的承諾」，竊喜自己悟到最理想的身教。

我的視角和世界呈現相當的反差，所見所及都是拖累，都是負擔，都是一個人倒了之後把全家人都累垮的劇本。背起養生推廣的行囊也沒經過太多的思考，這個擔子從小就注定要落在我身上，打從懂事就看懂人類行為的淪落，長大之後慢慢理解，在這麼多不得不之中，有著太多的理所當然，存在著沉重的自圓其說。我的著作被讀者歸在健康哲學類，這一條軌跡完全沒有任何刻意，它是必然的發生，健康和人性就是切割不掉的手背和手心。

經常必須在課堂中描繪母親看著子女吃的喜悅，最終在書上以「毒害」來形容吃藥和吃飽，在這些討論中，我們都暫時擱置所有的不得已，包括飢餓感和病痛的折磨。搖身一變成為要求兒子認真執行斷食的老爸，這是我這位養生教練的身教，很誠實告知所有願意學習身體學分的人跨出第一步的重要，如果你不是熟練身體學分的人，這是你永遠提不出來的要求。訓練子女不吃已經是現代父母親必修的學分，這的確不容易成為信條，我已經站在推廣的第一線，而且堅信後繼有人。

先改變自己吧，各位父母親，拖累和負擔即將從身體的吶喊轉成子女被折騰的壓力，不如就自己先承受即刻改變的壓力。（原養生實踐筆記之 390）

訓練子女不吃已經是現代父母親必修的學分，這的確不容易成為信條，我已經站在推廣的第一線，而且堅信後繼有人。

07

人本醫療

介紹一位出生在莫三比克的美國女醫師 Nadia Pateguana，她有一個別號叫做懷孕醫師，不是指她自己懷孕，她也不是婦科醫師，真正的身分是一位自然醫療醫師。這個懷孕的口碑來自於病人之間的傳播，可能只是想減重，可能只是處理內分泌失調，可能只是睡眠障礙，經過這位崇尚生酮飲食和間歇性斷食的醫師指導，病患在飲食改變和作息調整之後，不僅找回健康，女性病患接著懷孕的機率也很高。

進入她的網站，有一段個人簡介是這樣寫的：「我是一位母親、太太、女兒、朋友，同時我是一位自然醫學醫師，意思是我從整體的角度看待病人和健康，我不看器官，不看疾病，我看人。」以前的我，往往從良知的角度看待這些人物，如今則比較主張是覺悟或領悟，認知直接連結到行為的因果。既然因很清楚，當然就處理因，既然要根治，當然要從源頭處理，只要站在病患的立場，當然得提供最根本的處方和解方。

我個人經歷過肥胖，現階段身體完全根除不健康因子，熱衷分享間歇性斷食的美好心得，這位醫師也曾經歷過肥胖和婦科問題，她把自己的改造心得介紹給病人，引導病人從最根本的習慣做起，同時確實執行讓身體休息的計畫。其實在她的病人中，多半都是健康人，每個人的症狀呈現都源自於社會行為，大家的問題一致，都是壓力和飲食，大家的呈現也一致，都是功能性障礙，都是內分泌失調。

她的女性病患可能並非刻意想懷孕，可能本身也不容易受孕，問題就發生在卵巢內的濾泡閉鎖。病人求診的動機可能不是婦科問題，卻意外解決困擾多年的婦科問題，因為從根本改良起，因為病人透過間歇性斷食穩住了胰島素阻抗的問題，因為胰島素問題幾乎是導致所有文明疾病的根本議題。我們可能會有一種迷失，感覺這種醫師還蠻容易幹的，只要勒令病患斷食，只要提供一套間歇性斷食的執行方案，事實上真是如此。

早期從深化斷食的經驗中體會到身體的卓越療癒能力，那是一種本事，可以詮釋成不吃的本事，當然我指的是身體超越我們所能理解的本事。經驗中，愛吃就不容易進入不吃，熱衷美食就很難掙脫口腹之慾的綁架，除非願意轉變焦點，從嘴巴轉到身體，從腦袋的記憶轉到身體的承受。

只是維持一段時間讓身體休息，身體通暢了，血液流暢了，內分泌平衡了。當胰島素穩定，卵巢內的內分泌週期就趨於穩定，女性的排卵正常，相信連男性的精蟲不足都將回歸正常。這不是治療了什麼，前面提到，這些病患都沒有病，他們都很健康，也不需要什麼醫療，這位醫師只是勸告病人進行飲食習慣改革，就是主控權的歸還，就是身體意識的復甦。

我很慶幸自己的生命轉折，少了富貴，卻多了責任，少了功利，多了視野。結論還是很多人需要被提醒，很多人需要被拯救，他們或許需要一記當頭棒喝，或許是需要諄諄誘導。（原養生實踐筆記之 135）

很多人需要被提醒，很多人需要被拯救，他們或許需要一記當頭棒喝，或許是需要諄諄誘導。

08

健康得來速

想到方便和健康之間的關係，輪椅上的老人和瑪麗亞的畫面不曾停止放送，想到這些已經不能自主行動的人曾經有叱吒風雲的時候，也想到所有癌末病房內的冰冷空氣，可能連坐都有困難，可能連吃都有障礙，可能連說話都不方便。一定要自問，即使年齡會增長，代謝會變慢，可是失去尊嚴是必然要經歷的程序嗎？病入膏肓是必然要承受的生命體驗嗎？

現世報不必然是難聽話，在我們擁有的這個軀體內，因果關係一直就在運作著，最關鍵的因是責任和承擔，這是身體長久一直為我們示範的態度。可是身為人，我們經常性的選擇依賴和推卸，因為人有位階，因為人有指使他人行為的權利（或權力）。位階有一種極其特殊的表象，人稱金錢，我們透過交易換取服務，我們也透過買賣得到滿足。當人擁有位階同時擁有購買的實力，當人都透過權位獲得相對應的能力，當人可以委託他人經營自己的健康，當人失去了養生的責任和承擔，後果不會有例外，將是健康的背離。

「得來速」這個名稱不陌生，熟悉這種場景也已經超過二十年，實在是因為太難停車可以成為合理的解釋，實在是沒空進去坐下來吃也是一種詮釋，實在是想節省時間也是一種蠻合邏輯的結論。所以買了速食之後，邊吃邊開車變成一種生活方式，邊吃邊做事也變成家常便飯，過去還無法完整解構得來速的缺失，只能把原罪全都推給速食，麥氏美國速食提供給我們便利，卻得無端承受導致人們不健康的罪過。

研究健康的就一股腦找這家企業麻煩，加上又有「麥胖報告」的推波助瀾，最後在「美味代價」影片的兩隻雞的體積對照中獲致惡名昭彰的結論。我一路上扮演受教者，接收到所有特定目的的資訊，沒有太多的反思，反正就是有罪，反正證據確鑿。麥氏企業是養殖業打抗生素的始作俑者嗎？他們或許一度是得利者，他們或許有不顧消費者權益的嫌疑，可是環境的惡化不能唯他們是問，是消費大眾無限制的擁抱便利，是我們一窩蜂的捨棄健康的承擔。

身為消費者，不過就是肚子餓，不過就是想填飽肚子，能夠尋求最大方便有何不妥？我用錢購買服務有什麼不對？我這裡所描述的權利就是現代人之所以失去健康的起點，就是我的權利和我的權益，就是這個無窮大的我在壞事，就是這個無所不貪婪的我攪亂了一池春水。當手機綁好信用卡，當手機可以快速買到餐點，當我們的生活把吃和便利結合到沒有極限，當我們可以無窮盡的滿足隨時都在的飢餓感，看到的是多麼悲慘的內臟場景，看到的是滿坑滿谷的毒素囤積在體內。

前面說了，身體一直在示範責任與承擔，我們卻一直在學習便利與懶散，聽到身體在嘆氣，也聽到內臟在啜泣。（原養生實踐筆記之 356）

當人可以委託他人經營自己的健康，當人失去了養生的責任和承擔，後果不會有例外，將是健康的背離。

09

被無限放大的熟食形象

媒體報導全台有十七萬兩千多人罹患偏頭痛，以三十歲至六十歲居多，女性為男性的三倍，而且隱性偏頭痛罹患人數可能超過十倍多。媒體訪問相關協會理事長指出，腦中神經傳導物質過度傳導，產生頭部抽痛、噁心嘔吐、畏光、怕吵等症狀。報導中也指出，壓力、睡眠不足、氣溫變化和飲食都可能是引起偏頭痛的成因，

醫療的資訊到此，我們都很熟悉，看起來似乎有解釋，也似乎沒有解釋，感覺有說明，卻不知道從何防範起。

痛是失衡、是堆積、是淤塞、是不通，那麼造成這些現象的根本原因必須要找出來，從來沒有人把所有的疼痛很明確歸咎於吃三餐的頻率，其實真相是沒有人願意認真面對時間到了就得吃的禍害。早期就曾經帶過幾位長期偏頭痛的個案，他們歷經多次的肝膽淨化和斷食後，非常明確的告知偏頭痛不再發作。很多人看到這種資訊會連結到治療，而真相只是交給身體去整理淤塞，只是讓身體有充分的時間和力道去清除長久的囤積。

在醫療觀念的伴隨中，我們被教育把焦點放在症狀，所以痛就處理痛，痛有改善就是有效，痛還在就是無效。為何病永遠都治不好，原因是聚焦錯誤，是處置的方向和點都不對，從來沒有前輩提醒我們應該在生活作息中革除身上的毒垢，從早餐很重要到營養補給的觀念強化，所有人都成為痛的代言人。

最不可思議的是止痛藥的研發，把痛的傳導隔絕掉，把痛的訊息掩蓋掉，痛的源頭還在，我們可以無視其存在。

回到淤塞，回到囤積，回到身體內不該存在的存在，回到身體的療癒能力，回到身體最原始的設定，失控點在吃三餐，除了放大食量，我們接觸食物的機率高得離譜。這裡所論述的食物就是熟食，是牽動胰島素的主要根源，是造成腸道效率差的主要起源，是在體內製造堆積的主要禍源，同時也是製造消化負擔的主要來源。

談論熟食議題已久，碰到質疑生食的多，因熟食而困擾的少，這個問題落在熟食和神經傳導之間的關係，多少回應了偏頭痛的症狀分析。其實這無關你是誰，是習慣造就了現在的你，如果我們都看懂真相，也願意接受身體不具備主導權的事實，情況就有逆轉的機會。「被動」是這種飲食文化所營造的態度，身體被動去處理食物，也被動去擱置廢物的清運，最後發展到我們都被動選擇食物，是食物在挑選我們，是食物勾引我們。

問題就在自己身上，我們愛熟食勝過愛自己，主題是偏頭痛，為何轉個彎繞到熟食議題來了，因為兩者相關，是我們透過生活習性所營造出來的後果，是愛吃的結果，是被食物控制的結果。保守估計全台有兩三百萬的頭痛人數，這和最保守的五百萬婦科症候人數都走相同的軌跡，就是被動的吃，被牽引著吃，而我們只知道自己歡喜的吃，也期待這樣的吃。（原養生實踐筆記之 180）

「被動」是這種飲食文化所營造的態度，身體被動去處理食物，也被動去擱置廢物的清運，最後發展到我們都被動選擇食物，是食物在挑選我們，是食物勾引我們。

10

感冒和癌症

「一個人好好的，突然就病倒了！」

「他很重養生，吃得也很簡單，可是還是得到癌症！」

「很難相信一位每天見面打招呼的人，說病就病，說走就走了。」

「最近大家都在感冒，我也難逃病毒的肆虐，已經習慣每年都會感冒個幾回。」

曾經撰文探討過感冒和癌症，看似完全不相關的兩種病，輕重程度差異這麼大，值得探討的一定不是外在因素，是身體內在的狀況。早期把重心放在免疫系統，這是很關鍵的地基，免疫力長期低迷肯定是生病的人所存在的問題，經常感冒的人如此，罹患重症的人也是。癌症有其時間因素，也有情緒因素，近年的研究在內分泌失衡和脂肪組織的傳導方面出現重大的突破，可是重點在那無法割捨的每日三餐。

相信閱讀到此文的人有八成要對我提出抗議，這一刻的無法置信和看到重視養生的人就這麼走掉沒有什麼差異，為何不換個角度思考，其實最關鍵的點就是我們最容易忽視的點，「理所當然」不就是我們身為人最大的致命傷？在深究三餐的禍害時，千萬不要把焦點擺在食物，即使整體問題的源頭來自我們對於食物的加工，可是真正問題在心理需求，真正源頭是不願意認錯的人類大腦，真相是人體的能量分配系統被持續供應的精緻食物給凌遲了。

十多年不曾感冒，知情的人沒有對我的自信感到疑惑，很用心經營腸道健康無庸置疑，對於益生菌的補充不曾怠慢，斷食也是生活中的必要陪伴，關鍵在當年團隊提出「半日斷食」的呼籲，取而代之的是我們視為至寶的台灣全植物發酵液。從不感覺被推銷酵素和益生菌，從學理的角度，我看到這些產品所延展的生命境界，打從扮演第一線養生推廣的講師和作家，收到的產品和連結的人脈也已無法計量，我在本土的品牌中找到國人最大的驕傲，在能量養生的未來版圖，我們將永遠扮演舉足輕重的角色。

由於年紀的因素，更深層的體察身體的需求，割捨早餐已經不足以滿足我身體的期望值，從 2017 年開始進入每日一餐的執行，指的是熟食餐，是對身體造成負擔的一餐，也是干擾身體能量水平的一餐。我收到身體釋放更多感恩的訊息，過程中沒有停止不定期的七日斷食和肝膽淨化，一直到對於「暫停鍵」有更多的理解和體悟之後，「周休二日」進入我的身體作息，對身體展現最高的敬意和誠意是我的養生態度。

此刻的心得去觀察民間的飲食習慣和病痛版圖，內分泌系統對於頻率的講究完全知悉，人體生理時鐘和大地之間的綿密關係也清楚掌握，結論是我們很渺小，沒有持續犯錯而不悔改的本錢，對大自然臣服是養生的大方向，對身體臣服是養生的大原則。（原養生實踐筆記之 315）

在深究三餐的禍害時，千萬不要把焦點擺在食物，即使整體問題的源頭來自我們對於食物的加工，可是真正問題在心理需求，真正源頭是不願意認錯的人類大腦，真相是人體的能量分配系統被持續供應的精緻食物給凌遲了。

11

念頭病

一甲子人生的生命主體何在，在多數老同學的聚會中都聽到了什麼？相信退休是比重不小的主題，就我所觀察，自己的成就不再是重點，大夥都聊起下一代的成就，這部分有傳承的意味，有教育成功的滿足感。我們不是教育家，卻都得肩負起教育下一代的責任，來自於閱讀的啟示，把前人的生命體會置入自己的生應實踐中，不浪費時間，也不糟蹋生命。

經常反思最該傳承給下一代的核心價值，透過生命價值的體會和轉變，也從個人在養生領域所深刻體悟出的價值觀，經常就是責任感的落定和言所必言的勇氣。責任和勇氣可以是名詞和形容詞，可是只有在成為動詞之後才真正體會到何謂責任和勇氣，光是在養生版圖，這兩種價值就佔據非常大的比重，尤其是在我們所推廣的自律養生區塊，責任和勇氣很簡單，也很不簡單。

當你必須堅守一個價值，而有人提供你更大的好處來推翻這個價值，那是考驗良知的時刻，也是驗證正直的時候。生命中有多少次出現這些考題，被誘惑或不被誘惑可能就在那一念之間，從扮演老師的角色，面對每一位學生都是一次考試，我們必須交出責任，也必須把勇氣用力傳承下去。身處成敗論英雄和財富論輸贏的時代，又在充滿功利主義和面子教育的環境中長大，身為那個時代的下一代，我有幸在時間軸看到自己即將成為上一代的責任，知道該是停止犯錯的時候。

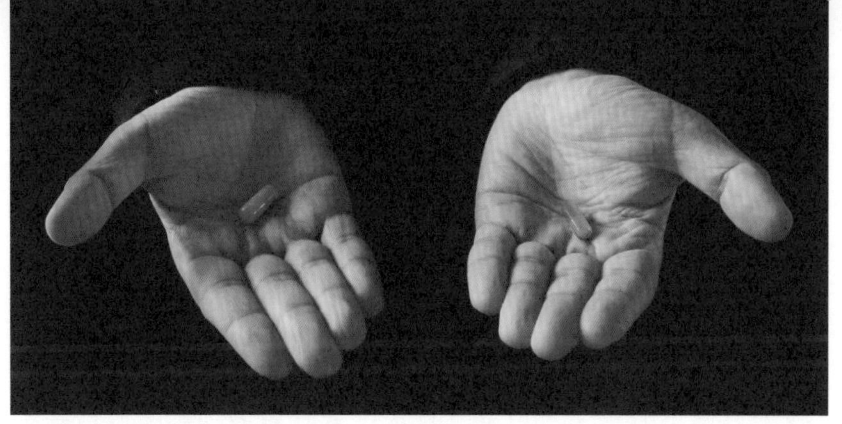

看到自己，再看到子女，呈現責任的兩大面相，把自己照顧好是責任，把子女教育好也是責任。養生的實證中處處是責任的足跡，就在對面的疾病世界，赫然看不到自我負責的蹤影，需要醫生的專業，需要藥物的加持，需要家人的攙扶，需要看護的照服。回到我們念頭中的價值，來自教育的真跡，生病是遺傳，有病是基因，不健康是別人所造成，必須吃藥養生是家族性的宿命。當我們這一代富裕之後，不僅沒有強化健康責任的養成，反而落實在推卸健康責任的潛移默化，有物流，有服務業，也有專業的醫療產業。

經常在課堂中開寵物罹患糖尿病的玩笑，旁邊有一家子的糖尿病患者，每個人都宣稱這是家族遺傳，而寵物也是家族的一部分，也收到來自主人遺傳基因的施捨。延續前文那一句「病也許是自己醫出來的」，我總是觀察到「病是自己想出來的」，勝過「病是吃出來的」，因為都是念頭在生病，都是習慣在生病，都是沒了責任而生病，也都是沒了勇氣而生病。（原養生實踐筆記之 330）

責任和勇氣可以是名詞和形容詞，可是只有在成為動詞之後才真正體會到何謂責任和勇氣。

12 出口

「這該怎麼辦？怎麼會這樣？我還不想這麼快結束這一生啊！」
「我一直很重視養生，也都一直保持運動習慣，怎麼還是躲不過？」
「老天呀老天，我又沒做什麼傷天害理的事，怎麼會得到這種重病？！」
「我的身體怎麼了？最近就感覺一直跟我作對，到處都不對勁！」

能體諒被診斷罹患癌症的心情，將心比心，假設自己是對面那位病人，這種心情從年輕就建立，設想自己生病，看著所有身體健康的人，那種情緒落差，先感同身受。

繼續抱怨當然是一條路，繼續哀怨會是罹患癌症經常顯現的態度，研究人類病痛的學者都曾在情緒的結點停留過，那種屬於心理層級的東西怎麼具有這麼大的破壞力？這些學者最終都會在釐清身體的整體脈絡後恍然大悟，原來這才是疾病，原來身體一直都在找尋出口，原來我們都是封鎖身體出口的高手。最離奇也最可怕的地方是把出口堵住的人都不知道自己的處境，這種劇本到處都在上演，小時候的傷痛，青少年時期被霸凌的記憶，對於父母親的不諒解，原來堵住怨恨和不甘願的後果這麼的巨大。

父母離異和喪失親人的情結在很多癌症病人身上被發掘出，為何痛會轉變成為恨，為何恨又會轉變成為脫離生命常軌的細胞，其實很多人身上的痛和恨早已交錯，其實很多人的心念從小就被隔離到自我封鎖。回顧我們從小所接受的教育模式，細部解構之後，處處有仇恨的痕跡，處處是對立的灌輸，把這些情結投射在家庭教育中，更多的恩怨情仇糾纏在一起，更多難分難解的情緒糾結在一起，對當事人都是一輩子的傷害。

這種劇情為何不容易破解，因為連當事人都不曾發覺自己具備類似的潛質，因為連生病的人都搞不清楚心毒的由來。很多人習慣把「放下」掛在嘴邊，真的必須要放下，而問題總是嘴巴放下和實質的放下通常差距很大，好比很多重視養生的人懂的多而做的少。思考放下還不如確實找到出口，把內在的仇恨和對立拋諸九霄雲外，看懂身體這個療癒場的運作機制，看懂大腦和腸道是如何互相影響彼此，也看懂微生物在身心健康所扮演的關鍵角色。

治本之道在這一刻，養生之道在即知即行，在「怎麼會這樣」和「為什麼要改變」之間做出最明智的選擇。承擔與承受就是養生的必修學分，因為當我們不知道承受，身體都在承受，當我們不願意承擔，身體都在承擔，所以面對呼天搶地的那一刻，就是承受，面對無法置信的事實時，就是承擔。

談論這些總是嚴苛，有時候還有點不近人情，生命本來就不盡公平，自己的選擇自己承擔最公平，自己的錯誤自己善後最合理。（原養生實踐筆記之 336）

治本之道在這一刻，養生之道在即知即行，在「怎麼會這樣」和「為什麼要改變」之間做出最明智的選擇。

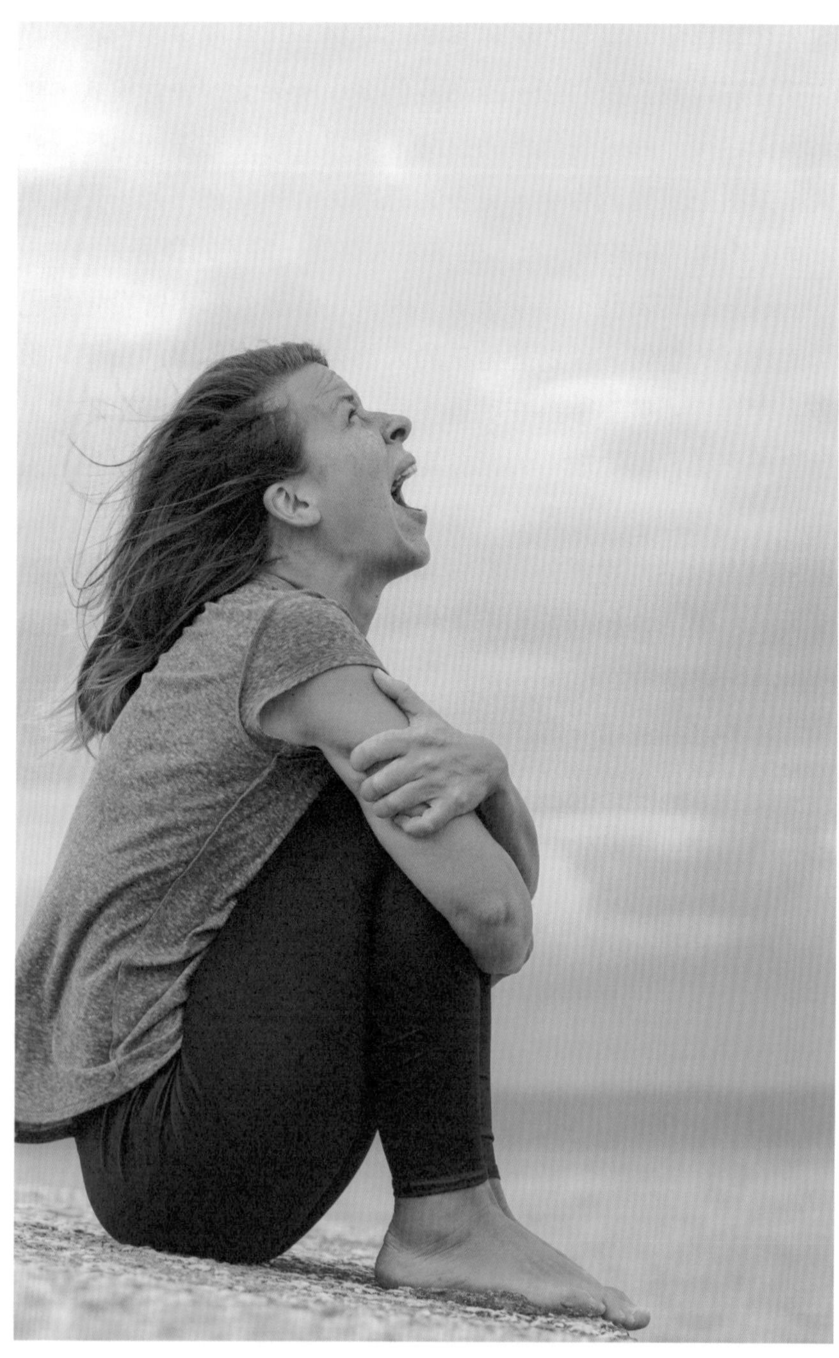

13
Why Me ？

被診斷罹患癌症的人首先想到的是什麼？沒有意外，最多的情況是怨天尤人，是對老天哭喊不公平，當然會想到自己沒有多少日子可以活。接著，是家屬和朋友的問候和意見，思考方向是接下來的治療方案，有保險的申請理賠，沒保險的設法籌錢。通常在這個時候，當事人沒有太多提出自己想法的空間，醫生的意見是救命的良方，家屬的意見都傾向完全配合醫生的標準治療流程，請注意身體是病人的，意見則是他人給的。

健康有一個視窗，通常被大大忽視，我們因為缺乏這樣的視窗而遠離健康，我們因為不透過這個視窗自我檢視而失去健康。就在被告知罹患重症的時候，一群缺乏這個視窗的人聚集在一起研討處理方案，一旦生病的人也完全擱置這個視窗，結果就是我們所熟悉的劇情。這個視窗就是自己，就是當事人，就是承受病痛的人，就是接受治療過程感受苦痛的人，這個視窗也同時肩負養生重任的人，是經營自律的人，是反省自己過錯的人。

這個視窗的完整詮釋是「身體是自己的，健康是自己負責的」，反省是重要的養生途徑，自我檢視是健康必要的養成，可是在確認自己是癌症病患後，當事人被環境所牽引的思考方向不是反思，不是認錯，是放大哀怨和悲情。癌症的爆發來自很長一段時間的情緒壓抑和無法宣洩的不平，當事人無法察覺這種情緒的殺傷力，也不會去預測這種憤怒和不甘願所帶來的破壞力，可能只是人與人之間的疏離和不痛快，可能只是工作上累積很久的苦悶，甚至是被霸凌而無從申訴，被誤解而遭受不對等的待遇。

所有情緒的流水帳都必須要找出來，必須要清楚分離，然後丟棄，是真的丟棄，徹底的丟到垃圾桶。這些情緒毒素導致癌症發病，卻不是癌症的根本成因，我們必須先找出傳導這些負面訊息的來源，和這些負面情緒沆瀣一氣的是腐敗菌從腸道所釋放的毒訊息和脂肪組織（皮下或內臟）所釋出的發炎訊息，請留意這些呼應負面情緒的毒窟都和飲食相關。

脂肪不論囤積在皮下或內臟外圍，不論存放於乳房或肝臟，必須存在儲存和提存並行的雙向通路暢通，白話一點說明，身體必須在每天的基礎中進行脂肪的提存，做法就是拉長讓身體休息的時間，打破每天吃三餐的規律，讓身體在熟食和熟食之間有充分的能量醞釀。沒有太多例外，每日多餐熟食的人都建構了引發癌症發作的地基，牽涉到熟食和胰島素之間綿密的互動關係，牽涉到身體持續把葡萄糖轉換成進入脂肪物流的忙碌。

脂肪持久不被提存，持續進行儲存而擠壓，持續固化而出現壞死，好比預備太多庫存的原物料，好比預估錯誤而大量堆積在倉庫的原料。對於確診罹患癌症的人來說，這些屬於超過十年甚至二十年的累積，當事人從未意識到時間到了就吃是不為身體所接受的行為，很多人甚至終其一生不會知道每天吃這麼多熟食是高風險的行徑。從吃到囤積，可能是宿便囤積，可能是脂肪堆積，接著從囤積到形成情緒毒素和負面訊號的傳遞，最後在一陣壓力和不平之鳴的推擠中發病。

整個失控的面可以簡化成幾個規避的點，這些點正好是執行間歇性斷食的動機養成。前有食物的本質，後有身體的邏輯；前有身體的能量取捨，後有脂肪的存提；前有熟食引出胰島素的應變，後有高胰島素指揮能量儲存系統的現實；前有對於身體天賦的陌生和誤解，後有情緒的閉鎖和充滿壓力的生活。製造癌症的是人，發明癌症的是人，擴大癌症的是人，永遠和癌症對立的也是人，搞死癌症的是人，被癌症搞死的也是人。健康是人性課程，瞭解人性才會瞭解癌症，也才有機會遠離癌症。

（原養生實踐筆記之 211）

製造癌症的是人，發明癌症的是人，擴大癌症的是人，永遠和癌症對立的也是人，搞死癌症的是人，被癌症搞死的也是人。

Part 8

自律養生

01

和身體對話的最佳入口

活得更長壽，擁有更為年輕的外貌和感受是每個人都渴望達到的境界，問題在能夠做到的幾希。尤其一到了中年，不論男女，那日漸壯大的小腹就持續在打消所有的雄心壯志，成就感不斷被挫折感凌遲。當一個人進入缺乏希望的田地，社交也少了，成就也早已遠去了，以前所有搭建過的美夢都持續崩解，很容易就進入憂鬱的監牢。解析所有當事人的心智和意念，聽當事人訴說其想法和困境，感受不到任何希望的鑿痕，好比有一個鐵籠限制住所有思考的延展。

因為有希望，所以會失望，就在這兩種心理層級的對價之中，人生的腳步分出兩種視野。聽過正面思考的力量，也深知負面思考的破壞力，這兩者之間又該如何分析解構，嚴格說，只有一種判讀最清晰，就是界限，在無止境和受到限制之間，兩種健康狀態的路線分開。或者從靈性壽命的視窗也可以看到宇宙的定律，在無邊無際的自然版圖中，在無窮無盡的希望版圖中，我們是否有機會很單純的理出生命的藍圖？

諸多生命道理和生存法則都被明白的記錄成文字，能體會多少，執行多少，能遵守多少，鋪陳多少，最終就是格局和成就的論定，這裡面充斥著健康的門道。為何有這麼多人的生命被鎖在自己的牢房裡面，我們就很單純從人間的角度去分析，即使再有多少軌跡源自於個人和家族的命運，真正出現問題的關鍵還是在慾望和比較競爭之中，在貪念和不甘願不服氣之中，在擁有和丟不掉捨不得之間，也在仇恨和忘不掉放不下之間。

看到所有的生病圖像，每一個案都有上述這些心理素質的足跡，而在治療和就醫的所有軌跡中，這些元素都不在探討追溯的範圍。舒適圈其實是發生問題的一種起點，人都有對舒適和安全感黏附的傾向，一旦太執著於佔有或是害怕失去，不健康的心理傳導就開始蔓延，我們都熟悉那種七上八下的情緒，就在心神不寧中，就在擔心害怕中，就在猜疑忌妒中，就在憤憤不平中，就在權謀算計中，所有養生的堡壘都會被摧毀。

斷食具備一種極為特殊的心理鍛鍊過程，首先是確定跳脫舒適圈的決心，接著才是慾望和希望之間的持續對話。我個人從深度斷食進入持續性的間歇性斷食，美食沒有離開我的生活，反而更加珍惜的品嚐和感受，就在期待和珍惜的心理素質交接中，找到和身體對話的最佳入口。原來和身體對話還有一種淬鍊希望的功效，原來身體就是一座無邊無際的大自然，原來從身體所釋放出來的希望元素是如此的微妙，原來把健康全然託付給身體可以發掘出無窮的自信。

再回到憂鬱，再觀察病痛，熟悉身體脈絡的你會了然於心，原來沒有邊際是生命的藍圖，原來希望無窮是生存的法則，原來遠離病痛不只是想像和期望，原來健康長壽只是從相信到行動的串聯。（原養生實踐筆記之 345）

原來和身體對話還有一種淬鍊希望的功效，原來身體就是一座無邊無際的大自然，原來從身體所釋放出來的希望元素是如此的微妙，原來把健康全然託付給身體可以發掘出無窮的自信。

02

自律　自信　自由

應該是將近十年前的體悟了，在書上記錄自己對於養生不可或缺的三大要素，也不忘在課堂中反覆提醒：「酵益、紀律、持續力」。很認真的推敲這三大因素，發現是不花太大成本的養生提示，「酵益」其實就是在飲食方面著重能量的攝取，就是我們早期所提出的「能量取代熱量」，這是從身體的立場體會到為身體減輕負擔的大方向。

如果我們一定得從這三大要素中挑出一個最能代表養生元素的，就是擺在中間的兩個大字「紀律」，這是我個人觀察所有優質健康呈現者的心得，加上自己這十多年的身體力行，健康還是在態度修為上整合出結論。具體的說明，嚴以律己加上謙卑為懷，兩者協同之後表現出精氣神的最佳狀態，自律連結到自信，強化了心理素質，強化了免疫力。

在尋找任何養生法門之前，在接受任何健康資訊之前，先問過自己是否在自我管理上合格，問自己是否願意在時間軸上刻上自己辛苦的足跡，問自己是否清楚行動在腳而非嘴巴和腦袋的道理。我深刻體會斷食的重要性，可是紀律的重要性遠高於斷食，態度的重要性遠遠超越生理生化上的提升，自律性高的人絕對是進入養生最高境界的人。

曾經在書上寫過一位每日爬象山的老先生，那是十多年前的事了，這位住在信義區的老伯不允許自己有蹉跎怠慢的理由，每天上午一定行走在象山的步道階梯上。這種自律超越了一切，超越了飲食的規範，超越了身體內臟負擔的提示，可是不代表這位老先生的身體不會因多吃而囤積，可以研判自律和自信輸送正向因子給身體各大系統，間接強化了腸道的效率，減輕堆積的風險。

只要時間允許，我傍晚在自家附近快走，固定碰到一些熟面孔，每天利用下班後運動的人不少，可以從規律性看出一個人面對生活的態度，也可以從持續力看到可觀的績效。我深信從自律的要求去和身體對話，接著從身體的回應和呈現就進入美麗的優勢循環，自信和自律就悠遊在內分泌的穩定平衡中。

自律和自信將展開腦細胞突觸的延展，判斷力和思考力都會更精準，腦部傳導和腸道神經系統的串接早已令科學家大開眼界，心理素質和生理表現一直都是相互輝映，自我管理和健康自然是一體的兩面。「刻意練習」不再只是管理術語，而是一種養生態度，「磨利鋸子」也不再是自我管理的一種好習慣，它是提升健康水平不能缺少的修持。

有那麼一天，把自己提升到一定的高度，我們都會有機會看清楚最寫實的社會面相，人為何會生病，又為何老化速度加快，為何癌症時鐘一直加速，為何失智症即將成為下一世紀的夢魘。好好思考研判紀律和健康之間的關係，也用心思考腦袋視窗是如何影響健康的，有機會也該提醒自己，如何在文明科技的美麗世界中健康存活，努力遠離所有因文明所連帶出現的風險因子。（原養生實踐筆記之 21）

我深刻體會斷食的重要性，可是紀律的重要性遠高於斷食，態度的重要性遠遠超越生理生化上的提升，自律性高的人絕對是進入養生最高境界的人。

03

療程

聽到「療法」或「療程」，首先讓我膽戰心驚，這是令人極度憂心的觀點，嚴格說，這就是導致我們無法為健康提出證明的最大障礙。花時間學一門技術，不可能指望發揮一段時間就忘記，我們希望擁有熟練終身的技能，最好是保障收入無虞的專業。面對療法，顯然就是被動的託付，面對療程，就是一段時間的交付，讓別人協助我調整，讓專業引導我療癒。民眾指望進入療程，結束後恢復健康，所以療程不是生活的全部，只是短暫的需求。

療程綁架了健康視窗，療法控制了健康思維，健康不是生活習慣，是身體出狀況後的處置。用對錯評論這種觀點其實嚴苛，這是社會價值，我們被灌輸透過一段時間經營健康，只要一段時間的努力，配合專業，配合補給，健康定義明確。當我們揭示一條終身受用的養生道路時，很多人竟然恐慌了，原來即將是全新的生活習慣，必須養成截然不同的飲食習慣，想到全新的生命和重生後的自己，有人開始懷疑這種改變的意義。

當「斷食」在後面接上「療法」，認識它的第一印象，又是另一種階段性的處置，又是一種針對狀況不佳者的整頓。就好比飯前飯後的指示，所以要怎麼吃是很正常的提問，空腹或是飯後也是最合理的疑問，藥袋上面的用法提示很明確交代，就連營養補給品都得明確指示用法用量。在這一切熟悉的教條中，我們有必要跳脫環境的所有牽絆，好好從對立面看到自己

的身體，即使都沒有明顯的病痛，身體還是有聲音要表述，身體的立場提醒我們要收斂吃東西的行為。

斷食是身體的需求，是養生的地基，是生活必須，是生命力提升的強力後盾。把世界糖尿病地圖翻出來審視，把台灣癌症時鐘的統計數字攤開來研究，再把失智症風暴的預言報告下載閱讀，如果你是已經有下一代的中生代，繼續把下一代的健康評估預言找出來研讀，結論就是即刻啟動養生計畫，心得將是即刻決定改變藍圖。在這個攸關自己生命品質的大圖像中，沒有療法存在的空間，也不會有療程的概念，必須是一天比一天還要健康的喜悅。

斷食到底應該重視排毒的結果，還是少吃的警覺，一個在後，一個在前，多年的觀察，發覺聚焦影響之所在。「斷食就是為了享受美食」是一句經常在我耳邊放送的話，我完全沒有駁斥這句話的空間，可是每次聽到這句話的時候總是會有些許的不適應。如果享受美食是重點，那麼斷食就只是必要時候的臨門一腳，把累積的毒素清一清，好好大掃除一次，再繼續回到美食的饗宴中。這些劇情在我身邊上演良久，像不像療程的概念？有沒有療法的意境？

我們再回到療程的定義，是否相當程度在回應生活中的享樂？是否是過度縱慾之後的被動修正？這時候稍微讓反對意見有發聲的空間，享樂有什麼不對？滿足慾望不也是正常生活的一部分？就我這個從小就學習觀察醫療生態的凡人角色，放縱與節制一直就在天平的兩側，這種觀察通常看到放縱的結果，節制總是被安置在很安靜的某處。我們就在此刻捫心自問，就放縱與節制兩者對峙拔河的結果，比例上，哪一方取得優勢的機會高？再自問，我們希望讓自己站在哪一方？

享受美食依然是我生活中很怡然自得的時刻，尤其在機會減少之後，更加珍惜每一次與食物相處的時光。我在治療的環境中長大，密切和療癒接觸的結果，最偉大的療癒回到自己的身上，療癒隨時都在進行，沒有時間約束，不是人類聰明智慧所構思的程序。（原養生實踐筆記之 184）

療癒隨時都在進行，沒有時間約束，不是人類聰明智慧所構思的程序。

04

菌腦腸軸

以下是個人觀察民間菌相觀念的心得，民眾對於身體裡面未知的世界缺乏信心，針對益生菌的補充，不僅觀念上模糊，而且被動。到底該相信誰是民眾最大的疑惑，媒體只要寫一些負面資訊，稍微風吹草動就會引起恐慌，這一切都來自於長期對於細菌的誤解，也來自於菌和病之間的連結。益生菌的教育有其必要性，也有其複雜性，因為牽涉到飲食，也牽涉到情緒壓力，最不能忽視的，是牽涉到人的主觀意識。

腸道健康的關鍵點是菌相還是飲食習慣，其實這兩個選項是同一件事，飲食習慣牽動菌相，菌相也牽動飲食習慣。說食慾源自於細菌的指令，多數人在第一時間都不會相信，重點是養了一大群喜好特定食物的菌，這些住在腸道的菌就會索求特定的食物。源頭可以是自己的好惡，最後轉成來自腸道的指令，吃素或吃葷的族群最終由腸道菌來決定食物選項，根深蒂固的程度可以超越自己的想像，意思是對食物的堅定信念可能來自細菌的力量。

有必要記錄斷食和菌相之間綿密的關係，有多少長期補充益生菌的人從來不曾斷食，客觀評估有八成至九成，不論補充益生菌的動機為何，養護腸道的工程只進行一半，甚至不到。我自己也曾經有類似的階段，在深化斷食之前，很積極的補充好菌，可是依然維持干擾好菌生存的飲食習慣。少了脫胎換骨的關鍵動機，前面的努力就有點原地踏步的感覺，不是補充益生菌不對，念頭上還是產品導向，還是希望產品帶來改善，不是心態與行為上的進階。

「菌腦腸軸」是新興名詞，卻不是太新穎的概念，把腸道好菌視為身體的器官早已是很多微生物學者的主張，只是確定菌和情緒之間的關係近年才有比較明確的證據。腸道菌相必須成為穩定的生態，類似氣候穩定的居住環境，偶而下雨，可是不會有颱風，異常氣候會影響居民的居住意願，現代人的飲食習慣對於腸道好菌來說就是異常氣候。斷食就是重整腸道環境的過程，是重建腸道菌相最佳時機，是讓補充的益生菌定殖之後大量繁殖的最好機會。

沒錯，菌會住下來，而且可以擴大居住版圖，只要提供優質的居住環境，這需要我們培養優質習慣，大魚大肉就是刮風下雨，動不動吃壞肚子就類似來了一場超級颶風。每天固定吃三餐熟食就是經常性的大軍壓陣，腸道好菌折損的機率一定高，經常性的補充好菌就很必要，問題總是優質飲食習慣和持續補充益菌之間的選擇。從補菌心態到補給菌好食物，從產品心態到生活態度的全面淨化，體會到每個人必經的進階路，也深度體會態度決定健康的高度。

我在《醫生菌》裡面特別提到了「聚量感應」的科學實證，其實這也是人類的一種行為模式，共同頻率的大量組合形成可觀的力量，以團隊目標為目標的團隊合作，在細菌的行為模式中也有完全一致的模組。微生物學者早早就提出「優勢菌叢」的概念主張，腸道是益生菌的家，是好菌拓展居住領空的場域，是腸道微生物和免疫系統對話的地方，同時也是細菌為我們的食物進行善後處置的場所。在大自然原始的共生系統概念中並沒有把食物煮過的概念，我們必須認知到在熟食存在的生活中，要如何降低對腸道優勢菌叢所造成的衝擊和傷害。

希望有一天你能體會到，有全斷食作後盾，在生活中置入間歇性斷食的好習慣，你的腸道才有穩定氣候的條件。（原養生實踐筆記之 158）

有全斷食作後盾，在生活中置入間歇性斷食的好習慣，你的腸道才有穩定氣候的條件。

05

病人身體的立場

打從開始撰述養生態度，對於醫療的評論不曾減少，我的落點從不針對任何人，這是生態，是環境現實，是熟悉身體世界後的必然覺悟。早期很多朋友建議我減少類似的言論，降低製造對立的負能量，可是從整體大圖像所看到的負能量都源自醫病關係，從被動養生到被動處方，大環境的正能量完全被抵銷掉。藥品有一種味道，一種我從小就極度熟悉的味道，當藥品進入身體之後，身體會釋放出一種因藥物進入而出現的傳導，從小就保留這些味道記憶，經過半世紀，我完全理解這些味道的因果。

一定要吃藥嗎？這一直是很多人內心深處的疑惑，醫學教育為藥學開闢了專門科系，政府也為藥學專業設立資格門檻評鑑，我從小熟悉的味道從不曾減弱其勢力，專業也順理成章連結到立場。花不算短的時間學習辨識立場到目的性這一條線的真偽，立場有己方立場和對方立場，也可以有所謂的資方立場和勞方立場，我總是在醫病關係的兩造立場中看到幾乎不存在而且勢力薄弱的病人立場。容我進一步解釋，我所謂的病人立場是病人身體的立場，因為真正必須獲得健康的不是病人接受處方的立場，是病人的身體為健康力爭上游的立場。

從糖尿病的最新論證回顧這半世紀的糖尿病發展史，心中存在訴說不盡的沉痛，腦袋出現的是已經不在人世的母親。糖尿病的發病不在高血糖值，而是從胰島素阻抗發展出來的高胰島素效應，最終在胰臟勞累過度後失控。從血糖偏高而被診斷成糖尿病的冤獄不少，因為高血糖不代表高胰島素，可能只是一陣子的飲食不當，可能是一段旅程的甜食過量，這些人的內臟脂肪並不嚴重，胰島素阻抗尚未威脅到脂肪的儲存動線。

繼續追蹤所有每天測量血糖的糖尿病病患，從非糖尿病吃降血糖藥物吃到血糖代謝異常，他們正在做一件對他們身體的療癒完全不相干，而且沒有意義的事。這些病患被指示得每天依照三餐的時間表用藥，從身體意識的時間邏輯分析，這就是導致病人永遠回不到健康狀態的作息指示，這是醫病關係互相取暖所營造出來的無底洞。話題回到立場，所謂的專業立場，對應到所有等待救援的病患立場，我的思考再度進入商法的範疇，因為商法而擴大疾病版圖，因為商法而被告知生病，因為商法而成為忠誠而且永續的消費者。

這不是對醫療的批判，是一堂人性課程，這是每個人都必須看到的生命觀，生命屬於自己還是屬於別人，身體是自己的還是別人的，最應該在乎自己健康的是誰，最應該為自己的健康負起責任的又是誰。這一刻又想起小時候就很熟悉的藥物傳導，那是身體的訊號，告知我們剛剛有大量化學外來物侵犯的訊號，生命居然容許我花了半世紀解析這種不該存在的現象。市面上一本《過度診斷（Overdiagnosed）》寫出我的心聲，書上的副標寫著「病，也許是自己『醫』出來的」。（原養生實踐筆記之 328）

我所謂的病人立場是病人身體的立場，因為真正必須獲得健康的不是病人接受處方的立場，是病人的身體為健康力爭上游的立場。

06

身體的主張

生命為我們設定了一種價值，我們稱它為健康，打從懂事，每個人的意識中都希望健康隨時伴隨。聽過古代君王尋找長生不老神藥的故事，今天的你我即使不奢望長生不老，心中也渴望獲得讓我們遠離病痛的良藥補品，這或許正是我心中的祕密花園，自然界的確存在彌補人體不足的天然糧草，可是我最終在自己的身上找到這帖良藥。答案或許是神奇的療癒力，或者是堅強的免疫力，而我找到的良藥則是自律。

只要進入終極版的間歇性斷食幾星期，執行者會獲得一種心理素質，那是一種很難形容的成就感，是心理和生理充分合作之後的豐足。如果你已經進入這樣的情境，請深入內分泌系統的運作，從定點送出激素到遠方目標，很精準的傳遞特定指令。感受來自於傳導，傳導則源自於內分泌的指令，間歇性斷食的間歇就是提升傳導效能的秘境，那就是搜尋養生保健良方多年所體悟的暫停鍵，而暫停鍵的操控者就是自律。

自律存在一個要項是主動，是自己掌握方向盤，從來都不是乘客，必須坐在駕駛座。就在一切都明朗化，執行者將進入更高的視野，回溯到自己過往的行為，觀察到外界所有違逆健康的作為。還是期許找到高於醫療的視野，看清楚人類行為的重大迷失，那種甘願接受操控的無明。重複自己早期寫在筆記中的一段話：「如果我們的行為是食物的行為，如果我們的舉止是藥物的舉止，那我們是什麼？」

食物控制我們，藥物也控制我們，這是不爭的事實，是文明的寫照。失控的程度有霸凌的蹤跡，霸凌就是對毫無招架能力的對象繼續施虐，就是對已經倒在地上的人拳打腳踢。為什麼人會有這樣的行為，為何人會出現如此殘忍的行徑，因為群眾效應嗎？因為人多勢眾嗎？或許，其實在解構這種行為後才發現，霸凌者唯恐自己的無能被發現，霸凌者真正心理素質是自卑，知道自己理虧，知道自己虛假。

當你有機會從細胞自噬的視窗看懂癌症的真相，清楚知道癌症患者面對吃或不吃的選項，再看到醫療對待癌症病人一貫的做法，像不像對一個毫無抵抗能力的人施暴？最近有學員私底下問我為何我說健康是人性學分，我能解釋的其實很有限，因為這已經是一本書的範疇，有三天三夜都講不完的故事和案例，光是安排時間聽一堂課，光是告訴自己必須要改變，光是提醒自己不能再自我姑息，就分出兩個自己或兩種人，或許也有機會藉此領悟疾病的真相。

你的立場真是你的立場嗎？你的主張真是你的主張嗎？食物主張了，藥物主張了，主治大夫也主張了，遲早都得問的是，那你身體的主張呢？（原養生實踐筆記之 164）

食物主張了，藥物主張了，主治大夫也主張了，遲早都得問的是，那你身體的主張呢？

07

當事人

記得前一陣子一位崇尚生酮飲食的醫師因肝膿瘍而去世，媒體以斗大的標題把新聞和生酮飲食結合，不知道這是媒體主事者不清楚其社會責任，或是今天的媒體就是這樣漫不經心的處理新聞。這則新聞到底想表達什麼，是生酮飲食造成健康危害嗎？是醫生也會生病嗎？是醫生反而短命嗎？或者是一位良醫通常會忽略對自己的照顧嗎？推敲媒體處理新聞的心態，聳動性要足夠，話題性也要夠，問題是：我們從中學到了什麼？

前天有一位藝人辭世，在新聞跑馬燈中出現「拒絕化療」幾個字，八年是他確診大腸癌後的時間，如果接受化療，是否有可能比八年還要短？是媒體總編的主觀意識，還是他們試圖把拒絕化療和死亡連結？問題是接受教育的大眾收到了什麼訊息？如果你找工作的目的只是想要有一份薪水，那這份工作就不會太長久，如果你接受治療的目的只是想多活幾年，那治療的意義就止於此。

我們都憧憬未來，都希望自己的生命可以綻放，如果我們接受的教育都是走一步算一步，如果我們的中心思想只是要確認一息尚存，那根本不需要養生，反正不管怎麼吃，明天都還活著。真相是我們的做法距離夢想有一段路，我們腦袋的想法和心裡面的價值相距甚遠，最可怕的是我們很可能都忘了自己，做的是別人的要求，走的是別人鋪好的路。

我們讀書求學，希望增長見聞，希望增強自己的能力，可是觀察到的可怕現象是我們的能力逐漸遠離了自己的天賦，我們的行為逐漸疏離最無瑕的本我。離家是我從小就必須面對的現實，必須前來台北就學，必須在台北生根，後來發覺已經回不了家，因為我的家鄉沒有我的發展和生存空間。我們都必須認清楚身體是家，我們都必須回家，必須以身體為家才有營運健康的機會，這不是口號式的呼籲，不是知識性的語言，必須是進入行動後的感同身受。

從接受斷食和身體不可分割的關係，之後就是一系列的人性考驗，每一個案例都是獨立的劇本，深入剖析，就只有要與不要兩大族群，也就是願意改變和不願意改變的分別。主觀意識很可能盲目，或許盲從，或許思考僵化，它左右了意願，決定了生命的天空。我體會到堅強與軟弱之間只有薄薄的一面牆，在養生的領空中，居然就是吃與不吃之間的取捨，在身體的原始設定中，就是餵食與斷食之間必要的平衡。

斷食，不是為了今天，也不是為了明天，是為了提升生命品質，也為了長長久久的未來。常被學生問到適合斷食的狀況，包括年紀，也包括慢性病，我的回答濃縮成三個字：當事人，只要當事人理解，只要當事人有意願，只要當事人動機明確。斷食不是治病，是把身體歸還給自己的身體，是按下暫停鍵，把健康的權利還給身體。不願意做就永遠隔著那一面牆，身上的傳導是食物的傳導，腦袋的認知是傳媒的認知，意志的驅動是離家的驅動。（原養生實踐筆記之 181）

堅強與軟弱之間只有薄薄的一面牆，在養生的領空中，居然就是吃與不吃之間的取捨，在身體的原始設定中，就是餵食與斷食之間必要的平衡。

08

斷食專車

斷食是這麼單純的兩個字，在我和它相處的十多年機緣中，可以寫下一本感動人心的故事書，也可以記錄很多說法、看法和意見，斷食是救人的劇本，關鍵是你被感動的程度。對斷食沒興趣不是實話，沒有意願也不是真的，否定斷食的人真正否定的是自己，生活在精緻食物的世界中都會有基本的覺知，強迫自己持續美化食物的角色多少有規避理性的成分，這是我的觀察。

每個人內心都有一個不會說謊的聲音，依著它或迴避它，結果就是截然不同的方向。我們周圍有一種很難承認錯誤的人，我們也熟悉這種死鴨子嘴硬的人，長期觀察這樣的人，要等到「東風無力百花殘」的時候，也好像得等到「春蠶到死絲方盡」才有機會丟出一句真心話。心裡面有嘗試斷食的念頭，可是做了就等於被推銷，願意做就表示被說服，反正不做也拿我沒轍，反正做不做都不能證明和我的健康有關係。

食物的威力真的不能小覷，我懷疑真有人被食物掌控到不能容納任何少吃的提醒，或是真有人愛吃到連一天遠離食物都是很大的折磨。事實證明我的懷疑很多餘，無法遠離食物的人還真的不少，如果這是因，那麼身體提出抗議的果遲早都會發生，因為這是時間所駕御的行軍路線。節律是身體原始的設定，配合著晝夜，配合著能量的波動，也配合著睡眠的時間長短，當然也配合著身體因應壓力而變動的荷爾蒙釋放，持續進食的人並不知道自己正處於風險中。

吃造成節律大亂，尤其是吃熟食，持續的吃精緻食物，持續的讓身體忙碌，持續經營失控的風險。斷食就能體會出身體對頻率的需求，斷食之後能理解身體的負擔，熟練斷食後更能掌握身體所釋放的每個訊息。難嗎？根據自己多年的經驗，真的不難，而且有極高的成功率。真心奉勸即刻進行，很有紀律的去和空腹相處，持之以恆做下去的結果，除了自律到自信的發展外，就是身上完全沒有贅肉的困擾，擁有健康也擁抱美麗。

故事最令人有興趣的地方就是令人捉摸不定的劇情發展，在十字路口的某人，不知道生命下一步的去處，突然有一部車子駛過，停在他身旁，車上的人打開窗戶，交給他一個紙條，上面寫著「斷食」兩個字。故事繼續發展，這個人上了下一班車，接受斷食的洗禮，發現一切都不是自己原來所想像，原來斷食這麼簡單，原來斷食是這麼棒的禮物。故事繼續發展，某人獲得重生，決定報名成為開斷食專車的司機，只要看到對健康徘徊的人停在十字路口，他就會停車，把斷食的紙條交出去，繼續造福更多的人。

世俗的故事多半是人怕吃苦，只看到眼前的艱辛，看不到後面的美好。生命有定數，接受已經發生的，超越還未發生的，超越的方式就是上車，為自己寫下「改變」兩個字，超越固執與惶恐的命定，迎向美好的自己。（原養生實踐筆記之 215）

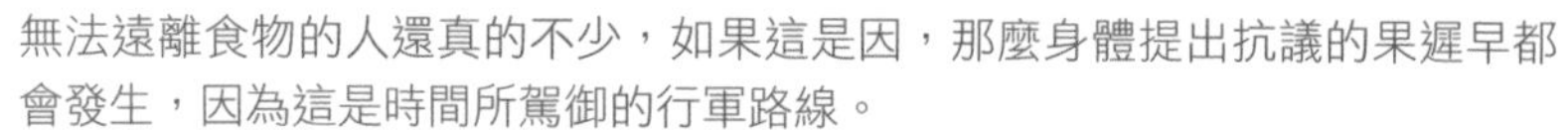

無法遠離食物的人還真的不少，如果這是因，那麼身體提出抗議的果遲早都會發生，因為這是時間所駕御的行軍路線。

09

孤獨的自律

已經不記得曾經一對一傳授斷食心得的次數，或說人數，或者一對二，或者一對三，或者小族群，這是我的工作足跡。斷食需要明確動機，少了動機就不會成功，因為一次成功也不表示絕對成功，為了證明自己做得到而堅持做完，對於自己和身體之間的連結，有可能還只是一張白紙。經驗中，很多人還需要環境的催化，那是一群人宣示一起隔離食物一星期的張力，一起激勵，一起執行，最後一起分享成果。

有一種情境是斷食者必須面對的主體，就是孤獨，是自己一個人和自己對話的實境。適應孤獨是養生的學分，不一定必修，有些人早就熟練，不少人具備獨自承擔責任的獨立特質。當你和周圍的人不一樣就形成孤獨的景觀，當別人都在吃而你選擇不吃就會有孤獨的處境，當你的腦袋想著美食而消化道裡面卻只裝載著酵素和水，你或許曾經對身體提出以下的問題：「你真的喜歡這樣的空曠嗎？你真的寧可如此安靜的度過一段時間嗎？」

當你進入斷食的旅程，老師遠離了，同伴不在了，食物的風情消失了，餐館的熱鬧不見了，念頭取向相當程度決定你的體悟和進展。我把斷食的心境回歸到真心和誠意，從頭到尾都不能缺少這兩個元素，對身體真心，對自己夠誠意，孤獨就變成責任，對自己負責是一種能力。在熟練斷食的記憶中，在身體開始回應之前，孤獨是一種能力，真心誠意面對自己的身體

是深入養生精髓的態度。

為何斷食要連結到孤獨的意境，因為時間拉長了，因為有天數的累積，因為會形成特殊記憶，因為持之以恆後變成一種自信。所以孤獨並不負面，斷食把孤獨淬鍊成一種骨氣，面對病痛的人最需要這種力量，身體從失衡到恢復平衡所仰賴的不會是藥品，是骨氣，是決心，是為自己的健康負起責任的覺知。我從每一位學員的提問和眼神發覺到一種很關鍵的元素，表面上是清楚責任感的落點，更明確的存在是經營孤獨的能力。

可是，有沒有人連這一關都過不了？是有的，而且還不少，我不打算提出統計值，因為還牽涉到每個人的生命機緣，或者時候就是未到，或許真有人從來不具備責任感的養成，或許就有人寧可和惰性作伴。人生會有畫下休止符的時候，身體的所有運作都停止之後，就是元神進入下一段旅程的時候，那時候或許突然感覺不陌生，或許依然是落單後的孤獨感。其實我們都熟悉孤獨，我們也都必須經歷孤獨，把身體養好就得好好適應孤獨，那是你和身體之間的單獨相處。（原養生實踐筆記之 254）

斷食把孤獨淬鍊成一種骨氣，面對病痛的人最需要這種力量，身體從失衡到恢復平衡所仰賴的不會是藥品，是骨氣，是決心，是為自己的健康負起責任的覺知。

10

即知即行

決定進行 5/2 間歇性斷食只是一個念頭的轉換，知道自己必須扮演身先士卒的角色，也知道這條路只會更好不會更糟，我向妻子提出一起執行的邀請，總是最支持與配合的她馬上點頭。這個決定代表將不和自己的慾念妥協，也代表對身體展現最高的誠意，間歇性斷食的課程大綱在執行過程中逐漸明朗，我也在筆記中寫下「自律養生」的宣示。

初期的心得引領我在課堂中談「暫停鍵」，或者就從週休二日去比擬，請學員盡力從身體的立場去激發動機，初期成效不彰，我似乎只是無聲電影中的丑角，沒人知道我在說什麼。我一直反思，一位初學者如何從一堂課的領悟去發掘每星期斷食兩天的動機，只有兩條路可以深入，一條是繼續聽，另外一條是進入 16/8 或 20/4 的練習。

很多人知道我分享養生，他們相信這裡有一套方法，甚至聯想到商業的對價，當主觀意識撼動不了舒適圈的地基，心門便索性關起。站在遠方評論或研判，的確看到方法的影子，的確也搜尋到酵素和益生菌的足跡，可是唯有深入執行而且體悟的人知道，重點不是方法也不是材料，是態度。態度也不是好或壞，不是對或錯，是領悟行為和後果之間的因果關係，是清楚吃和病之間無法切割的關聯，是願意謙卑學習而後有所突破。

每週都有兩天隔絕美食，過程中有煎熬嗎？相信這一直是眾多場外觀察者的疑問，我必須說明斷食者和食物之間的心靈

互動，那種只是暫時遠離的感覺並不是折磨或煎熬，而是更美好和更健康的期待。這樣的視角其實不難理解，關鍵在習性和慣性，長期透過「棉花糖實驗」說明「延遲享樂」的意境，也透過史蒂芬柯維的「以終為始」來描述這種先苦後甘的意義。比起七日斷食或所謂的全斷食，5/2 間歇性斷食所需要的自律性要求更高，這部分已經和幾位深度執行 5/2 間歇性斷食的同伴建立共識。

我深信和眾多朋友之間的距離感來自心理深處的徬徨，嚴格說這種距離源自於想像，是恐懼感和安全感之間的拉拔所致，我個人多於你們的不是勇氣，是角色和責任，是講台所託付給我的強力動機。這種心境投射到每一位用心回歸身體意識的學員，我打從內心深處發出敬佩與嘉許，進一步搜尋到各位的重責大任，相信這種情境已經超越個人的職責，而連結到更多人的生命品質。至於至今還無動於衷的，能說的就是這非比尋常，意義也非凡，因為我們所得到的是上天餽贈的禮物。

「不督促習慣就不是養生，不養成習慣就不會養生。」這是我個人深度和身體對話所領悟的心得，一念就在這一刻的「當斷則斷，即知即行。」（原養生實踐筆記之 313）

不督促習慣就不是養生，不養成習慣就不會養生。

11
通路

曾經在北京地鐵車廂內看到滿地的飲料，想起台北捷運的內規，想到台北捷運車廂的整潔，連到那一條紅線，那一條不准喝水飲食的潛規則。這是一種教育，這就是上游防範，在溪流的上游阻止戲水行為，就不需要浪費社會資源在下游尋找屍體。帶著一群小朋友到溪邊撿拾瓶罐垃圾，是教育孩子們收拾垃圾的態度，還是利用機會教育不任意丟棄垃圾的行為，這是社會教育重要的一環。

用相同的視窗看待當今社會面的養生保健觀，你看到了什麼？大人都在示範如何製造垃圾和如何丟垃圾，會有專人專車來收拾垃圾，只要身體的垃圾多到產生病變，會有專人專職來協助我們料理善後，製造垃圾是人類的正常行為，處理垃圾的病蟲害是正常的生命流程。像不像村民控訴上游工廠製造毒廢水導致村民罹患癌症，工廠宣稱廢水是正常狀態，汙染是必然的結果，生病是合理的後果。

關注點回到生活中吃的美好，一天之中隨時都可以享受這樣的美好，尤其是食物出現在眼前的那一刻，尤其是食物和舌尖接觸的瞬間，尤其是食物咀嚼在嘴巴內的過程。從來都不去在乎食物進駐身體之後的發展，從來都不必關注身體處理食物的辛勞，從來不必在意身體承載食物的壓力，也從來沒去深入身體囤積廢物的風險和傷害。這就是我們大人的身教，吃很美好，吃飽是很重要的價值，把眼前的食物吃完是很重要的態度，時間到了就得吃是很重要的生活作息。

不是曾經告知孩子們要多吃才有力氣嗎？不是曾經告誡孩子要吃飽才有營養嗎？不是曾經提醒孩子身體不舒服一定要去看醫生嗎？我們所示範的身教就是在上游製造垃圾和丟垃圾，然後再帶孩子到下游去撿垃圾，因為丟垃圾無法避免，撿拾垃圾才是重要的養成。高鐵車廂內配置了專職收垃圾的人員，減輕到站後收拾垃圾的工作量，如果台北捷運不禁止飲食喝飲料，這些專職就必須隨時待命，如果已經存在，我們也視之為理所當然。

不為身體製造垃圾的確值得深入去探討，這是大人們都有責任深入的議題。我們裝載了幾十年甚至幾百年的制約面臨必須改變的時候，我們每天要吃三餐的習慣面臨必須修正的時候，問題回歸食物的精緻和加工，從第一線的施種養殖到收成宰殺，食物通路的環節發生了什麼事情，我們到底在食物的製造過程動了多少手腳，為了食物的美味呈現，我們又花了多少心思，為了身體的承受，我們又花費了多少成本。

通路通路，從市場通路到身體通路，從上游通路到下游通路，從生育通路到告別通路，人類從有構思到足跡，人類從有創意到囤積，人類從有通路到業績。（原養生實踐筆記之 252）

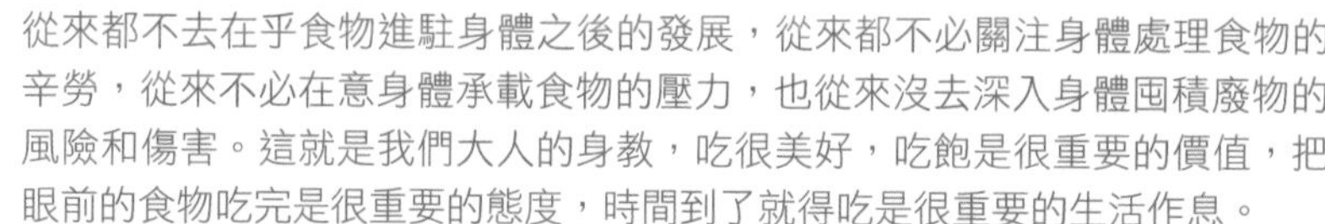
從來都不去在乎食物進駐身體之後的發展，從來都不必關注身體處理食物的辛勞，從來不必在意身體承載食物的壓力，也從來沒去深入身體囤積廢物的風險和傷害。這就是我們大人的身教，吃很美好，吃飽是很重要的價值，把眼前的食物吃完是很重要的態度，時間到了就得吃是很重要的生活作息。

12

健康無價

在課堂中分享過這一段心得：從某一個時間點開始，發現你身旁的人逐漸老化，而自己卻是逐漸年輕，一天比一天年輕，一年比一年還要年輕。翻開從 2007 年到近期的所有照片，每一年都不一樣，每一年都在進步，改變並非過程中所關注，脫胎換骨是十多年後最佳的詮釋。潛移默化是適切的形容詞，那是一點一滴的轉變，掌握到身體所需要，也深信身體具備不可思議的力量。

你必須堅持在這條路上，不能鬆手，不是在壓力下臣服，是在能量的道路上翱翔。我的確花了些許成本補充酵素，的確也花了購買活菌的費用，就在很多同期的夥伴還在估算成本花費的同時，我已經從身體的回應體悟到接下來的步伐和方向。我看到為酵素斷食養生精打細算的畫面，同時間並沒有在吃的花費上節省，意思是如果沒有體會出多吃的傷害，花在吃的費用絕對遠遠高出養生的費用。

從吃生食和熟食的分野體會到消長的兩極化發展，是儲存生命抑或耗損生命，就在自己慾念驅使下的每一個動念。花了很多錢把身體養大養胖，花了很長時間把脂肪堆滿堆高，如今面對必須要掉頭往回走的十字路口，計算成本竟然是必要的考量。我談論的重點不是對錯，成本當然要顧，如果終點很清晰，路線很明確，重點就不在成本，而是在勇氣，是把自己過往習氣用力丟棄的勇氣。

話題依然脫離不了消長，經過一天的忙碌，你的身體更沉重了，還是更輕鬆了？從食物生命的角度，身體是損失生命了，還是獲得更多生命了？我們在意銀行存款更多的同時，是否身體的生命存款反而少了？回想到自己收到斷食大禮的同時，面對的議題就是先為身體存款努力，還是先為銀行存款努力？類似的價值順序就經常出入我的思考脈絡中，我的決定永遠只有一個答案：銀行存款交給老天，身體存款靠自己努力。

最後談一下酵素斷食的材料，那是台灣絕無僅有的全植物發酵液，內容不在此詳述，發酵工法也不在此討論，重點是這項研發所創造的產值，產值當然可以直接連結到工廠的營業額，可是我關注的是健康的實質產值，是經歷酵素斷食的所有人所獲得的生命力延續。再請我的良知出來主持一下公道，從市場終端定價看商品的價值，也從身體的實質獲益分析商品的價值，我總是感受到使用端不夠珍惜的比重，我為工廠的研發製成抱屈，我為台灣的豐富作物資源抱屈，這是生長在台灣的福分，除了擁抱，我們絲毫沒有質疑的空間。

結論，酵素斷食的主軸是斷食，不是酵素，先有動機，後有材料，先有觀念，後有實踐。我把初學者的間歇性斷食定調在間歇性酵素斷食，只有一個很單純的指導方針，就是徹底遠離飢餓感的紛擾，讓初學者熟練沒有熟食打擾的處境，進一步抓住身體所釋放的每一個最真實的訊號，真正把健康的權利歸還給身體。（原養生實踐筆記之 236）

回想到自己收到斷食大禮的同時，面對的議題就是先為身體存款努力，還是先為銀行存款努力？類似的價值順序就經常出入我的思考脈絡中，我的決定永遠只有一個答案：銀行存款交給老天，身體存款靠自己努力。

13

動機

同一時間想著兩件事的結果，兩件事都做不好，現代人同時接收的資訊太多，隨時必須處理的事情太多，冒著每件事情都做不好的風險。學員看著手機聽課，我沒有權利沒收學員的手機，也沒有資格勒令不用手機，只是懷疑你坐在教室的目的。看過用手機拍下課堂中每一個畫面的學員，專注力擺在拍照上，耳朵並沒有很認真在聽課，這種心態是記錄，不是學習，是佔有，不是吸收。

為何現代人很容易感覺自己健忘，就是因為資訊太多，腦袋的記憶庫必須持續做記憶的更替，每天晚上睡覺時都得清掉非常多的記憶容量。我們關注太多事情的結果，就是這些事情的輕重緩急變得不容易排序，那是自己的價值混亂，也會形成大腦處理記憶的混亂。約會不準時、經常性的遲到，和眼神渙散、經常兩眼呆滯，是同一種情況。什麼都想學，什麼都想知道，什麼都想歸為己有，結論還是什麼都沒得到。

人在教室，腦袋卻關注家人的也不少，我指的不是放心不下家中的小孩，是聽到養生資訊，想到家中的長輩，想起家人。不否認這是愛的表現，可是養生不是養別人的生，是養自己的生，至少先後順序都從自己做起。人之常情就是把家中罹患重症的解方連結到課堂上的論述，對於家人的康復和療癒興起極大的希望，專注力開始轉向家人的疾病該如何處置，講台上的每一句話都連結到自己之外，這種很有愛卻不懂愛的人很多。

解決他們的問題，我一律從動機談起，動機是他人給的稱之為外在動機，這種動機就屬於缺乏專注力的動機，吃藥是別人要我吃的，補充酵素是家人要求我的。養生屬於內在動機的範疇，從自己的需求和目標去激發動機，然後才會研擬出執行方案或計畫，不是全然孤獨的路程，卻一定是自己鞭策自己前進的道路。一樣的，當事人一旦專注在身上的病痛，路上一定荊棘滿佈，因為想的都是最快的效果，要的一律是即時的成果。

養生專注行為，不是結果；專注現在，不是未來；專注在身體，不是症狀；專注於自己，不是他人。不是不關心結果，因為結果必然美好；不是不思考未來，是未來一定圓滿；不是不關心症狀，是症狀一定會消失；不是不關心他人，是他人一定從自己關注自己才算數。當你專注在痛，痛就很難消失；當你專注在體重，數字就很難讓你滿意；當你不關心自己，別人也會對你失去信心。（原養生實踐筆記之 291）

當你專注在痛，痛就很難消失；當你專注在體重，數字就很難讓你滿意；當你不關心自己，別人也會對你失去信心。

14

深度和廣度

七日斷食是過去十多年全力推廣的養生方式，從台灣到大陸，陪同過好幾百位經歷七日斷食洗禮的個案，我們使用台灣獨門精釀的酵素，學員在執行斷食後都持正面態度。由於牽涉到商品，因此多了一些佈陣，也必須多一些文化面的置入，在我個人的心得中，斷食和酵素是兩件事，先有斷食才會有酵素，不是有酵素才需要斷食。酵素協助很多人輕鬆經歷斷食的過程，很多人所擔心的飢餓和無力感都沒有發生，我的解釋是工法和材料，重要的是台灣這塊土地的完整資源，這是大自然的贈予，是我們生長在台灣的福報。

七日斷食是深度，這是重點，而酵素就強化了這樣的深度，提供給身體強力後援去挖掘身體深層的毒素。深度則來自於天數的持續，是能量的堆疊，這是身體針對不需要處理食物的必然回應，看到很多廢物被清出，執行者對於深度一定會有感受。其中最耐人尋味的一定是宿便，對於宿便的解讀眾說紛紜，唯獨深入斷食深度的人有屬於自己的觀察和體會。

經常被問到七日斷食要多久進行一次，是否可以做完之後隔沒幾天又繼續做，我的解釋一定回到動機，明瞭身體的備糧系統就知道必須要斷食，清楚身體需要休息就是明確動機。至於需要多久的間隔，嚴格說斷食和肝膽淨化不同，只要你想讓身體休息就可以做，我還是鼓勵使用酵素做斷食，因為安全，而且對身體絕對加分，賦予身體清運垃圾的強力後盾。

回顧自己過去的做法和說法，根據早期的體會，我給自己每一季做一次七日斷食的功課，過程中對於自律早已有所體悟，知道這個元素和養生脫離不了關係。既然我自己這樣做，也就順理成章的這樣教，有做總比沒有做來得好，如果這樣的頻率和紀律都維持，差異就落在飲食習慣。吃的管裡需要紀律，食量的管理也需要努力，如果能體會到身體的立場，把自律落在每日生活中應該沒有什麼難度。

所以間歇性斷食是廣度，相較於七日斷食的時間延續和能量深度，哪一件是蹲馬步，哪一件是進階，每個人可以有不一樣的體會和見解。曾經把七日斷食形容成震撼教育，這是我對新學員的詮釋方式，鼓勵初學者直接挑戰七日斷食的道理很簡單，只要一個星期的體驗，當事人的養生觀可能就重新定義，人生可能從此不一樣。這種初體驗是我個人的經驗值，體會到的就是無所畏懼，別人覺得困難的事已經完成，還有什麼事情難得倒我呢？

如果你從間歇性斷食入門，那間歇性斷食就是你的馬步，可以考慮從 16/8 開始，也可以直接進入 20/4，我個人輔導新學員從 5：2 和 20/4 合併開始，經驗是沒有比這樣的嘗試更能快速體會自律養生。（原養生實踐筆記之 189）

酵素協助很多人輕鬆經歷斷食的過程，很多人所擔心的飢餓和無力感都沒有發生，我的解釋是工法和材料，重要的是台灣這塊土地的完整資源，這是大自然的贈予，是我們生長在台灣的福報。

15

健康經營權

在醫院的病房空間內，護理人員忙進忙出的，白天班的交接給夜班，小夜班交接給大夜班，有整天隨侍在病床旁的家屬，也有白天夜晚輪值的家屬，很多病房內還有家屬請來的專業看護。相信這些畫面場景都不陌生，最後能夠出院的或是強迫出院的，甚至是最終在病房內圓滿一生的，家屬對於看護和醫療人員都充滿了感激。這一刻，全世界有多少這樣的劇情在上演著，不得已必須接受照顧，人類慈悲的一面最容易在病榻前呈現，不絕於耳的感謝，不曾間斷的請託。

小時候所觀察到的屬於迷你版的醫病關係，早早就很熟悉權威的存在，也早早適應了磕頭作揖的感謝。進入醫院實習則進一步熟悉到一種人類創造出來的氣氛，摩肩接踵的醫院大廳，爭先恐後的掛號領藥，掛到號和領到藥之後的感恩和慶幸，掛到名醫後顯現得救的希望。手術房裡面全身赤裸而且昏迷的病患，在醫護人員面前毫無尊嚴的袒裎面對，毫無預警的接受把屎把尿，那一刻，當事人的感受是必然，還是如果不要這樣會有多好？

不管是盛氣凌人的白袍專業，還是低聲下氣的聽候診斷，我從內心抵制了這個人為空間所有的一切，接受它的存在，不接受自己和它之間的被動式連結。命運安排了一條道路，被界定成反骨不管是老天爺的安排，或者是自己拒絕被命運安排，所有的經歷重要的是最後的落點，好壞對錯都在自己心裡面，

只有自己最清楚走來有沒有意義，符不符合生命的價值。

感動是什麼感覺，感傷又是什麼味道，可能熟悉，也可能生疏，一旦世俗的氛圍蒙蔽得厚重，很可能就遠離了自己內心深處那個經常發出聲音的悸動。我在種下的因和承受的果之間體會到宇宙不變的法則，就在我們很有限的人生旅途中，這個法則如實的存在，我們的想法、念頭、慾望、情緒、選擇、態度都左右著身體裡面的環境，知道醫院的所有畫面都可以在提早努力爾後完全排除，做得到的事情何必選擇放棄？值得相信的事情為何執著不相信？

你可以選擇不對醫療人員的辛苦發出最真誠的謝意，不是不感恩，是可以不進入這樣的劇情，只要願意為上游養生做出最務實的努力。就從這一刻開始思考自己身體的處境，就從對自己的身體深深懺悔開始，存在已久的不確定性都必須要揚棄，對於疾病的恐懼和恐慌都必須排除。最後所上演的劇情將是對自己無比的感謝和敬佩，因為選擇相信自己的身體，因為把健康的經營權還給了身體，因為知道從身體的立場去思考和做決定。（原養生實踐筆記之232）

就從這一刻開始思考自己身體的處境，就從對自己的身體深深懺悔開始，存在已久的不確定性都必須要揚棄，對於疾病的恐懼和恐慌都必須排除。

Part 9

傲慢與執著

01
顢頇

寫下「顢頇」，寫出「傲慢」，這是什麼？怎麼會是我們所面對的世界？在檢視眼前的世界之前，我先看到自己，看到自己過往種種的不堪，尤其是年幼時對待家人的態度。不論你是怎麼解讀因果，自己種下的因都在生命中不斷的呈現後果，看到別人惡劣的行徑，千萬不要只是單方向的打包，很有可能，我們自己也好不到哪裡去。我也顢頇，我也傲慢，如果不是現在，也是過去的軌跡，我還是提醒，看到別人的跋扈，不要忘了照照鏡子裡面那個人。

覺得自己是很謙遜的人嗎？感覺自己不是粗魯的人嗎？確定顢頇這個形容距離自己相對遙遠嗎？很確定傲慢不是別人對自己的觀感嗎？在賣場碰到不講理的客人，在職場碰到不可理喻的上司，對於顢頇和傲慢都再熟悉不過了，我想提醒的是，那就是我們，那就是我們長期對待自己身體的態度。在還沒搞清楚真相之前，如果你曾經有狠狠揍他一拳的衝動，如果你一度很想好好修理那個傲慢不講理的客戶，先忍下來，因為必須先修理的是你自己。

鏡頭對準安寧病房，看到一個瘦弱的身影，眼神中充滿了悲情，偶而還會出現忿忿不平的目光，招誰惹誰的思路不時會跑出來張揚。不解嗎？回想當年曾經在老闆面前丟下辭呈的那一幕，或者長期對你卑躬屈膝的員工突然有一天說他不幹了的眼神，想起老闆的身分突然之間變成路人甲，想起為五斗米折腰的身影突然高高在上的模樣。那位辭職不幹的員工是誰？那位突然告知不玩了的職員是誰？罹癌的人應該要想通了，是身體，說不玩的是自己的身體。

對身體顢頇的正是我們，對身體極度粗魯傲慢的就是我們，這不就是我們長久以來最熟悉的態度？透過本文，正式向有緣閱讀的你宣告，每天三餐熟食的日子已經結束，每天不停折磨身體的階段已經終止。我們最常對身體魯莽的作法就是上一餐還在肚子裡面處理中，下一餐就已經到位，完全不給身體休息的機會。摸摸肚子上的肥油，想想腸道裡面的廚餘和宿便，這一切都是身體長時期的承受。

再問自己昨晚睡幾個小時，繼續追問自己近年都怎麼安排睡眠時間的，相信很多人的劇本都雷同，就是週一到週五都處於睡眠剝奪狀態，尤其是週五和周六晚上，然後週六和週日上午都呈現昏睡狀態。我們總是忽略還有一大群有生命的微生物在體內維繫平衡，我們也不顧身體必須在睡眠階段進行廢物清除工程，最重要的部分是燃料運用的替換。身體希望能在夜晚轉向燃燒脂肪，可是當我們在睡眠前一段時間置入了高升糖食物，似乎進入睡眠後，又是一段身體承擔與承受的歷程。

結論，我們都是顢頇與傲慢的人，想起應該謙卑，想到應該要尊重，想起珍惜是多麼遙遠的修持，想到哪一天聽到身體咆哮說不玩了的錯愕，就用力想想跪求身體原諒的那一刻。（原養生實踐筆記之 281）

那位辭職不幹的員工是誰？那位突然告知不玩了的職員是誰？罹癌的人應該要想通了，是身體，說不玩的是自己的身體。

02
對立

競爭是一種教育模式，我們從小熟練這樣的環境養成，不能輸，也不服輸，在老師的價值體系中分出好學生和壞學生。競爭不全然是壞事，要看競爭背後的動機，是為了面子而爭，還是為了榮譽而爭，是為了權位而爭，還是為了多數人的權益而爭。幼小心靈被置入不能輸別人的壓力，進行這種教育方式的大人不一定知道對下一代的傷害，可能很小就養成短視近利的處世態度，可能好些年都不知道該如何與人和睦相處，可能一輩子宏觀的生命價值都無從建立。

競爭一旦形成一種心理素質，與人對立就變成一種理所當然的生命態度，我個人見證了這種環境的影響力，從家庭到家族，從教育到行為，從環境養成到習性態度。墨守成規的結果，很可能一輩子都在樹敵，很可能到處留下不歡喜的陰影，觀察過一些極其特殊的人格特質，源自於家庭環境，源自於身教，源自於父母親示範如何討厭不同陣營的人。我描述的是一種疾病現象，看到的是生理病痛，真正根源是心理素質，是習慣營造人際間的不歡喜，是生活中永遠存在的對立以及內心深處的叫囂。

從醫學教育體系被訓練出來，在和微生物世界的深度糾纏中，我有幸頓悟人類試圖凌駕老天的傲慢特質，進而掌握到所有病痛的根源都離不開對立的足跡。與癌症病人對話的經驗不少，起初收到的訊息是痛，深入對談之後則是恨，源自一種習慣性的對立，從和別人對立到和自己對立，從和環境對立到和身體對立。從突然的驚嚇中回神，想到看到的是自己和兒子之間的親子代溝，原來年輕時對孩子的態度是那麼的違逆生物本能，原來我曾經這麼背離自己身為人的角色和位階。

原來一個人生命最終的生理病痛可以追溯到幼年階段的家庭環境，原來癌細胞的無限延展可以回溯到父母親的不成熟，原來白髮人送黑髮人的劇情可能源自幼稚且無知的填鴨式教育。我看待醫療文明的視窗早已經是不解的多次方，我們可以從出生的方式就選擇對大自然叛逃，從哺乳的方式也選擇遠離造物最完美的創意，更不用談醫藥研發是如何詆毀免疫系統和人體各大系統之間的完美串聯。

我們從修養連結人品，我們透過人品看懂修養，遠而仰望，近而尊敬，甚少從修持的角度眺望健康的維繫。繼續從品格看到現代人揮之不去的情緒壓力，繼續從優質的修養看到健康的呈現，從情緒的穩定看懂養生的根基，也從平淡看待競爭領悟到捨與得之間的關係。身體和我們共存，身體是健康的主體，讓身體作主是養生不變的基調，沒有尊重身體的體悟就不可能有遠離病痛的自信。

贏了之後反而失落的生命提示不會停止，打敗了疾病不是健康，平衡與疏通永遠是身體所採取的態度，身體只有對等，沒有對立。（原養生實踐筆記之 349）

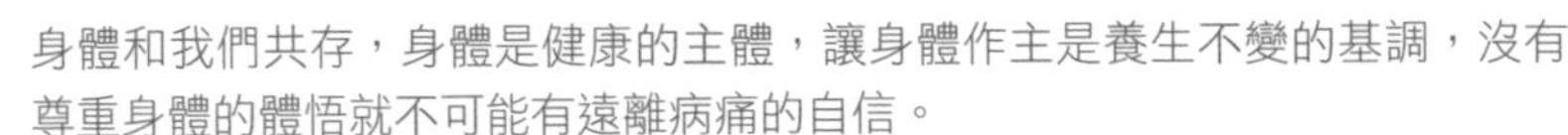

身體和我們共存，身體是健康的主體，讓身體作主是養生不變的基調，沒有尊重身體的體悟就不可能有遠離病痛的自信。

03

女人統領大數據

寫下「間歇性斷食是未來女性的養生趨勢」，那一刻的思考主軸是美麗和凍齡，是精氣神合一的健康呈現。為何把男性排除了，為何養生和趨勢結合之後就沒有男性參與的空間，圖像來自於我所接觸的所有個案，經驗來自於我所輔導過的成功健康故事，真實呼應每一堂養生座談的性別配比。必須澄清，這不是絕對性的陳述，只是大數據下的真實呈現，多數男性拒絕進步是事實，男性朋友們缺乏接受新知的態度是事實。

我不認為這是男人的基本遺傳表現，環境因素促成這種現象，變成一種群體效應，學習可以是女性的事，可是健康呢？男性都不需要照顧身體嗎？陸續和女性學員對談，劇本的表現都一致，家裡面的另外一半都不願意做，多半抱持反對的態度，不反對的少數，願意一起執行的更是微乎其微。不再去分析支持或是反對的心理因素，直接把時間線拉到十年後或是幾十年後，這些令我佩服的女性都清楚看到未來的畫面，除了照顧四位老人家，或者同時，或者之後，還得照顧另外一位還沒老的。

不懂外型剛毅的男人在面對困難的反應，退縮的不少，拒絕的很多，直接轉身掉頭的也不在少數。我們所面對的就是一段時間遠離美食的煎熬，這個挑戰就在男性和女性前面分出了前進和後退的鮮明對比。是那個獨立承擔家庭大小事務的重責大任，是接送小孩又得趕上班下班的偉大媽媽，還有單親撫養孩子長大的堅強婦女，是這些形象和印象在我腦海中揮之不去。

母性，是我想特別挑出來歌頌的特質，不論是已婚或未婚，不論是年長或年輕，她們坐在講堂中認真學習的態度總是激勵我進步的推力。很清楚看到她們才是讓趨勢形成的推手，她們才是願意為下一代的健康努力的身影。我已經完全適應眼前陰盛陽衰的局面，也不會把力道花在她們拒絕拆解心牆的男性伴侶，只能鼓勵她們把關注的重心放在自己和孩子身上。

健康可以寄望名醫，可以仰賴保險，可是這些都不比提早進行自律養生，讓間歇性斷食成為生活的常規。我們所分享的暫停鍵有其關鍵的角色，讓暫停在週的基礎和日的基礎上進行，心得就是身體很紮實的回應，最終是凍齡與生命品質的提升。這麼美好的事情為何有人會選擇不要，為何有人聽了選擇不相信，一直聽聞信心滿滿的女性面對冷言冷語的先生，還是會聯想到那最寫實的因果，養生和不養生將是兩條分叉路。

崇尚科學與科技的男性進入職場工作，肩負起養家的重任，思考重心放在事業和家庭。健康對他們來說不是不重要，是不急迫，反正有醫院，反正有保險。他們沒有機會深入食物和身體互動的世界，也不清楚被食物綁架的事實，最終，他們也許沒有機會承認這種吃法和病痛的關聯。

健康不是科學，不是學問，是腦袋的自律配合身體的節律，是不吃的時間拉到身體的耐受範圍之內。做了就懂，願意做的就會懂，男人女人都會懂，不是女人懂就好。（原養生實踐筆記之 175）

健康不是科學，不是學問，是腦袋的自律配合身體的節律，是不吃的時間拉到身體的耐受範圍之內。

04

愛自己

前一陣子受邀為一群年輕人上課，我心血來潮談起自愛，重點是「不懂得愛自己的人也不懂得愛別人」。當時面對的都不到三十歲，養生概念聽多了唯恐他們感覺無趣，我突然興起提醒眼前這些男生的念頭，也提醒現場的女生，如果嘴巴說愛你的男人不珍惜自己的生命，他也不會珍惜生命中的其他物件。

這個主題談過多次，因為上演的機率太高，都是我眼前的陳述，都是女性學員的心聲，都是男性伴侶冷處理的無奈。我的結論總是先照顧自己，我們面對的是所有人性問題背後最根本的問題，叫做自己，只有自己能處理自己的健康問題，只有自己應該為自己的健康負起責任。問題的根本是值得深入探究，男人不是不用養生，從大數據分析，他們為何不願意相信自己的身體，有一個因素可以先揪出來，是不甘願被輕易說服。

被說服丟臉嗎？這是潛在因素，另外一個層面是自己過往的習慣和主張被推翻的不安，換句話說是承認錯誤的勇氣不足。我沒能投注太多時間研究民族性連結，其實很懷疑基因中深植了一些東西，故事的劇本都很類似，發生在我熟悉的多位女性友人身上，她們的男人留下很難收拾的局面，債務不說，連孩子的教育都不願意負責，最可惡的是連陪同和探視都免了。

我們所追求的正是對於自己最根本的疼惜，而就在我們熱衷於把食物往身體裡面丟的同時，我們在訓練自己不愛自己，我們的身體和靈性因此而承受痛苦。所有過錯都曾發生在我身上，曾經遠離自己的身體，同時遠離自己的靈魂，時間都投入工作，腦袋充斥著生計，時間到了就吃，應酬到了就吃，食物到了就吃，肚子餓了就吃。

人生有幸轉了個大彎，負責任不是把錢賺到，不是把工作做好，是先把身體顧好。而顧好身體的細節不能容許任何被動因子的存在，我在不吃的過程中體會到養生的心理素質，在讓身體休息的過程中體會到愛自己的真正道理。健康是責任，說起來容易，在我們生活中的所有畫面卻都不是如此，總是在便利的情節中發現責任感的闕如，總是在給別人方便的同時糟蹋了對方的責任養成。

我對年輕人談便利和承擔的對應關係，這是長久針對社會面的觀察，是科技新世代最容易墮入的被動陷阱。抬起頭想到所有熟悉的年輕面龐，想起總是無法守時的個案，我清楚這些被動的態度最終會連結到生病的身軀，在請求醫生救治的空間中，依舊是被動的生命態度，依舊是遠離責任感的結局，依舊是不懂得愛自己的必然承受。

我們都會有孤獨面對自己的時刻，是勇敢告訴自己即刻改變，還是承認一切都已經太遲。我請學員從憂鬱症、癌症、失智症、糖尿病和心肌梗塞中選出自己未來最有可能罹患的病症，大家都做了選擇，可是還有另外一個選項，就是以上皆非，如果你選擇第六個答案，你該怎麼做？你需要建立什麼樣的態度？我極度確信，改變是唯一的課題。（原養生實踐筆記之 188）

在請求醫生救治的空間中，依舊是被動的生命態度，依舊是遠離責任感的結局，依舊是不懂得愛自己的必然承受。

05
覺悟

聽一位加拿大醫師 Peter Attia 的演講，題目是「會不會我們針對糖尿病的觀點都錯了」，早期被他感動，幾年的進修後，再度用心聆聽，感覺意猶未盡。針對現階段醫療體系對於這個議題的誤解，我先節錄這位醫師研究團隊的兩個重大結論：「第一，這個問題的重要性不容許繼續被忽略，以為我們知道答案；第二，如果我們願意認錯，如果我們願意去挑戰傳統的觀念，應用科學上最頂尖的研究方法，我們可以改善這個問題。」

這位醫生從人道的角度提出他的觀點，他看糖尿病患和肥胖者的視窗徹底的轉換，很懺悔的把過去的輕蔑和鄙視都提出來認錯，因為問題在整體的觀念淪落，也在醫療體系的尾大不掉，結果承受的盡是無辜的民眾。我個人存在類似的省思，看到兒子不成熟的地方，面對兒子和我之間溝通管道的鴻溝，清楚不是兒子的問題，是我在他們成長的過程置入了忽略的因子，沒有提早給他們機會看到生命的真相，沒有在長大的過程訓練他們責任感的養成。

到處都是被三餐綁架的人，不斷有機會接觸到瞠目結舌的表情，只要提到三餐的謬誤，只要談起早餐的風險，對方的眼神都指責我瘋了。就像這位醫師所經歷的覺悟，一直會有資訊提醒我們醫療是可怕的共犯結構，生活習慣的失當引領人們往醫療靠近，然後醫療繼續擴大民眾的迷失和依賴。所以這位醫師在演講中所謂的問題所在是結構，是體制，是既得利益的迷陣，是很少人有勇氣說真話，是沒有人盡全力宣導自律養生，我們國家極需要上游健康管理制度的建立。

再說一次，我們沒病，是醫療病了，是擁有權力的人病了，是告訴我們不吃藥會死的人病了。曾經，我就以「你沒病」為主題告誡我的學員建立養生習慣，沒病就不需要治療，這不是延誤治療，是回歸身體，畢竟只是一點疼痛就是病，只是睡眠品質不好也是病，只是幾天排便不順也是病，也難怪排隊掛號看診的永遠都是人潮。請不要誤會我的論點，該去就醫的就應該去，該治療的就去治療，我的陳述是這些需要被治療的人也得學習養生，他們也有身體意識，他們也可以喚醒身體的自癒力。

「我們不能再責備肥胖和糖尿病患者，不該像我過去一樣，他們也都想做對的事情，可是他們必須知道該如何改善，而且是有效的改善方法。我夢想有一天我們的病人能減掉多餘的體重，並且治好胰島素阻抗，身為醫療專業，我們已經卸下心中多餘的包袱，然後充分改善自己曾經對於新觀念的抗拒，而回歸到我們原來的理念，打開心門，當舊有的陳見不正確的時候，我們能有拋下它的勇氣。了解科學並不代表最後一步，而是不斷的進步，堅持站在真理的道路上能幫助我們的病患，對科學也有更大的好處。」

「如果肥胖症只是代謝問題的代罪羔羊，責怪他們有什麼好處呢？有時候我回想到七年前在急診室的那晚，我希望我再次跟那位女士講話，我想告訴她我有多麼對不起她，我想說，身為醫生，我是盡全力的去照顧病人，但身為一個人，我讓妳失望了。妳並不需要我的批判以及輕視的眼光，妳需要我的同理心和憐憫之心，最重要的是，妳需要的是一位醫生，他能夠瞭解或許不是妳讓這個醫療體制失望，而是這個體制，我也參與其中的體制，讓妳失望了。」

這位醫師講到最後，他哽咽了，他揪住了所有現場聽講的心。我想告訴閱讀本文的妳，或你，我們的周圍極度欠缺感動的氛圍，真心會讓我們感動，交心會讓我們掉下眼淚。一個訊息，一句關心，一個人真心感受而且體悟，即將有更多人接收到他的誠意，只是一個訊息，每個人都有得到的機會，每個人都有收到這份禮物的權利。（原養生實踐筆記之 104）

該去就醫的就應該去，該治療的就去治療，我的陳述是這些需要被治療的人也得學習養生，他們也有身體意識，他們也可以喚醒身體的自癒力。

06

錯過

一堂課的門票 200 元，有學員上課後研判具備 20 萬的價值。
一瓶酵素 1500 元，識貨者評估這應該是 15000 元才買得到。
我參加過 1000 元的演唱會，
我也曾經花 8800 元購買席林迪翁的演場會門票。
差別在價值，歌迷心中清楚明白，錯過就沒機會。
200 元的課可以瞬間轉成 200 萬的價值，一旦深度落實體悟，
確實遠離病痛。
我多數親戚不因為 200 元而缺席，
因為他們從來就不認為這堂課有任何價值。

錯過正是人生最熟練的路程，
錯過了機會，錯過了親情，錯過了貴人。
定義成錯過，因為可以不錯過，真的可以不用錯過。
不是我們決定錯過，不是我們喜歡錯過，是我們總是誤判情勢。
我們也不樂於錯過，
我們根本就不認為自己錯過，直到確認果真錯過。
目睹自己的愛人嫁給別人不會好受，
眼看著自己的公司被別人併吞也不會好受。
如果我可以早點做些什麼，如果我可以提早因應。
最遺憾的錯過則是錯過健康，
最可怕的錯過是胰臟肝臟無法妥協的罷工。

健康有一道門，有一條路，可能有一位引導人。
健康有一種態度，放下了自我，確認願意臣服，交付給身體。
健康有一種修持，有人說相信，有人說單純，有人說紀律。
健康是一段路，前行的路，練習的路，持續的路，進步的路。
健康的門是心門，不是腦門，不是知識門，不是專業門。
錯過健康就是錯過身體的智慧，
錯過健康就是錯過認識身體的天賦。
錯過健康的基本公式是自以為是，
錯過健康的基本程式是理所當然。

最合理的存在經常變成最不合理的常態，
最熟悉的習性經常變成最不熟悉的人性。
堅持不願意最終瞬間轉成極度的願意，
堅持不改變最終快速坦承早就想改變。
嘴巴說的和心中想的不一樣，嘴巴說的和實際做的也不一樣。
說謊是人的特權，關起心門是人的專利，
人到心不到是人的特異功能。
心中願意嘴巴說不願意，心中默認嘴巴說不相信，
不是絕症被說成絕症。
沒病變成有病，小病治成重病，
當疾病變成一種商品，當藥物變成一種永續的獲利。

人誤以為可以統治地球，
人誤以為可以控制人，人誤以為比細菌昆蟲還聰明。
癌細胞是一道考題，細菌病毒是一道考題，
世界面臨消失也是一道考題。
自私是一道考題，自大是一道考題，自以為是也是一道考題。
主題是價值，主題也是錯過，主題是單純，主題也是複雜。
有一天問自己在忙什麼，也問自己錯過了什麼。
順道問一下胰臟肝臟在忙什麼，同時問它們最在意什麼。
赫然發現，錯過的是價值，瞬間領悟，錯過的是謙卑。
（原養生實踐筆記之 402）

健康的門是心門，不是腦門，不是知識門，不是專業門。

07

我

還記得就讀幼稚園的時候很有分享利他的情操，我把學校的糖果餅乾收藏在口袋中帶回家，關注方很明確，就是弟弟，好吃的留給弟弟。可是這種心念在進入小學後開始轉變，因為要寫功課，因為老師會打分數，因為爸媽會看成績，因為收到不能丟臉的指令。記憶中自己從未把同學當成敵人，可是環境硬是活生生為我們設定好一群潛在的對手，考試成績多扣一分都跟老師計較，沒拿到第一名會沮喪好長一段時間。

這種教育似乎要訓練出一批社會菁英，有多少人就循著制定好的生命軌道走完一生，我的原始生命劇本也如是，充滿著家庭背景的強大壓力和包袱。把這種面子教育更精準的詮釋，就是我是我而你是你，我必須贏過你，想法不同和立場不同的人彼此對立，從學生時代進入職場如是，一路得過關斬將，必須一直在擊敗對手的過程中確立存活。不從價值觀分析，我從結果論總結人我分明的社會面相，直接鳥瞰沙灘上橫屍遍野的景象，是真的陣亡，是真的生命終結。

所謂陣亡，不指職場中的敗陣，不指人際中的孤立，我指的是人體健康經營的徹底敗亡。疾病存在一種隱性的成因，就是「我」，和你不一樣的我，尤其在立場相衝突的時候，我和你是絕對的對立。舉個例子，兩個好姐妹同時愛上一個男生，過去的好交情可以在一夜之間完全被摧毀，這就是「我」的威力。再舉婆媳不合的例子，一老一少在意同一個男人，每一刻和每一件事都得選邊站的結果，經常把我放很大的一方很有可能是最早倒下去的一方，這是「我」的殺傷力。

因為要贏，所以要得多，在競爭的體制中，多會彰顯在贏的一方，位高權重是贏的顯現。想獨立就必須證明自己可以，這一條自我闖蕩的路足足花掉我大半的人生，因為想成功，因此經歷失敗的考驗，因為要很有錢，因此必須經歷沒錢的磨練。自己的生命體驗居然成為養生心得的素材，就在人我是非的淬鍊中，慶幸自己熱愛閱讀，也慶幸很多貴人的出現，慶幸在注定要生病的路上開出一條健康的生路。

分享一種注定會生重病的情緒結構，由「我」執所主導的情緒腳印，因為在自己從不成熟到成熟的轉換中，清楚丟掉的就是那些惱人的悶與氣。在所有幼年同儕和兄弟姊妹的印象中，我就是那位嬌生慣養的公子哥，脾氣壞是我年輕時期的典型表現。不開心或不爽是常態，被激怒或惹毛是輕而易舉的狀況，這十多年推廣養生的經驗中，親眼見證非常多的癌症個案，即使表現不爽或不開心的方式迥異，「我」果真折騰了這些善良的面孔。

不論是受傷的我或是生氣的我，不論是和你對立的我或是和你有仇的我，不論你是否清楚自己的自私或自大，不論你是否願意學習同理和包容，抽離了我才是邁向健康的開始。（原養生實踐筆記之 395）

不論是受傷的我或是生氣的我，不論是和你對立的我或是和你有仇的我，不論你是否清楚自己的自私或自大，不論你是否願意學習同理和包容，抽離了我才是邁向健康的開始。

08

抽脂

曾經在課堂上分享妻子剖腹生第一胎的過程，我被醫生請進手術房確認卵巢的囊腫，當時必須快速做出決定，是摘除還是保留。那是在完全缺乏正確保養觀念和行動的時代，醫生的觀點和我們一致，器官的發炎腫大只會更壞，不會更好，所以切除絕對是上策。這種決定的背後動機其實是沒把握，也就是不確定，健康與否的決定權不在我們自己身上，必須委託給醫療方。由於自己也曾經是醫療人，也是在醫療環境中成長，我不曾檢視這一段旅程的真相，身體出狀況就得處置，器官壞了就得丟棄。

沒把握，不確定，在我熟悉身體意識的過程，這種完全不認識也不珍惜自己身體的事實突然之間讓我感覺到恐懼，為何地球上的最高等生物是如此的看待自己的身體？聽到繞道和支架已經不稀奇，聽到沒有膽囊好像是家常便飯，聽到沒有子宮的機率也不小，當然會想起小時候就知道的割盲腸。為何醫師會建議病人把器官割掉，這裡存在一種很重要的思維邏輯，就是存在的風險遠大於不存在，醫師普遍認為不好的狀況必須揚棄，這樣的思考少了一種因子，他們不明瞭身體有還原病痛的能力。

美國一位很有名的心臟外科醫師知道病患只是單純更換餐桌上的食物一陣子，原來出現淤塞的血管竟然完全暢通，他很驚訝，因為在他的原始思維中，這些淤塞都必須仰賴外力來清除的。類似的案例早已罄竹難書，在意外得知身體清除廢物的實力之後，多少第一線的醫師突然恍然大悟，終於有一天領悟造物的完美創意，生物體內的每一個器官都有其存在的價值，甚至可以說生物體內的每一個細胞都被賦予神聖的任務。我也是後知後覺的一員，這一趟探索身體之路來得時間恰到好處，每一次的生命際遇都是那麼得奇妙，這一刻除了知恩感恩，深感責任重大。

每每在講述脂肪的神奇發現時談起抽脂手術的謬誤，我們長期以物質的角色看待脂肪，它是一種營養成分，它是身體的一種燃料原，它是不好的東西，它是導致身軀醜陋的源頭。真相是脂肪不再只是存在於身體內的物質，脂肪是內分泌器官，被醫師抽掉的不只是物質，是細胞，是生命，更具體陳述，是被抽脂者的生命，當事人的生命品質將因這樣的處置而受損。好比摘除子宮，好比拿掉脾臟，好比切除甲狀腺，從歸還身體意識的心得體悟，這些人類的聰明創舉在身體意識的評價中，那是愚蠢至極的舉止。

在熟練限時飲食的經驗值中，身體慢慢抽取脂肪去燃燒，身體逐步把身軀線條雕塑出來，身體的淤塞和不當存在也逐一被驅逐。在熟悉造物原創和身體原始設定的路上，和身體對話的人都會覺醒，赫然想起偉大的醫療原來是一場永無止境的人體實驗。（原養生實踐筆記之 374）

在熟悉造物原創和身體原始設定的路上，和身體對話的人都會覺醒，赫然想起偉大的醫療原來是一場永無止境的人體實驗。

09
何苦我執

「不行，我每天一定要吃三餐，不可能改的。」
「都這樣活了幾十年了，幹嘛要改？」
「何必要這樣委屈自己，生命已經夠辛苦了！」
「大家都這樣吃，何苦折磨自己？」
「不對，這樣會營養不夠的，要吃才有體力。」
「我做粗工靠體力，沒吃三餐如何能撐得住？」
「人生就是要享樂，吃讓我的人生美好，我堅持不想改變這件事。」

人和其他動物最大的不同就是意識思辨的能力，人可以沒有主張，人可以堅持己見，人可以躲在舒適圈，人甚至可以在自信過度的時候喊出人定勝天的口號。人有我執，可以把我無限度的放大，這個我來自於腦意識，可以代表位階，可以代表權勢，或者是內心世界的階級意識，人不小心把我放在天之上，人不經意把自己置於法則之上。人有時候看不到自己真正的渺小，人有時候隱藏了自己的脆弱，人經常小看生命的不堪一擊，人總是在被老天爺重重教訓的時候才願意認錯，人最終在生命無法回頭的時候才看到自己的無知和無明。

有一位史丹佛大學的分子生物學家經常在演講中問聽眾細胞的腦在哪裡，結果多數有基本學識基礎的都回答在細胞核，最後這位教授回答是細胞膜，不是細胞核。因為大腦和細胞核看似是做決策的單位，事實上不然，真正從細胞層級看決策運作，執行的單位反而是細胞膜，概念就是環境。每一個細胞表面有數百萬個分子受體，也就是細胞的感覺器官，好比我們的眼睛、鼻子、嘴巴、皮膚，意思是環境才是決定細胞生命的決定因素，放大到生活面的道理也是一樣，我們的行為和習慣決定了環境，而環境幾乎決定了健康與否的絕大成分。

為何我們對下一代的健康狀況憂心，因為環境所呈現的是每下愈況，每個人的飲食狀況都被飢餓感所遙控，滿街上送食物的機車，對應到的是在屋子裡面等候食物的人。這種環境所呈現的就是無力為自己的健康承擔的示範，我們把下一代教育成對吃沒有自主權，對於生病也沒有自主權，大家都在失控的環境中扮演失控的軀體。聽到斷食的反應是「和我無關」，聽到間歇性斷食的反應是「做不到」，聽到限時飲食的反應是「這好難」，聽到練習和空腹相處的反應是「不要鬧了」。

如果你周圍的人都愛吃，你就會跟著愛吃；如果你周圍的人都肥胖，你也會跟著邁向肥胖；如果你周圍的人都在吃藥，你也就跟隨著接近藥物；如果你周圍的人都不想學習，你也就不再學習；如果你周圍的人都已經停止進步，你也就很快進入退步的行列中。在你的環境中扮演第一位願意改變的人，在你的家庭中成為第一位熟練身體天賦的人，在生活習慣中把自己訓練成為疼惜身體的人，養生環境從第一位不再固執己見的人開始建立起。（原養生實踐筆記之 372）

環境所呈現的就是無力為自己的健康承擔的示範，我們把下一代教育成對吃沒有自主權，對於生病也沒有自主權，大家都在失控的環境中扮演失控的軀體。

10

健康是態度學

根據養生保健的全球性輪廓，近十年有非常多顛覆性的觀念被提出，也有不少曾經被重度貶抑的角色被扶正，這些新觀點早該在民間廣泛的宣導傳播。資訊更新了，可是我們的腦袋依然沒有更新，兩個角度解釋這種荒謬的現象，一是有人存心不讓我們知道新資訊，另一是我們自己不再學習，是我們自己不長進，誤以為某些知識性議題早已定調，不需要更新。

舉糖尿病的例子，即使真相早已浮上檯面，即使檢測血糖和吃藥降血糖對於治療糖尿病毫無意義，可是每天都有確診的病患進入完全不合邏輯的治療軌道。再看脂肪的角色，即使學界早已警告低脂飲食的風險遠高於減糖飲食，即使脂肪的全面解構早已徹底更新，不再是令人害怕並且避之唯恐不及的食物分子，回到民眾的認知中就不是這麼回事。資訊被封鎖不是我們的事，不再追求新知可是我們自己的損失，在知識淪落之前，比較嚴重的是傲慢的態度。

類似的劇情一直在我眼前放送，妻子有興趣，很想好好學習，先生在一旁放冷箭，說不出一句好聽話。談這種事情似乎有製造對立的嫌疑，其實是期望能打破更多這種冰冷的樣版，很多謙卑好學的女性遲早要面對最不堪的場景，就是在醫院陪同照料身旁這一位不願意更新軟體的老公。當事情發生了，診斷明確了，命運定調了，必須做的行為就是配合醫療，生病即使無奈，在預防觀念的陪伴者總是得忍氣吞聲。

西醫的治療邏輯是對抗癌症，癌細胞是必須斬草除根的對象，不去管癌細胞是怎麼形成的，不去在乎此番情境是如何造成的。就罹癌者的思維，他和身上這些不好的東西處於對立狀態，不勒令也得情商拜託醫師把這些導致他不健康的東西除去。可是這不是健康的真相，這不是養生的態度，如果罹癌者不知道真心懺悔，很誠摯的向身體致歉，很平和的看待身上的壞細胞，在所有我們所接觸的個案中，從未出現理想的結局。

男人逞強的故事太多，迷路的時候還堅持不下車問路，被問到自己不懂的還硬拗，我總是很想提出這樣的問句：「承認自己外行，會死？」或者「認錯很丟臉嗎？」真心奉勸那些姿態永遠高人一等的男人們換個角度審視自己的身體，熟悉和身體之間的微妙關係可以改變一個人的生命態度，當主客易位，當位階互換，才是健康出現曙光的時候。

健康是因果學，也是態度學，身段還在，就沒有健康的機會，直到你願意承認自己的不足和渺小。（原養生實踐筆記之 343）

健康是因果學，也是態度學，身段還在，就沒有健康的機會，直到你願意承認自己的不足和渺小。

11

誠意

在描述對身體的態度時，我很不客氣的動用了「顢頇」和「傲慢」等形容詞，可是在描述我們應該拿出的態度時，「誠意」經常會出現在我的靈感，「對身體展現誠意，身體一定會回應」已經是我的習慣用語。「誠意」是什麼，或許有人從來都不知道何謂誠意，誠意是環境的養成，在階級分別和功利環境成長的人不容易深入誠意的世界，這其實很接近我的成長路，還好禮貌是家教很重要的一環，還好在必要的時候都會被挫折和逆境修理。

很審慎的思考「無條件的愛」，也就是不要求回報的付出，這些元素都在母愛的畫面中真實呈現，連結到「誠意」，意識到這是最高境界的誠意。我們對自己的身體需要拿出這樣的誠意嗎？這是提問，問題的解答必須先從身體的行為出發，相信除了母愛之外，我們很難在個人眼界內看到不求回報的誠意展現，除了看到身體無怨無悔的誠意。對身體慈悲是一種誠意修煉，沒有人提醒，我們並不容易和身體同理心，我們總誤以為自己的思考就代表身體的意思。

我們為何對人不信任，真相是因為我們自己都撒謊，在一般的人際互動中經常是這種最缺乏誠意的往來。繼續深入人的階級對立，繼續進入人的權力和財力世界，最熟悉的傲慢無所不在，不小心就是顢頇不講理的命令和指揮。深自反省，我一再看到自己的傲慢，經常性的出現得意忘形的舉止，就在順境

圍繞的時候，就在被肯定烘托的時候。我們都傲慢，身為當今社會的一分子，我們很少接受謙卑的加持，我們把自己的人際關係搞擰，也把自己的健康拖垮。

對於健康的真實體會都來自於身體的原始設定，對於身體不信任是很糟糕的社會教育，信任身體除非身體力行，除非願意深度和自己的身體對話。不吃就是和身體對話的方式，斷食就是還原身體原始設定的程序，起步需要明確的動機，動機則來自願意相信身體的原始能力。濫用愛不足為奇，濫用相信令人匪夷所思，關鍵在誠意不足，關鍵在虛假的面具不容易拆解，關鍵在迎合成為一種習慣，關鍵在虛應故事成為一種常態。

目標是自己的健康，是沒有病痛的美好世界，既然和自己相關，就得拿出最大的誠意，既然說相信，既然願意做，誠意就必須到位。就連對自己承諾也敷衍了事，唯一能解釋的就剩下不相信，不相信自己的身體乃現代人最荒唐的迷失，對自己的身體拿不出誠意乃現代人最無明的態度。為何健康議題會連結誠意，因為這兩者都不是嘴巴說了算，必須真實呈現，必須真心付出。（原養生實踐筆記之 303）

我們都傲慢，身為當今社會的一分子，我們很少接受謙卑的加持，我們把自己的人際關係搞擰，也把自己的健康拖垮。

12

睡覺好奢侈

你一定聽過這種論調：「我忙都忙死了，哪有時間睡覺？一個晚上可以睡個五小時就很了不起了！」或者「我一天只睡三小時，每天都利用空檔假寐，因為必須要賺錢，得接好幾份工作。」睡覺睡得少是一種成就嗎？工作忙到沒有時間睡覺是值得驕傲的事嗎？不論你現階段怎麼回應這種事情，類似的現象不會太陌生，感覺睡覺好浪費時間，生命應該把時間投資在創造，而不是休息。

事實真相不是睡覺不睡覺的問題，是睡多長時間的問題，是睡眠足夠不足夠的問題。經常必須用設定這個主題分析身體的結構，深入那九十分鐘一個週期的五階段睡眠，理解每一個階段內容的分配和功能區隔，原來腦部組織利用睡眠騰出不重要的記憶，補進最新的學習內容，還得把還有記憶的人事物丟到夢境中去演練一番。這一切是誰設定好的？是如何設計出來的？說實話，這已經超越科學的範疇。

設定就類似程式設計，腦袋記憶庫就好比電腦的記憶體，進一步跨足內分泌系統的設定，發現所有的內分泌激素都呼應了晝夜的節律，從退黑激素和血清素的輪流上演，睡眠居然也在內分泌設定好的程式範圍。可以不睡覺到底是人類的成就還是災難，相信我們有共同的解答，只是不睡覺可以變成一種成就有點匪夷所思，長期不睡覺或者睡眠不夠的人會很快失去健康，相信這件事也很容易達成共識，問題是知道真相的你我真

的有重視睡眠嗎？

設定就好比法則，就像是不可違逆的自然法則，說明白些，就是身體內裝載著造物所設定好的規矩，這些規矩規範著我們的行為，包括睡眠和飲食，還包括我們的自律和自信。如果我們應該擁有絕對的自律性，為何如今是惰性凌駕了自律性，為何食物有本事可以掌控我們的神經傳導和內分泌傳輸，為何我們的念頭和慾望都變成食物的一部分？

吃與不吃的平衡屬於下視丘的職掌，結果下視丘只能做失衡之後的因應，包括脂肪的轉換和儲存，包括脂肪的物流和分送，最終從來自脂肪組織的訊息得知身體某一部分已經壞死惡化的事實，必須先行割捨。這樣的結局很有可能發生在一個曾經號稱很能吃的人，也有機會發生在曾經號稱吃不胖的人，也可能發生在所有曾經宣稱無法割捨任何一餐的人。

多睡少吃聽起來就很省錢，不是太需要花錢的事情最終發展到必須花大錢拯救，人類傲慢自大的劇本不會短缺，持續在上演中。（原養生實踐筆記之 227）

設定就好比法則，就像是不可違逆的自然法則，說明白些，就是身體內裝載著造物所設定好的規矩，這些規矩規範著我們的行為，包括睡眠和飲食，還包括我們的自律和自信。

Part 10

恐懼與脆弱

01

交出脆弱的勇氣

學習背後的動機是承認不足，求救背後的動機是極需補足。
心裡面承認不足，也知道極需補足，卻不學習，也不求救。
障礙一定存在，或說是面子，或說是尊嚴。
忙碌是藉口，懶惰是瞎掰，就是做了沒面子，也沒尊嚴。
主題是我們都必須持續學習，必要時也得求救。
至於面子，至於尊嚴，前者虛幻，後者因學習和求救而顯現。

沒尊嚴的觀點其實更有尊嚴，沒面子的標準其實需要調整。
失敗沒有尊嚴，可是沒有失敗就沒有成功的條件。
正面看待失敗，也就正面解讀示弱。
示弱才臣服，承認不足才會心服口服。
感覺自己軟弱，感覺很沒面子，其實軟弱也有堅強的力量。
面對自己的脆弱，承認自己的軟弱，勇氣就升起。

承認脆弱有自我成長方向的解讀，面對脆弱是健康的重要地基。
我們都得挖掘出自己的脆弱，那個最難面對他人的真實存在。
來自於某種價值認定，導致人格上畏縮，別人觀察成自卑。
來自於別人的眼光，逃避成為唯一出路，包裹起來是最佳的保護。
為了掩飾脆弱，一般最常見的表現是傲慢。
或者強勢，或者咄咄逼人，或者頑固，或者出言不遜。

首當其衝是最親近的人，直接受害是最愛他（她）的家人。

尤其是相同性格軌跡的兩個人，變成每天生活在一起的兩隻菱角。
不一定永遠以衝突呈現，忍讓或迴避也常被其中一人或交替採用。
衝突是脆弱的意外事件，隱忍是將脆弱轉成心毒的態度。
痛苦和鬱悶在身體裡面流竄，不高興和不甘願壟罩在內心世界。
就是形容天氣的陰霾，身體也有氣象報告。

送給身歷其境的你，好好回想生命的情緒紀錄。
一定是刻骨銘心的感受，一定有永遠承載的情緒負債。
誰先練習同理，誰先放下，誰先掙脫。
誰先承認不足，誰先勇於臣服，誰先遠離陰霾。
誰先領悟內證的路徑，誰先擺脫外求的束縛，誰先得到祝福。
人定勝天是很大的誤解，
我們不萬能，渺小總是生命最關鍵的警鐘。

給得越多，得到越多，這不是理論，是法則。
發自內心是給，心悅誠服是給，不求回報是給。
相處之道是真心付出，繁茂之道是將心比心。
養生之道是相處之道，養生之道是繁茂之道，
相愛是演練健康的練習，感受母愛是領悟健康的學習。
健康之道是和身體相處之道，健康之道是身體繁茂暢通之道。

對身體示弱，對自然臣服，對自己真心關愛。
（原養生實踐筆記之 405）

相處之道是真心付出，繁茂之道是將心比心。
養生之道是相處之道，養生之道是繁茂之道，
相愛是演練健康的練習，感受母愛是領悟健康的學習。
健康之道是和身體相處之道，健康之道是身體繁茂暢通之道。

02

我不幹了

在講堂中提到「我不幹了」或「我不玩了」，現場學員的表情和眼神反射儲存在我的記憶中，這第一人稱的「我」如果是人，我們都會感受到短暫的驚嚇或恐慌。老闆極度仰賴的職員毫無預警的提辭呈，四個人在牌桌上突然其中一人站起來走人，另一半在你毫無心理準備狀況下提出離婚要求。可是講堂上所提的第一人稱是我們的內臟，通常說胰臟和肝臟毫無預警的罷工，應該說都是我們毫無知覺的凌遲它們。

健康的第一人稱是身體，不是我們最慣常主導思考的大腦。宣導這套養生邏輯獲致兩個結論方向，在講堂現場的氣氛是聽懂和聽不懂，可是最終在相信和不相信的兩大板塊中分別落定。到底要相信什麼？重複強調是身體意識，身體有想法，身體有立場，身體有設定好的工作順序，身體有情緒，身體有知覺，身體有容忍的極限。毫無預警對應的就是我們通常毫無警覺，因為人的賭性堅強，因為人的主觀比鋼鐵還要堅硬，因為人的立場所牽動的意識形態經常凌駕生命之上。

早期從壓力面認識內分泌失衡，進而再從睡眠剝奪的行為更加熟悉內分泌失衡，最終還是回到飲食，深知飲食習慣才是所有疾病發生的根基。從內分泌失衡回到能量失衡，這是最基本的因果，是能量最先失去平衡，是身體動用燃料的動線最先被干擾，至於干擾的因子表面上是熟食，實際上是持續不斷打擾身體能量平衡的熟食習慣。耗損胰臟的證據揭露在《酵素全書》的「酵素潛能」章節中，沒有補充酵素觀念和習慣的人在長期的熟食洗禮中，成為胰臟罷工最典型的對象。

為何很多補充各式營養素的人最終抵擋不過重症的侵襲？一方面這是一種主觀迷失，另一方面就是忽略了生命才是健康的真締，不是營養。我們可以從喝水的觀點重新認識身體的生命觀，由於水分持續要流失，因為代謝需求，因為排泄需求，所以補充水分是基本生理需求。很多人看到含糖飲料的危害，看到很多人不喝水的問題，也就是他們渴求有味道的水而不講究水的本質，對照現代人的營養觀是一樣的道理，營養好比加味，生命是天然食物，是食物和細菌的發酵能力。

能量失衡在前，情緒失控在後。癌症是人類世界的獨特病症，有特定基礎，有其特殊的引爆管道，一前一後，這個病症的形成有其時間因素，而時間所代表的狀態就是毫無警覺。警覺不到身體的耗損，警覺不到情緒的破壞力，這種情緒素質很難從一個人身上抽離，不滿或不爽，仇視或怨懟，不甘願或不服氣，這些經常屬於非常私人的情結終結很多人美好的生命。個性好的人為何有很高的機率罹患這種病，因為情緒安置在心裡面，因為習慣忍氣吞聲，因為總是自己生悶氣。（原養生實踐筆記之 337）

毫無預警對應的就是我們通常毫無警覺，因為人的賭性堅強，因為人的主觀比鋼鐵還要堅硬，因為人的立場所牽動的意識形態經常凌駕生命之上。

03

不方便的真相

「不方便（inconvenient）」在語言中是很通俗的字眼，當後面接上「真相（truth）」時，就得看情勢解釋一番。這是當年美國副總統高爾在卸任之後投入的環保議題，公開的檔案名稱在國內被翻譯成「不願意面對的真相」，在中文的意境中，更能表達出原始檔案的意思。這是進入熟齡之後，腦袋裡面經常翻轉的劇情，我們到底能不能做個百分百的真人，至少在待人接物上，至少在工作職場中，至少和良知要取得一致的共識。

要做到毫無瑕疵不容易，要做到毫無祕密也幾乎不可能，夫妻之間，合夥人之間，兄弟姊妹之間，即便是父母親和子女之間都一樣。所以我們保留了真相，有些地方必須掩蓋，有些事實暫時不是事實，人的世界之所以繁複，除了立場之外，就屬真假不明的劇情複雜了人際關係。一本又一本揭開醫療面紗的書籍在我面前出現，表面上值得慶幸，事實上值得我們擔憂。

這些事蹟的確挑戰我們的主觀認知，我個人每每在撰述相關評論時出現「不方便（謹慎）」的提示，那是我自己的反思，該不該寫，能不能說，是客觀，還是有過度主觀的顧慮。經驗是，對事不對人，針對現象不去影射任何人，可是在很多立場的把持中，事就是人，就是會有人擴大了立場的陣線，引爆了衝突。還是容許「不方便」的存在，有些事情還是不說為妙，真相還是擺在抽屜裡，這就是為什麼很多真相到今天都不公開，這就是為何你的權益還收藏在別人家的保險櫃。

如果「不能說的就不能做」是獨一無二的標準，不管是做人的標準、做生意的標準、從政的標準，或者是修行的標準，如果量尺拉得夠高，不論是道德量尺或法律量尺，甚至是上帝的量尺，我們所面對的世界應該會乾淨和單純許多。如果你和我同頻，應該會收到我此刻的情緒，知道我們所面對的是永遠令我們沮喪的畫面，人與人之間不再有所謂的信任，生意面就是獲利優先，有錢和有權的人聲音最大，到處都是口沫橫飛的權威，處處都是看錢辦事的夥計。

在這一切你來我往的紛擾中，突然就是有人又病倒了，有人又住院了，有人的健康最近出問題了，看到人的際遇充滿任人宰割的劇情，弔詭的是同時又夾帶著我沒有錯的堅持。走出手術房的醫生說盡力了，衝到醫院看不到最後一面的子女也盡力了，難道沒盡力的就是躺在床上那具冰冷的軀體？這裡有沒有任何「不方便」的劇情？如果真有受害者，誰最符合受害者的定義？

有沒有發現，所有人都同時具備兩種身分，除了受害者，還是加害者。只要看不清楚真相，只要不願意說出真相，我們所生存的環境就是渾沌不明，我們所理解的真相就不是真相。老天爺指示我做什麼已經再清楚不過，在邁向遠離疾病的道路上，我沒有不能說的祕密，也沒有不該說的禁忌，我的世界很單純，就是協助更多人認識自己的身體，也協助更多人拿回健康的主導權。（原養生實踐筆記之 167）

只要看不清楚真相，只要不願意說出真相，我們所生存的環境就是渾沌不明，我們所理解的真相就不是真相。

04

冤獄

1989年轟動美國的「中央公園五罪犯」最近拍成迷你影集，一大群黑人小孩在公園聚集鬼混，在公園的某一角發生犯罪事件，被害者是在公園慢跑的白人年輕女性，不僅被性侵，頭部和身體都被重物襲擊。衝到現場的警員隨機抓了幾位黑人小孩，嚴刑加恐嚇之餘，告知只要承認犯行就可以回家，其中一位到警局陪同友人的黑人也被分開質問並脅迫認罪，後者成為劇本撰寫人，他們都被關了超過十年，直到真正白人罪犯向警方承認犯行。

了解聚眾之所以發生，就在你我的社交生活中，人生都有類似的劇本，出現在不該出現的場合，經過不該經過的地段，甚至是認識不該認識的對象。五個黑人小孩經過公園被警察攔下，結果就是超過十年的黑牢，讓我想到誤觸醫療網絡的「糖尿病病患」。冤獄有兩大組成，一是冤枉，另一是失去自由，我不知道監獄裡面有幾成的冤獄，可是我極度確定慢性病患多數是無辜。針對沒有意義的治療，政府容許它存在，民眾接受它存在，因為治療的涵義充滿康復的希望。

當年發生在紐約的超級冤獄，想邀功結案的警探當然是罪魁禍首，兩位看黑人不順眼的女檢察官也難辭其咎。這裡出現主觀認定的狀況，就是認定你犯罪，就是認定你是罪犯，就是必須把你治罪，我沒有醜化醫療的意圖，可是在腦海中的確連結了這兩種情境。醫生的良知應該要想到病患可能無辜，應該要給予爭取自由的機會，應該要想到病患即將永遠被藥物掌控，應該要真心誠意給對方重新建立生活習慣的機會。

生病即使不是犯罪，也背負了病人所不願承受的罪名，所以才會有遺傳說，只要是家族性，就不是我的責任。這是慢性病患者的主觀，這種思考判定屬於人類智慧的一種創作，好比有些罪行就是不能承認，只要拉一夥共犯進來稀釋犯罪事實，無法證明是我單獨犯案。我看慢性處方箋就等同牢獄，吃一輩子藥物就是無期徒刑，病患真正的問題可能只是一段時間的血糖失衡，無辜的健康人被判了無期徒刑。

重複強調，問題不在血糖，所以透過血糖而做出診斷當然有瑕疵，後端的治療鎖定血糖也是醫療的一大迷失。問題在胰島素，最直接的關聯是碳水化合物和蛋白質混搭的熟食，製造胰臟負擔，創造高胰島素血症。這些習慣不改，反而鎖定習慣所造成的結果，醫療是檢方，是製造冤獄的檢察單位，就必須由醫療方出面承認錯誤。

認錯是人類的超級工程，尤其當牽涉到尊嚴和身分地位，又牽涉到專業和社會觀感。有錯就認錯，沒有做就不需要承認有做，沒有做就沒必要認罪，很多冤獄都是在恐懼中而委屈求全，很多疾病也都在恐懼中被定調。沒有病必須是養生的目標信念，沒有病也就不需要治療，也就沒有失去自由的機會，也就不需要終身被藥物綁架。（原養生實踐筆記之 195）

很多冤獄都是在恐懼中而委屈求全，很多疾病也都在恐懼中被定調。

05

不確定性

如果你的工作完全不符合你的興趣，也完全對應不到你的價值觀，工作中會經常出現強烈的不確定感。對工作不確定，對未來不確定，接著對自己的價值不確定，最後直接對自己不確定，也就完全失去了自信。我們對於不確定感都不陌生，對於身體裡面正在發生什麼事很不確定，對於自己健不健康很不確定，對於身體突發性的疼痛很不確定，不確定會繼續延續下去，如果醫生也不確定，而醫生的確經常提出不確定的見解。

醫學院要研修的學科很多，醫學生又都是會讀書的學子，何以訓練出仰賴檢驗報告做診斷的專業，又何以訓練出對於確切診斷有諸多疑惑的專家，這是醫生自己的問題，還是系統性的問題，也就是結構性的問題，相信我們都有共識。這些問題在自律養生的思考中會經過很審慎的邏輯演繹，當醫生告知病患存活時間不多時，同時要求病患接受治療，從診斷到治療的推斷中，充滿諸多的不確定性。是否容許這些不確定繼續掌控我們的人生，這也是必須認真思考的問題。

從檢查到診斷，應該是一條極度確定的流程，為何依然存在不確定的因子，答案就是身體意識。必須說，所有人在接觸這個資訊的第一時間一定充滿疑惑，我們遠離身體很久，也很遙遠，思考中不曾出現對身體的信任和尊重，應該說根本就沒有身體的角色，更遑論身體的力量。醫學教育涵蓋了全部，唯獨就遺漏掉針對身體原始設定的探討，因此才會發展出各式精密的檢查儀器，因此才需要發展出各式各樣的藥物來處理症候，因此才會出現尾大不掉的高階心態。

回到根本，醫學院應該把斷食列為必修課程，好讓每一位醫學生真正深入身體的世界，好引導醫學生透過實證確認身體意識的存在，進入啟動身體療癒力和回歸身體主導權的練習。這一刻論述這件事已經不屬爭議性話題，畢竟由斷食所開啟的細胞自噬機轉已經獲得諾貝爾生理醫學獎的肯定，斷食不再是距離現代人遙遠的行為。斷食是實證科學，是行動學分，是紀律和持續力的演練。

至於如何消弭不確定感，我個人深化斷食的心路歷程就是最好的範例，從不停的吃到有紀律的不吃和少吃，從對身體充滿不確定感到對身體的極度篤定。曾經引述 Peter Attia 的談話解說醫療體系的錯置，這是一位回歸身體意識和良心覺知醫師的陳述，強調當糖尿病患的病情不斷惡化之際，最該深度檢討的就是醫療邏輯。可是有多少比例的病患能聽到這段談話，聽到之後又該如何超越這一切盤根錯節，沒有斷食經驗的人永遠提出這樣的問題：這確定嗎？

將近兩世紀之前，創辦約翰霍普金斯醫院的威廉奧斯勒教授曾經說過：「醫療是一種不確定科學和探討可能性的藝術」。在現代的醫病關係中，可能性被改裝成康復的希望，不確定性也變成健康的希望。（原養生實踐筆記之 243）

斷食是實證科學，是行動學分，是紀律和持續力的演練。

06
離家

「認錯的哲理」是早期從癌症病人的身上所體會到的意境，知道錯了都還有機會，很特殊的情況是真的來不及了，問題是誰有資格來論定來得及或來不及。我個人深信只要認錯都有機會逆轉情況，至於能挽救到什麼程度得看當事人的誠意和決心，最壞的狀況是放棄，這種劇情我們都熟，不僅當事人放棄，家屬都放棄。我反對醫療方根據經驗值告知存活機會，醫生判病人死刑似乎有其專業的角度，看不到的是可能抹殺了僅存的一點希望。

醫療經驗值可靠嗎？即使是大數據，即使有廣大的資料庫佐證，那終究是違逆身體邏輯的經驗統計，那畢竟是大量化學物質侵犯身體之後的結果呈現。西方醫學存在一種不成文的治療默契，針對癌症病人進行化療的部分，平均認定是五年，只要接受化療之後能存活五年就算是成功的治療。這是大宅院裡面的家規，認定值很主觀，沒有明文記載，那是針對被歸類在絕症的樂觀統計。或許，連癌症病人和家屬都可以接受，就不好痊癒的經驗值，問題是進入病人的內心深處，五年和死刑的差異並不大。

經常面對不確定性，那是和醫療相處的經驗，也經常必須面對恐懼，那也是和醫療近距離接觸的必然反應。病人何來恐懼？因為不確定，醫療何來不確定，這是多數人無法釐清的問題，因為遠離了核心，因為距離本質太過遙遠，因為否定了人

體的真正實力。你一定有類似的經驗，發現錯誤，發現了問題，可是無法戳破，不能說實話，因為真相被掩蓋，因為你沒有資格發言。現在，這個你必須戳破的真相關乎你的生命品質，也關係到你的生命長短，其實，你並沒有視而不見的權利。

回到來得及或來不及的十字路口，長期觀察人性的落點，發現人類喜歡玩弄急迫感，總是不急，總是時間充裕，總是看起來不會有事，最終就是悔恨，因為連認錯的時間都沒了。我們都在面對十字路口的關卡，前方似乎還有很多條路可以考慮，而事實上只有一條路，就是回頭路，就是掉頭往回走，回到自己真正的家。健康的家是自己的身體，在人類擁有絕對文明實力的今天，倡導健康的家是極其荒謬的事，可是在幾乎每一位上了年紀的人都被藥物綑綁的今天，我們必須大聲疾呼回家的重要。

我們是如何離家的？答案就是吃，吃得越多，離家越遠，吃得次數越多，離家的距離越遠。先對自己的身體認錯吧，這是我們最真誠的呼籲，你的身體要什麼，練習一段時間少吃，讓身體回應你，有機會領悟出家的珍貴，「認錯的哲理」在這一刻，不是來不及的時候。（原養生實踐筆記之 248）

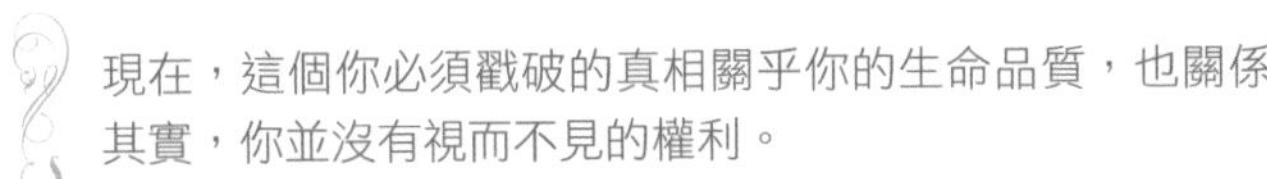

現在，這個你必須戳破的真相關乎你的生命品質，也關係到你的生命長短，其實，你並沒有視而不見的權利。

07
老和病

朋友分享一則故事，一位退休教師培養了兩位擔任醫生的兒子，日前把所有存款全數交給兒子，提醒他們這是未來等她失智後請看護的準備金，她覺得交給兒子比起交給保險公司還要穩當。我沒有辦法評論保險公司和兒子之間的優劣，如果兒子孝順，又有醫療專業和人脈，有可能比起保險公司還要周全。我的主題在退休教師的觀點，關於自己的身體，關於未來的健康狀況，關於生命的走向，她為何主張自己有失智的風險？她為何認定人老了一定會生病？

回到我們自己身上，如果不懂身體，如果不知道該如何養生，我們會怎麼想？我個人最常聽到的一句話是「幹嘛活那麼長？活那麼老還不是病懨懨的老人？」這種言論可能只是消極的回應，其實相當程度反應非常多人的內心世界。觀察社會面相，這是醫療科技發展至今天最失敗的顯相，醫療越是發達，民眾的信心越是低下，醫療院所越是方便，民眾對於獲得健康的信心就越是薄弱。其實多數人並不會刻意去思考這種問題，只是老和病的必然連結就在記憶深處，心中渴望著健康，卻擁抱著病痛。

為何？這就是存在的現實，這就是社會的寫實，這是每個人心中很篤定的事實。在這麼多的主觀認定中，沒有人願意退後一步思考，沒有人願意認真思考可能存在的共同弊端，甚至於沒有一位學者提出最切中要害的觀點，就是我們的身體能量供需系統失去平衡的事實。我個人有機會從能量供需的角度和身體互動，十多年下來，有摸索的過程，有進階的喜悅，最後竟然在吃三餐的頻率中出現頓悟，進一步在下視丘的平衡管理功能中搜尋到造物主的創意。

再把焦點放在人類的主觀意識，前面故事的主人是一位教師，她的另外一種身分就是所謂的知識分子，也就是有高人一等見解的讀書人。這種人屬於社會上的意見領袖，如果他們對於健康的觀點如此，一般民眾當然更沒有機會超越這一層藩籬，也就是大家都在等候生病，大家都主觀認定自己遲早會因生病而行動不便，甚至因此而結束生命。這個主觀意識就直接投射在醫院的每一個角落，這個議題回溯到我和醫院的關係，冥冥中有一股力量把我帶出醫院，那是我成長的地方，也是父母親希望我投入的工作空間。

從順從生命的指引到聽從身體的聲音，在自己的生命註記中超過二十年的時間，知道有一個力量在，知道生命有一個去處，不是父母親的意思，是更高意識的牽引。人際關係表面上很複雜，可是生命也試圖指引出很單純的路，過程中，我不斷表現知識分子的傲慢，好多機會出現自己的辯解和主張，最終還是得回歸那最單純的初衷。打破三餐規律性其實很簡單，複雜的是我們裝載很久的框架，就像那位退休教師一樣，哪來限制自己一定不會更健康的固執？（原養生實踐筆記之 251）

醫療越是發達，民眾的信心越是低下，醫療院所越是方便，民眾對於獲得健康的信心就越是薄弱。其實多數人並不會刻意去思考這種問題，只是老和病的必然連結就在記憶深處，心中渴望著健康，卻擁抱著病痛。

08

正常不正常

經常被問到很多問題的共同結語「這樣是正常的嗎」，來自於身體產生的變化，多半是不適應，多半有一些不舒服，多半同時夾帶著恐懼。這種問題反應一種很離譜的觀點，在民眾的認知中，身體都只呈現結果，身體是負責生病的，身體只肩負把不正常的情況表現出來。至於我們的腦認知就負責接收身體的表現，負責研判正常或不正常，如果不正常，是哪裡出了問題，該不該看醫生，要看哪一科的醫生。

「這樣是正常的嗎」如果是必要的提問，這個問題應該經常性的自問自答，一直不斷的問自己「這樣是正常的嗎」。先看身體的呈現，小腹鼓起來了，「這樣是正常的嗎」？體重一直往上攀升，「這樣是正常的嗎」？臉上出現不太好看的斑塊，「這樣是正常的嗎」？肚子很容易餓，「這樣是正常的嗎」？上廁所很臭，「這樣是正常的嗎」？排便不順暢，「這樣是正常的嗎」？晚上半夢半醒，「這樣是正常的嗎」？天天都想念美食，「這樣是正常的嗎」？

所有不正常在習以為常之後變成正常，接著身體在邁向正常的過程經歷不適應的感覺，開始懷疑這些正常反應是不正常的狀況。舉個例子，摔傷後膝蓋破皮，經過基本的傷口整理和消毒後，接下來就是身體接手傷口的療癒，兩星期之後，傷口順利癒合。針對這種現象，是否曾經問過「這樣是正常的嗎」？破皮流血是正常，傷口自動癒合也是正常，這種現象最正常的解讀是身體的復原力和療癒力，還是等到有一天傷口無法癒合的時候再來懷疑「這樣是正常的嗎」。

如果從身體的立場提問，問題變成：每天吃這麼多食物是正常的嗎？時間到了就得吃是正常的嗎？把食物料理到這麼精緻是正常的嗎？每天都把肝臟和胰臟搞到這麼勞累是正常的嗎？幾乎都不吃含有酵素的食物是正常的嗎？吃這麼多高升糖食物是正常的嗎？血管壁囤積了脂肪是正常的嗎？身上的肥肉一直長大是正常的嗎？醫院人這麼多是正常的嗎？醫生看門診只花三分鐘是正常的嗎？

有機會深入體會空腹的感受，認知到這是身體在調整燃料運用的時刻，進一步體會到和身體對話的神奇，終於知道身體要什麼，終於體悟到長期以來是如何折磨自己的身體。如果這是你的經驗，頓時能進入養生的核心價值，瞭解了身體的立場，明白所有人針對健康之所以誤解的緣由何在。如果你懂身體，就沒有所謂的正常或不正常，因為身體不會犯錯，真正犯錯的是你的大腦，外行的是告訴你身體無能的專家學者。

觀念不正常的說不正常，也難怪我們分辨不出來正常還是不正常了。（原養生實踐筆記之 286）

如果你懂身體，就沒有所謂的正常或不正常，因為身體不會犯錯，真正犯錯的是你的大腦，外行的是告訴你身體無能的專家學者。

09

節食與結石

在演講場合中，針對早餐的主題，台下有聽眾對我很不客氣的嗆道：「人家說不吃早餐會有膽結石的顧慮」，當場先透過主觀認知和身體的立場做了說明。這個問題的真正背景是經常性的節食容易導致膽結石，不論是略過早餐的風險，還是省略任何一餐的結果，即使有統計數字佐證，都是對於膽結石的誤解。從字面上解讀，假設這是一篇報導，聽到的人直接就解讀成禁食導致膽結石的發生，只要省略任何一餐就會在身體內形成膽結石。

真相是結石早已形成，就躺在肝臟組織內，由於時間久遠，質地硬了，體積也大了，其存在早已干擾肝臟的正常運作，就身體的需求，這些物質必須透過膽管移除，送往腸道排泄掉。這些毒垢形成的背景就是精緻熟食，身體動用了所有代謝工程的能量去處理食物，導致沒有多餘的力道經營後端的廢物清運。「身體處理食物就不處理廢物」雖然是我課堂中的一句順口溜，相當程度反應出當今熟食文明的寫照，每個現代人的身體都成為廢棄物的堆積場。

更具體的說明就是我們都有肝臟結石，只要我們吃熟食，只要我們食用熟食的時間夠長，即是只是青少年的年紀。回到身體的感知，身體知道這些物質的存在，隨時都有往腸道丟棄的需求，可是在三餐的頻率和能量分配中，肝臟除了出現更大量的毒垢囤積，完全沒有機會清除這麼多的垃圾。對於身體來說，多派幾個清潔工來清運肝臟的廢物是當務之急，關鍵的機會就是當食物不再進駐，當身體不需要處理食物，身體多出可以清除掉肝膽毒垢的機會。

禁食，對於身體來說是獲得難得的時間和空間，試圖減肥而少吃了一餐，企圖減肥而一天都沒吃，身體獲得機會清出微量的肝臟毒垢，可惜動能不足以直接往腸道輸送到位，不小心反而導致毒垢掉入膽囊內。這是熟食大環境的面相，肝臟內囤積大量毒垢是現象，由於身體清除這些廢物的動能很弱，可能有一顆至兩三顆的毒垢緩慢的從肝臟往下運送，行進速度慢就比較有機會進入膽囊。

經常節食的女生出現高機率膽結石的統計，這是修正動機的機會教育，只要獲得短時間的效果，只要有效果就恢復正常吃，只要特定目的而沒有養成好習慣的視野。是否應該換個角度看到身體的需求，是否應該要好好審視身體每日所承受的消化負擔，是否應該從能量需求的方向去遞補身體不處理食物而多出來的動能，這是肝膽淨化的學分，同時是酵素動能的學分。（原養生實踐筆記之 284）

「身體處理食物就不處理廢物」雖然是我課堂中的一句順口溜，相當程度反應出當今熟食文明的寫照，每個現代人的身體都成為廢棄物的堆積場。

10

熟食與結石

把減肥而不吃或少吃造成膽結石的背景複習一下，假設是身體的能量適足以從肝臟釋放一小顆毒垢，就稱之為結石好了，這顆石頭般的廢棄物沿著膽管慢慢下移，動力弱和體積大可能都影響到移動的速度，最後不小心進入分叉路，掉進膽囊內。從身體的立場解讀這種情節，已經在肝臟存在很久的毒垢就是必須在必要的時候丟棄，身體不時會出現類似的動能，我們其實不容易察覺，應該被檢討的不是膽囊為何會有結石，是肝臟為何會形成結石。

嚴格說，膽結石的背景統計早已出現在養生書籍內，有些醫學教科書上也載明，最常見的是節食，導致非常多的人誤以為節食造成結石。有點像是教唆殺人的沒罪，真正殺人的被判刑，以為看到少吃一餐的嚴重後果，未能深入真正的原因。接受類似資訊教育的人肯定堅守一日三餐，所有人的觀點永遠停留在補充，所有人都甘願被習慣綁架，所有人都甘願成為飢餓感的附庸。

真正具備身體邏輯意識的人必須深入行為背後的動機，為了減肥節食而導致身體內意外的結局，一點都不意外。營養學和醫學思維都存在遠離身體的發展，因為立足點不正確，因為從未對身體將心比心，從醫病關係複雜的因果去分析人的意念，真有剪不斷理還亂的複雜性。舉飯前飯後的主張就可以討論出醫學藥理背離身體本質的論述，為了不傷胃，為了怕被胃酸破壞，很多人甚至主張胃必須仰賴食物來磨蹭。

這些論述之所以存在還是得回溯到人性的足跡，當人類擁有了權力，當人類得到了巨大的財富，當人類位高權重時，當人類自以為可以超越老天的所有設定時，結果就是我們今天所面對的局面。我們理應對未來樂觀，問題是人性就是硬把局面搞到必須做最壞的打算，環保學者對地球的未來不再樂觀，政治學者對於強國之間的紛爭不再樂觀。

接受老天爺的引導，我從腸道菌相深入到抗生素的禍害，透過有益菌連結到發酵的版圖，這個基礎更讓我看懂食品業和醫療產業的狼狽為奸，最後的受害者就是滿坑滿谷的人體白老鼠。依照節食導致膽結石的說法，我們都得繼續見證更多更可怕的肝臟腫瘤，因為不能讓這些毒垢離開肝臟，就讓脂肪繼續往外圍堆放，就讓內臟脂肪的局面繼續擴大，就讓其他因肝臟滿載毒垢而引起的病症繼續擴大。

使用酵素執行斷食不是生意考量，存在最契合現代人身體現況的動力設計，身體清除毒素需要動能，不論是腸道的宿便，或是肝臟的結石。寧可花大錢享受美食而不願意投資一點成本養生，和寧可形成肝臟結石而勒令這些結石不准離開肝臟，因為離開肝臟有可能誤入膽囊，是一樣的荒謬。（原養生實踐筆記之 285）

> 寧可花大錢享受美食而不願意投資一點成本在養生，和寧可讓身體形成肝臟結石而勒令這些結石不准離開肝臟，因為離開肝臟有可能誤入膽囊，是一樣的荒謬。

11
不得已

為人子女要孝敬父母，在養生的範疇內，這句話有調整的空間，在順從和服侍的行為中，子女有呼應父母親身體意識的責任。不熟悉身體意識的人對這樣的描述絕對陌生，概念中是身體要聽話，當父母親是被照顧的一方，父母親的身體對於我們所下的指令就得服從，這是一般人所堅守的孝道，這是民間最習以為常的孝敬之道。我們的認知和父母親身體的認知一旦相距遙遠，結果一定是父母親的身體承受了不該承受的苦痛，我們非但沒有感受到這些苦痛，還追加苦痛。

情況總是不得已，老人家年紀大了沒有自主能力，老人家必須得仰賴藥物存活，我自己也經歷過關注父母親健康而必須面對所有存在的不得已。可是，不得已是如何造成的？不得已總有個可以扭轉的時候，不去看父母親的不得已，看到鏡子裡面那個人，想想這一刻，你是處於不得已，還是得已？主題是這一刻，主角是我們自己，劇情都類似，都會重複演出，很快就會輪到子女來照顧我們，很快即將進入不得已劇情的延續，健康的主人早已離我們而去。

健康的主人，多麼抽象的概念，多麼陌生的詞彙，深思其意境，不就是眼前維持我們生命跳動的那些瓶瓶罐罐？不論是維他命或是魚油，不論是降血糖或降血脂，不論是精神科用藥還是神經科用藥，下指令的不論是專業人士還是銷售人員，請留意一個重點，身體沒有決定權，身體是聽從命令的單位。來自一位專業人士的提示，被告知必須靠這顆藥長期維持血壓的穩定，結果變成藥不離身的人，如今得靠子女把藥物準備好，隨時提醒不要忘了服藥。

文明示範了典型的退化劇本，目前全世界都通用，首先讓我們吃很好，接著讓我們吃很多，最終的結果變成病很多，接手的單位繼續擴大我們生病的版圖，不會好的病更多了，這些病人吃的藥物更多了。再問一次，那身體呢？身體的立場和聲音呢？請記得吃藥的人還有身體，既然身體還在，身體意識就在，身體的原始能力就在，回歸身體意識的路就依然開放，讓身體做決定的機會就依然存在，自己照顧自己的能力和機會就可望恢復。

主題是這一刻，主角是我們自己，子女或者還小，或者都已經長大獨立了，想想他們賺錢養活自己比起我們當年更加辛苦，假設他們都知道要孝順父母，他們也知道會有照顧年邁雙親的那一天，似乎就在彼此的約定中等待那一天的到來。某個角度是孝順，換個角度是拖累，是不負責任，是我們的頑固製造子女們的負擔，是我們甘願成為被動的軀殼而折損彼此的健康水平。

誠懇建議，就是這一刻，放下身段，丟掉固執，打開心門，很用心的研修身體學分，讓自己的身體告訴你如何養生。（原養生實踐筆記之 287）

主題是這一刻，主角是我們自己，劇情都類似，都會重複演出，很快就會輪到子女來照顧我們，很快即將進入不得已劇情的延續，健康的主人早已離我們而去。

附錄

健康維言集

《健康維言集 001》

康復是一條希望道路，
希望道路是自己走的，沒有承擔是走不過去的。
意思是，當你知道必須自己負責時，你才有康復的機會。
在怪罪他人的氣場中，處處是病人，人人都是病魔。
別人再不該，做選擇的是自己，生活習性不佳的是自己。

《健康維言集 002》

身體，無時無刻不在承受，也在承擔。
承受與承擔，就是生命的功課。
身體懂，自己的腦袋不懂。
體諒身體，配合身體，尊重身體，關懷身體。
最後，接受身體無微不至的領導。

《健康維言集 003》

懂身體結構比較重要，還是懂身體意識比較重要？
醫學教育教了前者，我們從養生體悟中學到了後者。

《健康維言集 004》

給時間，才會有時間。
時間不夠，是你看待時間的視窗有偏差。
生活困頓，是你一向期待快速解決問題。
不健康，道理一致，是你從來都不願意給身體足夠的時間。
不給時間，終究沒時間。

《健康維言集 005》

藥有多毒，一般人理解程度落差很大。
我的觀點，藥是最可怕的毒。
馬上致人於死的毒，表面上最毒。
讓身體無法正常運作，最後導致慢性病纏身，實際上最毒。
為了特定目的而不擇手段，是人的行為，也是藥的態度。

《健康維言集 006》

一顆藥，處理了局部，傷害了全部。

《健康維言集 007》

不督促習慣就不是養生，不養成習慣就不會養生。

《健康維言集 008》

不急，換來層出不窮的緊急。速效，換來全面失控的無效。

《健康維言集 009》

健康之道脫離不了能量的賦予，
生命力的賦予脫離不了細菌與發酵的結合，
最寬廣的養生大道回到生命的微觀與初衷。

《健康維言集 010》

身體不會犯錯，你會；身體不會仰賴，你會；
身體不會孤注一擲，你會；身體不會貪嗔癡，你會。

《健康維言集 011》

糖尿病不會遺傳，是貪吃會遺傳；
心血管疾病也不會遺傳，是重視吃的環境不著痕跡的遺傳。

《健康維言集 012》

凡走過必留下痕跡，凡吃過必留下囤積。

《健康維言集 013》

養醫生不是養生，養生是不碰醫生。

《健康維言集 014》

針對健康，沒有人是專家，除了你自己的身體。

《健康維言集 015》

健康，都是「菌」的事。
生病，都是無視於「菌」存在的結果。

《健康維言集 016》

療癒，是身體的天賦。健康，是身體的天職。

《健康維言集 017》

你遲早要想通，「醫生說」是你一輩子掛在嘴邊最無知的連接詞。

《健康維言集 018》

保養無形，治療有感，兩者只能選其一。

《健康維言集 019》

沒有所謂症狀，只有對身體的誤解。
沒有所謂生病，只有對身體的虧欠。
沒有所謂治療，只有對身體的維護。

《健康維言集 020》

一件看似艱困的事情，有人喜悅迎接，有人選擇逃避。
我看到境的故事，一種是磨境，一種是困境。
以終為始，一種是明確的目標，另一種是模糊的遠方。
這一件事，讓我領悟人性的盤根錯節，也讓我領悟健康世界的無邊無際。
這一件事，確立我的人生志業，也讓我在養生領域快樂翱翔。
我的朋友們，有人已經立志大量分享，有人依然冷眼旁觀。
有人邁向境界，有人困在情境。
這，是一念之間的故事，我的深刻領悟。

《健康維言集 021》

當有一件事都由他人幫你完成，你絕對學不會這件事。
健康，絕對不能是這件事。
當你把健康寄託在一種補給品或藥物上時，你終將失去健康。
因為，你失去了健康的經營權。
健康，不只是理論，必須體悟。
健康，不能是被動，必須主動。
健康，不是用說的，是用做的。

《健康維言集 022》

刻意練習，持續精進，這是職場的重要態度，也是養生的必要修持。
知道人身難得，知道時間寶貴，結論就是珍惜。
經營改變，持續進步，期待那美麗的頓悟。
做出決定，參與學習，擁抱那美好的慶幸。

《健康維言集 023》

視窗轉移，白話一點說，就是換腦袋。
價值排序，白話一點說，就是善用時間。
認識身體，就是安排時間讓身體休息。
最後是透過行動交付給身體，讓身體回歸健康的主人。
持續站在時間的前方，生命就不會有太多遺憾。
體會改變的迫切，呼天搶地的機率就大幅降低。

《健康維言集 024》

「集體的偏見」是現象，「多數的無感」是真相。
養生領域，你得永遠身處「少數的孤獨」，悠哉於「小眾的洞見」。

《健康維言集 025》

解決問題重要，還是把握機會重要？
這是價值觀的問題，也是思考層級的問題，
也是我們在生活中經常分寸拿捏不當的問題。
經常是解決了問題，衍生更多問題，出現更難克服的問題，有沒有發現，
我們花一輩子的時間在解決同一個問題。
病痛是問題，健康是機會，我們急於處理問題，選擇把機會擱置。
拉高層次，這也是值得反思的生命議題。
解決問題重要，還是把握機會重要？

《健康維言集 026》

忽略之餘，學習承受。
糟蹋之餘，學習承擔。
學習的對象：自己的身體。

《健康維言集 027》

誰需要養生？生病的人還是沒有病的人？
如果你的答案和我一致，那麼生病和沒病的人的養生方式應該要一致。
回到現實，好像不是那麼回事，因為我們所熟悉的都是治病邏輯。
很不幸的，治病邏輯通常會連結到致病邏輯。
「術」吸引人，因為顯見效果，因為快速處理。
養生專家只要教「術」，追隨者眾多，可是不持久。
「道」不同於「術」，放諸四海皆適用，人人都必要。
不回歸身體就不會健康，因為「道」在身體之內，為身體所用。
「道」是自然，是大地，是暢通，是平衡，是本有，是生活。
糖尿病病人不需要特殊飲食，
是人人都需要改變自己錯誤的飲食方式和習慣。

《健康維言集 028》

有那麼一天，當你意識到自己過往每餐吃進去的食物有夠恐怖，
同時就意識到過去是多麼不珍惜自己的身體。
有那麼一天，當你覺知到身體是多麼進化的大自然系統，
同時就覺知到把藥物不斷輸送給身體是多麼的不智。
之後才有那麼一天，你體悟到適度的飢餓居然能成為一種能力，
類似的經驗值將連結到一種無法形容的自信。
恭喜你，你已經把健康重任還給自己的身體。

《健康維言集 029》

就回歸身體意識的體悟，醫學院讀七年，不如斷食七天。

《健康維言集 030》

健康無價，有錢也買不到，
需要時間的累積與紀律的堆疊，
需要能量的灌溉與身體的覺醒，
需要空腹的熟練與四肢的活絡。

《健康維言集 031》

真正病痛的源頭是生活習性，是不良習慣，
是貪婪念頭，是虛應故事，是表面工夫，是消極墮落，
是原地踏步，是眼光短淺，是不求甚解，
是自大傲慢，是輕視生命，是自我否定。

《健康維言集 032》

問問題是好習慣，至少從求知的角度。
可是問問題有時候是壞習慣，因為只要提問就有答案，好方便。
方便之餘，總是忽略了養成，忘掉了承擔。
健康有其問無法究竟的境界，只是知道答案，根本沒有意義。
清楚心肌梗塞的教授因心肌梗塞而辭世，
癌症腫瘤科的名醫也可能罹患癌症。
知道和做到沒有等號，理論和實證是截然不同的兩個世界。
當專家的言論成為媒體的頭條，當名醫的主張成為網路的熱門轉貼。
我們都被引導至一個和健康無關的情境中，主張別人所主張。
道聽塗說成為主流，一窩蜂成為時尚，健康卻成為階下囚。

《健康維言集 033》

知道沒病，就沒病，堅持有病，就生病。
好好養生，就沒病，不養生，就等生病。

《健康維言集 034》

針對養生，被動改主動，加法變減法，外求轉內證，
都是無法延宕的選擇。

《健康維言集 035》

離家是學分，想家也是，
我們除了離家發展，也遠離感恩，遠離同理心。
靈性也離家，身體也離家，
所有的生命體悟彙整起來，都提醒我們要回家，
回到自己的根，回歸自己的本我。
健康也得回家，回到身體，回到真正健康的家。

《健康維言集 036》

「不吃」為何具備如此的威力，
關鍵在身體處理燃料來源的程式，必須讓身體熟練這樣的轉換，
葡萄糖不是唯一的材料，還有很多脂肪必須移除。

《健康維言集 037》

所有養生道理的層級都不如好好深層和自己的身體對話，
我們不需要那麼多方法，只需要拿出用心看待身體的態度。

《健康維言集 038》

斷食不是療法，這是很多人經常掛在嘴上的誤解，
斷食是養生，是體恤身體才會有的動機，是尊重身體才會進行的計畫。

《健康維言集 039》

斷食不再是一種養生方式，而是一種生活態度，
因為暫停的運用必須在生活中，不吃的演練必須在習慣中。

《健康維言集 040》

從身體負擔的角度，從身體處理食物的承受和承擔，
養生之道只有生食和熟食的區分，只有讓身體休息和不讓身體休息的區分，
只有讓身體休息的時間夠長和不夠長的區分。

《健康維言集 041》

提醒「你沒病」是我們堅守的養生心態，
堅持「我有病」是不少人的高牆。

《健康維言集 042》

我們周圍都是這樣的氛圍，
讀了很多書，裝載很多知識，最後在健康的維護上繳白卷，
我看到的是大家都遮蔽自己的眼界，
對著指導我們如何生病的大眾傳播全然繳械。
「錢在銀行，人在天堂」不是一句玩笑話，在人世間很熱門的上演著，
大家都很渴望健康，卻都很崇尚不健康。

《健康維言集 043》

健康守則很多，養生方式也不少，可是方法是方法，方法不一定是道路。
符合身體運作邏輯的才是道路，不違逆自然法則的才是道路。
方法可望走出道路，因為有些方法就在道路中。
走不進道路的方法，或者是不用心執行方法的人，
永遠在尋找方法，永遠找不著道路。
收到身體回應，而且持續回應，方法和道路融合。
身體會告訴你，你已經走在道路上，你已經邁向自信滿滿的進步道路上。
做對事情和做對的事不一樣，努力不一定會成功，道理都一樣。
這是入門，清楚思辨之後，進入養生保健的第一課。

《健康維言集 044》

我們需要一種不驚動胰臟的生活習慣，
也需要一種不為肝臟製造高度警戒的生活態度，
把不吃的演練落實在每星期的作息中，
這是歸還身體健康平衡主導權最務實的做法。
只要把打擾胰臟肝臟的機率降到最低，只要身體擁有主導權，
胰島素就回歸平衡，內分泌也就趨向恆定，
身體永遠都在清除廢物的動能中，
整體恆定系統都在身體的運籌帷幄中。

《健康維言集 045》

相同熱量的不同食物，在身體的代謝端就出現效應上的分歧，
接著在腸道的微生物端又再出現轉變，
光是這兩端的變數就衝擊了降低熱量訴求法，
最後身體也會在荷爾蒙激素的平衡努力中打破我們所有的算計。

《健康維言集 046》

養生從來都不是知識性的概念，而是實驗性的態度。
信行學，行中悟，悟中學。
必須打通一條路，是腦袋通往身體的路，接著會悟到身體連結腦袋的路。
進一步發現，腸道微生物也負責輸送一條路，通往腦袋，也連結身體。
養生從打開心門到經營自律，證明了菌腦腸軸的存在，
也證明了身體需要休息的真理。
從相信到執行只是念頭的轉換，從熟練到自信只是時間的演變。

《健康維言集 047》

說身體擁有一切了，很多人還是不願意相信，必須說，
不相信的對象其實是自己，相信科學，相信數據，相信多數人相信的論述，
相信人一定要生病，相信藥物才可以治病。
感覺充滿自信，卻不相信自己，這種矛盾就存在於你我周圍，
這種荒謬的價值就存在於我們所處的文明世代。

《健康維言集 048》

有一種現代人的理所當然吃熟食，我們有必要深入理解熟食文化的後果。
有一種現代人的理所當然吃三餐，我們有必要深入探討吃三餐的後遺症。
有一種現代人的理所當然等生病，我們有必要深入執行遠離疾病的態度。

《健康維言集 049》

談斷食，申論斷食，執行斷食，都是預留一個可以繼續吃的版圖，
都是保留給自己一個可以安心吃的未來。

《健康維言集 050》

吃，身體就準備存，不吃，身體就醞釀提。
存與提，身體的行為，健康的脈絡。

《健康維言集 051》

如果我們的行為是食物的行為，如果我們的舉止是藥物的舉止，
那我們是什麼？

《健康維言集 052》

領悟身體意識，熟練自律養生，超越所有專業醫學營養學分。

《健康維言集 053》

美國小說家溫德爾貝里精確描繪出文明所牽動的人類生態，他說：
「不關注健康的飲食產業餵養我們，不關注飲食的健康產業照顧我們。」
活著，接受餵養；繼續活著，就接受照顧。
餵養，觀念的餵養和習慣的壟罩；照顧，病痛的處置和失能的照服。
還有第三種選擇，不接受迷失的餵養，不接受後端的照顧，
不拖累下一代的承諾。
這是健康的唯一出路，餵養自己，訓練自己，照顧自己，成就自己。
上游健康管理，用心養生，健康的唯一明路。

《健康維言集 054》

「生命四分五裂之際，你不是因此長大，就會因而長腫瘤。」
這一句經典名言，來自一位美國女醫師的生命體會。
體會生命的道理，會長大。領悟身體的邏輯，會健壯。
不小心就怨天尤人，不小心就長不大。
很自然的順應主流，很自然的不健康。
捨不得什麼，什麼就成為你的羈絆。
有些擁有，再痛苦，再難過，再捨不得，都得割捨。
生命的考題出現，一定就得作答。
長大與長腫瘤，一念之差。

《健康維言集 055》

身體在末端出現淤塞，問題一定從前端開始，
從身體的角度，前端是腸道，是消化負擔；
從行為的角度，前端是口腹之慾，是姑息縱容，是缺乏自律。

《健康維言集 056》

態度、習慣、環境是成就健康的後盾，三者共同依附在時間的軸線上，
我們不是在這條軸線上持續精進，就是一直在退步，
就身體的立場，不是更有生命力，就是不停的退化老化。

《健康維言集 057》

食物的本質是生命，我們真有必要好好檢視手邊的補給品或用品，
有多少是有生命的，又有多少比例早已遠離生命的實質。
營養素不代表是生命，食物酵素才是，微生物世界才是。

《健康維言集 058》

健康走大道，沒有捷徑。
最遙遠的捷徑是身體的實質捷徑，就是腦袋和身體之間的距離。
用心和身體溝通，很有誠意的允諾讓身體休息，打通了這條捷徑，
你已經進入養生的大道。

《健康維言集 059》

從健康的本質連結到身體的原創，再連結到食物的本質，
這是一條大自然的原始生命線，
生命的原創與奧妙都蘊藏在這條生命線的組成元素中，
當你觸摸到這條神奇的生命線，將更有機會領悟到生命的真正意義，
對於整體宇宙的生命串聯嘆為觀止，
對於大自然的力量全然臣服。

《健康維言集 060》

健康不是科學，不是學問，
是腦袋的自律配合身體的節律，是不吃的時間拉到身體的耐受範圍之內。

《健康維言集 061》

「回歸身體意識」是養生學堂中永遠不應偏離的主軸，
身體才是最稱職的醫師，腦袋通常都是最荒唐的病人。

《健康維言集 062》

人體基因九成源自細菌，這是不需要再驗證的事實。
殺菌，滅菌，將等同殺自己，消滅自己。
如果你認同這樣的邏輯，請開始關注身上的微生物群。
關愛細菌，認同細菌，和細菌合作，這是很務實的養生之道。

《健康維言集 063》

「暫停」是多麼藝術的生活哲學，
在忙碌的生活中，暫停是身心靈都渴望的一刻，
腦袋需要暫停，靈性需要安寧，身體需要休息。

《健康維言集 064》

從胰臟的立場提出呼籲，我們吃的頻率一定得努力降低，
透過食物刺激胰臟分泌胰島素的頻率一定要減少，
胰臟的勞累指數直接連結到生命長度，
「一天吃三餐加速身體老化」是來自胰臟最誠摯的勸戒。

《健康維言集 065》

我們活著，我們想要好好活著，我們需要有好好活著的態度，
這個態度則連結到食物的本質，也連結到細菌的本分，
因為食物認真活著，因為食物的生命可以延續生命，
細菌也肩負著延續生命的職志。
可是如果破壞食物的生命是我們的態度，如果毀滅細菌是我們的念頭，
請問我們如何能好好活著？

《健康維言集 066》

吃的行為和吃的頻率都是生活點滴，
我們司空見慣，從來不覺得這是問題所在，
我們不知道這麼熟悉的生活作息居然暗藏著威脅生命的習慣。
所以你是你，思考是思考，慾念是慾念，飢餓是飢餓，感覺是感覺，
唯獨身體不是身體，
在這些生活習慣中，身體只是依附在你意念底下的隨從。

《健康維言集 067》

斷食在細胞自噬的證據問世之前，幾乎是一團迷霧，
相信的就相信，不相信的就是不相信。
深入斷食的人相信什麼？
他們相信自己的身體，相信身體存在一種他人不一定可以理解的意境，
因為身體執行的任務只有身體知道。

《健康維言集 068》

人需要休息，需要放假，需要散心，在身心靈都必須經營平衡的前提下，
讓身體放假已經是一門顯學，斷食已經是現代人必修的一門實證科學。

《健康維言集 069》

我們懷疑別人，不相信別人，因為我們不相信自己，因為我們自己都撒謊。
養生學分就從相信自己的身體開始研修，
相信身體以外的東西最終導致什麼都不相信，
只有相信身體有機會抵達遠離病痛的殿堂。

《健康維言集 070》

當沒有斷食經驗的學者提出了主張，也提出了告誡，
譬如生食的議題，譬如生菜汙染的問題，譬如飲食和體質的關係，
不小心耽誤聽從者的一生。

《健康維言集 071》

從吃的輸送帶到病的輸送帶，請務必看懂自己最明智的選項，
不是選擇哪一個輸送帶，是必須遠離這些輸送帶。

《健康維言集 072》

「交付給身體」是重要的養生詞彙，「還給身體」是最需要經歷的體悟，
「身體擁有健康主控權」是我們遲早都必須領悟的真理，
「讓身體拿回健康主導權」是我們獲得健康之前必須確實熟練的養成。

《健康維言集 073》

孝順和感恩即使意境有所出入，兩者是相同的心性，這是養生的關鍵視窗，
看到身體的卓越，看到身體的積極，看到身體的包容，看到身體的大愛。

《健康維言集 074》

看清楚，那是自己的行囊，是自己獨有的臭皮囊。

《健康維言集 075》

食物的汙染是應該防範，
可是不是一味的防範而忽略了事情的本質不在食物被汙染的程度，
也不在清洗乾淨的程度，是我們的身體面對汙染的態度。

《健康維言集 076》

養生的祕訣不在食物和運動的選項，在身體掌握平衡的力道。
養生的祕訣不在營養和知識的賦予，在身體清除廢物的力道。
養生的祕訣不在四肢和體魄的鍛鍊，在身體運用燃料的力道。
很多訣竅都很必要，可是都不是最必要。
搭配晝夜節律睡眠，搭配身體能量分配需求飲食。
給身體足夠的時間和空間，還原身體的能力，回歸健康的實力。

《健康維言集 077》

治本之道在這一刻，養生之道在即知即行，
在「怎麼會這樣」和「為什麼要改變」之間做出最明智的選擇。

《健康維言集 078》

時間已經不允許我們蹉跎，每一刻都很關鍵，每一次結緣都要珍惜，
很多人需要被告知，很多人期望被提醒。
想想把生命委託給醫療的人，想想沒有身體只有藥物的人，
我們沒有不學習的權利，也沒有閉嘴的權利。

《健康維言集 079》

呢喃，否則就咆哮，這是身體的態度，是身體的運作邏輯。
好聲好說的，不聽的結果就是罷工。
身體不是沒說，是輕聲細語，是提醒不餓，是告知可以不要吃，
可是我們似乎也感覺不是很有食慾，可是時間到了，是吃飯的時間到了。
這種不餓卻吃很多的劇本如果每天都上演，
結果就是小腹挺出，而且逐漸鼓起，
結果就是臉色越來越暗，越來越沒有光澤，越來越多斑塊。
最終，殘酷的接受處置，不再好聲好說。

《健康維言集 080》

很多理所當然的制約就橫豎擋在我們前進的路中央，
必須吃藥，必須把食物煮熟，必須要吃三餐，
必須要吃才有元氣，必須要吃補才能平衡。
在這麼多的必須之中，處理平衡和處理消化的身體沒有發表意見的權利，
這就是被動，這就是挨打，這就是我們永遠不清楚疾病何時來敲門的無奈。

《健康維言集 081》

經常性的飢餓來自經常性的吃，經常性的病痛來自經常性的飢餓，
而經常性的吃創造了經常性的病痛。

《健康維言集 082》

每天多餐熟食，預言未來身體敗壞的突發性引爆，
懇請對身體慈悲，用最大的努力扭轉局勢。

《健康維言集 083》

生病是身體毫無瑕疵的表現，
即使是極度嚴重的重症，即使是令人們束手無策的病症，
都是身體最偉大的權衡，都是身體最不得已的自我犧牲，
好保全其餘的生命體，好讓生病的人知所覺悟。

《健康維言集 084》

勇敢而且堅定的離開例行性的飲食輪迴一段日子，
身體會感謝你，五體投地的感謝你的慈悲與智慧。

《健康維言集 085》

健康從正能量的影響居於主導力而展現，
從紀律面居於優勢而展現，
從時間上從容而能展現，
從輕重緩急明確而展現。

《健康維言集 086》

相處之道是真心付出，繁茂之道是將心比心。
養生之道是相處之道，養生之道是繁茂之道，
相愛是演練健康的練習，感受母愛是領悟健康的學習。
健康之道是和身體相處之道，健康之道是身體繁茂暢通之道。

《健康維言集 087》

在長壽者的經驗中，空腹是一種享受，不吃是一種能力。
能吃還是福，能不吃是修練的果實。

《健康維言集 088》

現代人突破不了的養生障礙就在早已落在每日作息中的用餐頻率，
而不理解的人常在無意中放大這樣的錯誤。

《健康維言集 089》

斷食是當今人類迫切需要的自然農法，
休耕是你我身體迫切等候的誠意對待。

《健康維言集 090》

以人身法船為自修和共修的標的物，
以自己和家人的健康以及眾人的健康為生命志業，超越傳統的桎梏，
走進天地合一的養生大道，領悟身體大自然的天然渠道。

《健康維言集 091》

在熟悉造物原創和身體原始設定的路上，和身體對話的人都會覺醒，
赫然想起偉大的醫療原來是一場永無止境的人體實驗。

《健康維言集 092》

養生不難，難在那頑固不靈的堅持；養生不累，累在那放不下的身段。

《健康維言集 093》

以身體為師，以自然為師，以天地為師，
是我們談論與執行養生最基本的認知和態度。

《健康維言集 094》

這是我們當今最嚴苛的生靈塗炭，
指的不是經濟面的貧窮，是身體面的貧窮，
每個人都寧可放棄自己天生的能力，把自己的身體交給化學物質，
把自己的命運交給對自己毫無情感基礎的處方專家。

《健康維言集 095》

最有效的治療都在這一刻，在你說還不急的這一刻。

《健康維言集 096》

不看數據，看風險；不看補充，看排泄；
不看營養，看能量；不看專業，看態度；
不看知識，看行動，這是最真實而有意義的健康世界。

《健康維言集 097》

健康的全貌少不了對食物感恩，
少不了對身體謙卑，少不了對他人同理。

《健康維言集 098》

生命是為利益他人而存在，
生命因同理而共榮，生命因互助而綻放。
生命即使單獨存在，可是無法單獨運作，
生命即使必須獨力經營，卻需要其他生命給予生命，
這就是大自然的圖像，這就是養生的大方向，
這就是養生必須從生命觀點出發的道理。

《健康維言集 099》

身體是法則，千萬不可輕忽法則的力量。

《健康維言集 100》

謙卑而同理的看待每一件事和每一個人，
這不只是靈性的追求，是身體遠離病痛的講究。

國家圖書館出版品預行編目(CIP)資料

當真：立維自律養生筆記輯 / 陳立維作. -- 初版. --
臺北市：原水文化出版：家庭傳媒城邦分公司發行, 2020.05
面；　公分. --(悅讀健康；159)
ISBN 978-986-98502-9-2(平裝)

1.斷食療法 2.健康法

418.918　　109005550

悅讀健康 159

當真：立維自律養生筆記輯

作　　者／陳立維
責 任 編 輯／潘玉女

行 銷 經 理／王維君
業 務 經 理／羅越華
總　編　輯／林小鈴
發　行　人／何飛鵬
出　　版／原水文化
台北市中山區民生東路二段141號8樓
電話：(02) 2500-7008　傳真：(02) 2502-7676
E-mail：H2O@cite.com.tw　部落格：http://citeh2o.pixnet.net/blog/
發　　行／英屬蓋曼群島商家庭傳媒股份有限公司城邦分公司
台北市中山區民生東路二段141號11樓
書虫客服服務專線：(02) 2500-7718、2500-7719
服務時間：週一至週五上午09:30-12:00；下午13:30-17:00
24小時傳真服務：(02) 2500-1990、2500-1991
服務時間：週一至週五上午09:30～12:00；下午13:30～17:00
讀者服務信箱：service@readingclub.com.tw
劃 撥 帳 號／19863813；戶名：書虫股份有限公司
香港發行所／城邦（香港）出版集團有限公司
香港灣仔駱克道193號東超商業中心1樓
電話：(852) 2508-6231　傳真：(852) 2578-9337
電郵：hkcite@biznetvigator.com
馬 新 發 行／城邦（馬新）出版集團
41, Jalan Radin Anum, Bandar Baru Sri Petaling,
57000 Kuala Lumpur, Malaysia.
電話：(603)9057-8822　傳真：(603)9057-6622
電郵：cite@cite.com.my

美 術 設 計／劉淑媛
製 版 印 刷／卡樂彩色製版印刷有限公司
初　　版／2020年5月21日
定　　價／400元

ISBN: 9789869850292

城邦讀書花園
www.cite.com.tw